2. Auflage, November 2018
ISBN 978-3-9816901-8-7

Covergestaltung: Friederike Kohnke
Textsatz: Sebastian Tramsen

Verlag

Initia Medien und Verlag UG
(haftungsbeschränkt)
Woltersburger Mühle 1
29525 Uelzen

Tel. 0581 / 971 570 - 60

info@initia-medien.de
www.initia-medien.de

Sitz der Gesellschaft: Uelzen
Amtsgericht Lüneburg, HRB 205137
Geschäftsführerin: Eva Neuls

Carsten Schlüter

Farewell my Uhl

Ein Holger Hammer Krimi

Kapitel 1

Mit einer Kippe zwischen den Lippen und einem Drink in der Hand stand ich am Fenster meines Büros und sah den Regentropfen nach, die sich ihren Weg meine Scheibe hinunter bahnten. Die dünnen Schlieren verzerrten das Bild der Bahnhofstraße unter mir – Gott sei Dank auch das der Leggins tragenden Presswürste, die mit ihren Kinderwagen flanierten. Ein deprimierender Tag. Doch in Uelzen war das Wetter ja auch beschissen, wenn mal die Sonne schien.

Mich kümmerte das nicht. Das gleichmäßige Klackern der Regentropfen gegen meine Scheibe hatte sogar etwas Beruhigendes. Nicht, dass ich Ruhe gebraucht hätte. Davon hatte ich schon genug.

Es war wieder einer von diesen Tagen, an denen es für einen Privatdetektiv wie mich absolut nichts zu tun gab. Mit anderen Worten: Ein typischer Tag für Uelzen. Ich hatte schon die Zeitung auf der Suche nach möglichen Aufträgen durchforstet. Doch außer einem Selbstmord, einer neuen Wolfssichtung und einem Aufmacher über Parkplatzmangel stand nichts drin. Ich war schon drauf und dran, runter in die Stadt zu gehen und mein altes Leerstands-Memory zu spielen. Neben den Klassikern wie „Kaufhalle" und „Eckgebäude Bahnhofstraße" wurden einige Karten immer wieder neu gemischt: Ein kleiner Laden machte irgendwo auf und zwei andere irgendwo wieder zu. Aber ich hatte keine Lust auf das Wetter. Also ging ich in Gedanken wieder einmal die Pläne für eine Umschulung zum Apotheker durch, der einzig krisensichere Job in dieser Stadt. Ich war schon dabei, mir zu überlegen, zwischen welchen schon bestehenden Pillendrehern noch ein Plätzchen frei war, als meine Tür aufging. Ich drehte mich erschrocken um, doch statt des Stromablesers sah ich eine wunderschöne, zarte junge Frau mit heller Haut, nussbraunen Augen und dunkelrotem langem Haar. Eine gehauchte Verführung im kleinen Schwarzen. Doch die rassige Fassade war brüchig. Unsicher schwankte sie auf den hohen Absätzen, die Zehen nach innen gedreht, und nestelte an ihrem Handtäschchen herum. Jede Geste verriet, dass sie diese Verkleidung nicht oft trug.

„Entschuldigung, dass ich so hereinplatze. Sind sie Holger Hammer, der Privatdetektiv?"

„Wenn nicht, müsste ich ihn erfinden. Was kann ich für Sie tun?"

Sie senkte den Blick. „Mein Name ist... Oh... oh mein Gott, nein..."

Ich sprang hoch, als ich sah, wie sie schwankte und ihre Knie nachgaben. Gerade noch rechtzeitig konnte ich einen Arm um ihre zarte Hüfte legen und sie auffangen.

„Hey, hey, ganz langsam. Werden Sie mir bloß nicht ohnmächtig. Kommen Sie, setzen Sie sich erst mal. Möchten Sie etwas trinken?"

Ich packte sie auf meinen klapprigen Besucherstuhl. Sie war leicht wie eine Feder. Ich war schon bei der Flasche in meinem Schreibtisch, als sie abwinkte. „Nein, nein, vielen Dank. Geht schon. Es ist nur... dieses... es war... dieses Foto. Dort in der Zeitung... es hat mich einfach..."

Ich warf einen Blick auf die auseinandergeklappte Titelseite.

„Oh, machen Sie sich keine Sorgen. Noch sind keine Wölfe in der Innenstadt. Auch wenn die Leserbriefe was anderes behaupten. Und wenn Sie einen Parkplatz suchen, ist in der Albertstraße..."

„Der Tote dort..."

Ich brauchte einen Moment, um zu begreifen.

„Oh, Sie meinen diesen Selbstmörder?"

Ihre Augen funkelten und ich sah, wie ihre Lippen bebten. „Nein! Moritz hat sich nicht umgebracht."

Jetzt kamen wir der Sache doch schon näher. Ich goss mir einen Drink ein und steckte mir eine neue Kippe an.

„Verstehe. Dann kannten Sie den Toten?"

„Er war mein Bruder. Mein Name ist Mirabelle Gratzki. Ich komme aus Salzwedel. Deswegen bin ich zu Ihnen gekommen, Herr Hammer."

„Aber ich kann nichts dagegen tun, dass Sie aus Salzwedel sind."

„Ich rede von Moritz. Er hat keinen Selbstmord begangen. Sie müssen mir helfen, die wahren Hintergründe seines Todes aufzuklären."

Auch das war nicht neu für mich. Niemand beging Selbstmord. Genauso wenig, wie irgendjemand seinen Partner betrog, oder sich Doku-Soaps im Fernsehen ansieht. Ich überflog noch einmal den Artikel.

„Wenn ich das richtig lese, war Ihr Bruder Mitglied einer Anti-Atomkraft-Organisation in Lüchow-Dannenberg. Er hat sich auf der ehemaligen Castor-Transportstrecke das Leben genommen, als Zeichen seines Protestes gegen die Atompolitik."

„Aber das ist nicht wahr! Moritz war ein glühender Idealist. Schon seit

Jahren. Er ist... er war so etwas wie das schwarze Schaf der Familie, verstehen Sie? Er hat so viel auf sich genommen für den Widerstand. Er hat sich sogar mit unserer Familie überworfen und ist in ein Rundlingsdorf gezogen. Ins Wendland."

„Was einem Selbstmord schon ziemlich nahe kommt..."

Sie sah mich wütend an. „Sie kannten Moritz nicht, Herr Hammer. Er hätte sich NIEMALS umgebracht. Dazu war er viel zu überzeugt von seinen Zielen. Die Zeitung lügt!"

„Na ja, DAFÜR brauchen sie nun wirklich keinen Schnüffler."

Sie seufzte und senkte den Blick.

„Ich verstehe schon, Herr Hammer. Für Sie bin ich nur ein dummes kleines Mädchen aus dem Osten, das das Offensichtliche nicht sehen will. Sie glauben, die Wahrheit schon zu kennen. Na schön, ich finde schon jemanden, der mir helfen will."

Sie stand auf und wollte zur Tür schwanken, aber ich fasste ihren Arm. Keine Ahnung, was diesen Instinkt auslöste. Vielleicht Mitleid? Vielleicht auch nur meine leere Kasse.

„Jetzt warten Sie doch mal, Frau Gratzki."

Sie sah mich mit festen Augen an. Vielleicht war sie wirklich stärker, als ich dachte.

„Ich habe ja nicht gesagt, dass ich Ihnen nicht helfen will. Ich fürchte nur, dass Sie sich in etwas verrennen. Gerade Menschen mit einer glühenden Leidenschaft für etwas neigen dazu, den Boden unter den Füßen zu verlieren."

„Ich kannte meinen Bruder besser als Sie, Herr Hammer. Und wenn ich Ihnen sage, dass er sich nicht umgebracht hat, dann hat er es auch nicht getan. Was ist nun? Helfen Sie mir?"

Ich drückte die Kippe aus. „Ich kann mich ja mal umhören..."

Ich konnte den Stein förmlich hören, der ihr vom Herzen fiel. Aber sie war eine ziemlich gute Pokerspielerin.

„Da ist nur eine Sache, Herr Hammer..."

„Und ich wette, die heißt Geld."

Sie wurde rot.

„Ich habe tatsächlich nicht viel. Mit meinen Ersparnissen habe ich die Fahrt und ein kleines Hotelzimmer am Stern bezahlt."

„Warum haben Sie sich dann nicht einen Schnüffler in Salzwedel gesucht?"

Sie lachte verächtlich, hob aber nicht den Blick. „Dann hätte mir mein

Vater garantiert dazwischengefunkt. Er ist ein ziemlich hohes Tier in der Stadt. Und er hätte es am liebsten, dass wir alle Moritz einfach vergessen. Er meint, er hätte ihm schon genug Schande bereitet. Darum brauche ich von ihm auch keine Hilfe zu erwarten. Ich bin ganz auf mich allein gestellt, Herr Hammer. Ohne eine Menschenseele."

Jetzt hob sie den Blick ihrer braunen Augen, die plötzlich noch eine Nummer größer schienen. Funktionierte dieser billige Trick eigentlich immer nur bei mir oder waren alle Kerle so gestrickt?

Ich goss mir schnell noch einen Drink ein.

„Machen Sie sich über das Geld erst mal keine Gedanken. Ich werde mich wie gesagt umhören, aber ich kann Ihnen sowieso nichts versprechen."

Hastig wischte sie sich den Anflug einer Träne aus den Augen. „Ich danke Ihnen. Ich weiß, dass ich keine Ruhe finde, solange ich nicht die Wahrheit über den Tod von Moritz kenne."

„Ist schon gut. Gehen Sie zurück in ihr Hotel. Ich werde mich bei Ihnen melden."

Ich brachte meine aufgelöste und erleichterte Besucherin zur Tür. Ich hatte nicht viel Hoffnung, ihr helfen zu können. Der Fall war eindeutig. Vielleicht aber auch etwas ZU eindeutig.

Und außerdem hatte ich sowieso nichts Besseres zu tun. Also konnte ich genauso gut ein paar Teppiche anheben und nachsehen, ob irgendwer Dreck drunter geschoben hatte.

*

Mein erster Weg im neuen Fall führte mich ausnahmsweise zur Polizei von Uelzen. Auch wenn es der denkbar schlechteste Ort war, um etwas über ein mögliches Verbrechen rausfinden zu wollen. Aber ich hatte meinen alten Kumpel Kommissar Walter Wolter lange nicht gesehen. Ich hatte zwar keine Zweifel daran, dass er den Selbstmord bereits in Stein gemeißelt hatte, aber vielleicht gab es ein paar Details, die er tatsächlich NICHT übersehen hatte. Und vielleicht war etwas dabei, was ich brauchen konnte.

Ich lehnte mich über die Anmeldung und sagte dem Uniformierten, wen ich sehen wollte.

„Tut mir leid, Herr Hammer. Aber ich fürchte, Sie können Kommissar Wolter nicht sprechen."

Ich konnte mir ein breites Grinsen nicht verkneifen. „Was denn, ist der alte Zigarrenvernichter schon wieder über seinen Ermittlungsakten eingepennt?"

Ich erntete nur einen starren Blick. Hier schien sogar der Humor in der Asservatenkammer gelandet zu sein. Schließlich stemmte sich der Uniformierte hoch und verließ seinen Platz hinter der Glasscheibe, um zu mir zu kommen. Mühsam zog er seinen schweren Gürtel über den noch schwereren Bauch.

„Am besten, ich bringe sie zu seinem Büro."

Das klang irgendwie wie eine Drohung. Aber ich folgte dem Beamten durch die verwinkelten Gänge des baufälligen Kommissariats bis zur Tür von Walter Wolter im ersten Stock. Er klopfte, öffnete sie einen Spalt und kündigte mich an.

Als ich reinkam, staunte ich nicht schlecht. Und es gibt nicht viel, was mich in Uelzen überraschen könnte – außer vielleicht Ladenöffnungszeiten nach 18 Uhr. Aber das ist erstens eine Utopie und gehörte zweitens gar nicht hierher.

Genauso wenig übrigens, wie der Typ hinter Wolters Schreibtisch. Ein schmalbrüstiger Hornbrillenträger mit Backenbart und hautengem Designerhemd unter dem zu kurzen Anzug. Als ich reinkam, stand er hastig auf und versuchte, das Jackett zu schließen, bevor er auf mich zukam und nervös lächelte. Der Typ war noch keine 30. Vielleicht ein Praktikant?

„Was kann ich für sie tun, Herr... äh... Hammer?"

Ich beschloss, die manikürte Hand in der Luft hängen zu lassen, bis ich wusste, was hier vor sich ging.

„Zunächst mal mir verraten, wer sie sind, was sie in Wolters Büro machen und wieso er nicht hier ist."

Mein Gegenüber wippte auf den Absätzen seiner italienischen Wildlederschuhe hin und her und rieb die Fingerkuppen aneinander, während er mich musterte wie eine seltene Eidechsenart.

„Mein Name ist Röllke. Enrico Röllke. Ich bin Staatssekretär im Niedersächsischen Innenministerium. Kommissar Wolter ist nicht mehr bei uns. Er wurde versetzt. Nach Hannover. Ich leite die Polizeistation vorübergehend."

Ich spürte, wie sich meine Nackenhärchen aufstellten. Ein sicheres

Zeichen dafür, dass hier etwas absolut nicht in Ordnung war. Wieso sollte jemand ausgerechnet den Schmalspurschnüffler Wolter loswerden wollen? Wenn es etwas zu verbergen gab, dann wäre Wolter doch die erste Wahl gewesen, um es unter seinem platten Bürohintern zu verstecken.

„Muss ja mächtig was los sein, wenn Hannover hier so ein hohes Tier hersetzt."

Röllkes Augen verengten sich zu Schlitzen und er musterte mich. Dann zuckte ein Lächeln um seine Mundwinkel.

„Ich kenne Sie: der Landräte-Skandal und die *Freunde der Uhl*, habe ich recht?"

Der Jüngling überraschte mich. Wieso interessierte ihn das? Hatte er damit gerechnet, mich zu treffen? „Das stand nie in den Akten. Sie sind gut informiert, Herr Staatssekretär."

„Das ist mein Job."

„Genau wie meiner. Aber ich muss gestehen, dass ich keine Ahnung habe, was hier vor sich geht. Wieso ist Wolter nicht mehr da?"

Röllke zuppelte am Knoten seiner fliederfarbenen Krawatte. „Wie gesagt, wir haben ihn versetzt. Er wird in Hannover eine wesentlich anspruchsvollere Aufgabe bekommen."

Ich musste mir mächtig auf die Backen beißen, um nicht loszuprusten. „Bitte? Wolter und Verantwortung? Wofür wollen Sie den armen Kerl denn SO hart bestrafen? Oder muss er jetzt die Briefmarken in der Versandabteilung zählen?"

Röllke glotzte mich blöd an. Entweder verstand er mich nicht oder er fand mich nicht witzig. Schließlich räusperte er sich. „Wie auch immer Sie die Leistungen von Kommissar Wolter bewerten wollen, Herr Hammer, er hat sich hochgearbeitet."

„Höchstens hochgeschlafen. Und zwar wörtlich – mit Augen zu. Und warum schickt Hannover gerade einen Staatssekretär? Ich meine, ohne unverschämt werden zu wollen, aber haben Sie nichts Besseres zu tun, als ein kleines Polizeikommissariat zu leiten?"

Röllke lächelte schief. Schmeicheln funktionierte bei diesen Schmierlappen immer. „Selbstverständlich. Es ist ja auch nur vorübergehend. Bis ein geeigneter Nachfolger gefunden wurde. Aber sicher sind Sie nicht gekommen, um mit Herrn Wolter über seine Karriere oder seine Ambitionen zu reden."

„Sicher nicht. Wären auch beides recht kurze Gespräche geworden. Ich hatte gehofft, Wolter könnte mir was über den toten Atomkraftgegner sagen."

Mit federnden Schritten ging Röllke hinter Wolters Schreibtisch und zog eine Schublade auf. Ich sah einen dünnen Schnellhefter, eine Flasche Scotch und zwei Gläser.

„Eigentlich bin ich nicht befugt, Zivilpersonen Auskunft zu geben. Aber da Sie viel für die Verbrechensbekämpfung im Landkreis getan haben, will ich ein Auge zudrücken."

Der Typ überraschte mich. Oder er wollte mich kaufen...

„Der Mann soll angeblich Selbstmord begangen haben."

Röllke warf den Hefter auf den Schreibtisch und ich nahm ihn an mich.

„Nicht angeblich. Er hat sogar einen Abschiedsbrief geschrieben. Lesen Sie selbst."

Während Röllke ungefragt zwei Gläser einschenkte, warf ich einen Blick auf die kritzeligen Zeilen und schoss mit meinem Handy unbemerkt ein Foto, bevor ich den Deckel zuklappte und die dünne Mappe zurücklegte. Ich nahm das Glas, das er mir über die Tischplatte zugeschoben hatte.

„Sieht plausibel aus."

„Ist es auch. Eine eindeutige Sachlage."

Zumindest was die Bearbeitung von Todesfällen anging, konnte Röllke dem guten Wolter durchaus das Wasser reichen.

„Und was sagen seine Kameraden?"

„Wer bitte?"

„Na, die kleinen Trolle aus der Widerstandsgruppe, zu der Gratzki gehörte. Mit denen haben Sie doch sicher schon gesprochen."

Röllke schien zu überlegen. „Bisher noch nicht. Sehen Sie denn da einen Bedarf?"

Ich zuckte die Schultern. „Nur, wenn Sie sicher gehen wollen, was den Selbstmord betrifft. Die Typen haben doch bestimmt eine Meinung dazu. Wie zu allem anderen auch."

Röllke tat, als würde er nachdenken. „Ein guter Gedanke. Ich werde den mal im Auge behalten. Was bringt Sie eigentlich dazu, Fragen in dieser Sache zu stellen, Herr Hammer?"

„Die Schwester. Mirabelle Gratzki. Sie ist fest davon überzeugt, dass es

KEIN Selbstmord war. Aber das muss sie ja auch – ist ja schließlich die Schwester."

Röllke seufzte. „Ja, für die Angehörigen ist es immer schwer, so etwas zu akzeptieren. Oft geben sie sich insgeheim selbst die Schuld. Haben das Gefühl, nicht genug getan, die Zeichen nicht erkannt oder den Toten nicht davon abgehalten zu haben, diesen letzten schweren Schritt zu gehen."

Ich leerte mein Glas und beschloss, damit die Vorlesung in Soap-Opera-Psychologie zu beenden. „Danke für den Drink."

„Kein Problem. Kann ich sonst noch etwas für Sie tun, Herr Hammer?"

„Im Moment nicht. Aber vielleicht komme ich darauf zurück."

Röllke räusperte sich schon wieder. „Verstehen Sie mich nicht falsch, Herr Hammer. Aber die Möglichkeiten einer Zusammenarbeit mit Ihnen halten sich in sehr engen Grenzen. Es läuft hier jetzt ein bisschen anders als zu Wolters Zeiten."

Ich nahm meinen Hut.

„Kann ich mir vorstellen. Dennoch bin ich sicher, dass wir uns wiedersehen werden, Herr Röllke. Schönen Tag noch..."

*

Der Besuch auf dem Revier hatte mich misstrauisch gemacht. Ein Staatssekretär als Polizeichef in Uelzen roch schon nach einer mittelgroßen Verschwörung. Und wenn es hier einen Fachmann für Verschwörungen gab, dann den Unbekannten, den alle nur „Nerd" nannten. Der Hacker hauste versteckt in einer Scheune in Tätendorf. Kein Netzwerk war vor ihm sicher. Ich rief ihn an und kündigte meinen Besuch an. Hätte ich das nicht getan, wäre ich Gefahr gelaufen, in eine Selbstschussanlage zu rennen. Der Nerd war von Natur aus ein – sagen wir – etwas nervöser Typ. Noch auf dem Weg zum Wagen wählte ich Wolters Handynummer, in der Hoffnung, dass die Landesregierung ihm wenigstens die gelassen hatte.

Die bellende Stimme in meinem Ohr hatte zum ersten Mal etwas Beruhigendes.

„Hallo Wolter, schön, dass Sie noch leben."

„Jetzt, da Sie mich anrufen, Hammer, bin ich mir da nicht mehr so sicher. Was wollen Sie von mir? Ich bin nicht mehr in Uelzen."

„Habe ich schon gehört. Da lässt man Sie einmal aus den Augen und schon werden Sie versehentlich befördert. Wie konnte es denn dazu kommen?“

Wolter lachte hämisch, was unweigerlich in einem Hustenanfall endete. „Um das rauszufinden, braucht es mehr als Ihre mageren Schnüffler-Talente. Ich habe keine Ahnung. Kam wie aus heiterem Himmel. Einmal am Sack gekratzt und schon saß ich in Hannover. Keine Ahnung was ich hier soll. Habe bisher nicht mal meine Sachen ausgepackt. Bin selber erst drei Tage hier.“

Ich rief mir den Zeitungsartikel wieder ins Gedächtnis. Direkt nach Gratzkis Selbstmord. Vielleicht war meine Auftraggeberin doch nicht so verrückt.

„Aber die haben doch irgendwas zu Ihnen gesagt, Wolter. Oder wenigstens einen scheiß Orden rausgeholt.“

Er brummte. „Keine Ahnung. Nur sowas, wie, dass ich eine Aufgabe bekommen würde, die mehr meinen Fähigkeiten entspricht.“

„Und was soll das sein? Büroklammern geradebiegen?“

„Jetzt werden Sie mal nicht frech, Hammer! Ich bin ein guter Bulle. Während meiner gesamten Dienstjahre habe ich mir größte Mühe gegeben, niemandem auf die Füße zu treten.“

„Das ist allerdings die beste Qualifikation für Hannover. Aber jetzt mal ehrlich, Wolter: Finden Sie nicht selbst, dass das stinkt?“

„Geld stinkt nie, Hammer. Aber woher sollten Sie das schon wissen. Ich guck dem geschenkten Gaul jedenfalls nicht ins Maul. Ich soll hier irgendwas mit Strategieplanungen im ländlichen Raum machen oder so einen Scheiß. Aber selbst wenn die einzige Veränderung ist, dass ich Ihre dämliche Fresse nicht mehr sehen muss, ist das schon Beförderung genug für mich, Hammer.“

„Ja, Wolter. Ich werde Sie auch vermissen. Viel Spaß in der Chefetage. Wir sehen uns.“

„Nicht wenn die Züge weiter so fahren wie bisher. Passen Sie auf sich auf, Hammer. Aber machen Sie das verdammt noch mal in Uelzen.“

Ich grinste.

Die Leitung war tot.

Gut zu wissen, dass Wolter immer noch der Alte war. Auch wenn das im Moment die einzige Konstante zu sein schien.

Kein Mensch wusste, was der alte Sesselplattsitzer in der Landeshauptstadt verloren hatte. Das roch verdammt nach Abschiebung. Doch ich konnte mir noch immer keinen Reim darauf machen, warum jemand ausgerechnet Wolter aus dem Weg räumen sollte. Das ist, als würdest du eine Ameise auf der Rückenlehne eines Kinosessels wegschnipsen, weil sie dir die Sicht nimmt. Alarmierend blieb das Datum. Kurz nach Moritz Gratzkis Tod wurde Wolter abberufen und ein Staatssekretär in sein Büro gepflanzt. Da MUSSTE einfach was dahinterstecken. Ich drehte mir eine Kippe und schob sie zwischen meine Lippen.

Was auch immer die Regierung damit bezweckt hatte: Die Aktion hatte nicht dazu gedient, irgendetwas zu vertuschen. Im Gegenteil. Ich war mir jetzt sicher, dass hier etwas mächtig stank. Es war also Zeit, die Fenster zu öffnen und die Duftbäume auszupacken.

Kapitel 2

Meine lieben Freunde und Gefährten!

Es tut mir leid, dass ich euch die Nachricht meines Todes nicht ersparen kann. Doch ich sehe in diesem Leben keinen Sinn mehr.

All mein Tun und all mein Streben waren auf den Widerstand gegen die mächtige Atom-Lobby ausgerichtet. Dem Widerstand habe ich mein Leben gewidmet. Doch jetzt muss ich einsehen, dass wir diesen Kampf niemals werden gewinnen können. Weder mit dem Mut des Einzelnen, noch gemeinsam in einer großen Allianz.

Wer immer an der Macht sitzt, wird von den großen Energiekonzernen gelenkt und ist nicht mehr als eine rückgratlose Polit-Marionette. Ich aber kann den Gedanken nicht länger ertragen, dass unser aller Schicksal an den Erträgen der Wirtschaft hängt und der Mensch allein davon bestimmt wird. Die einzige Chance dieser Ohnmacht zu entgehen, sehe ich im Beenden dieses fremdgesteuerten Lebens.

Weint nicht um mich, sondern lasst meinen Tod eine Warnung an alle sein, die sich blind ihrem Schicksal fügen wollen.

Wir sehen uns in einer besseren Welt ohne Atomkraft wieder.

In tiefer Hoffnungslosigkeit,

Moritz

Wütend warf Mirabelle Gratzki mein Handy auf das schmale Bett ihres Hotelzimmers und verschränkte die Arme vor der Brust. Ihr Blick war eine Mischung aus Trotz, Wut und Trauer.

„Niemals hat Moritz das geschrieben."

Dem hatte ich nichts entgegenzusetzen. Sogar für mich sah das Geschreibsel wie das Bewerbungs-Script eines Fernsehfilmautors aus. So schrieb kein Widerständler aus dem Wendland, auch wenn ein paar Parolen-Schablonen und Schlüsselvokabeln eingebaut waren. Die Mischung aus Arzt-Roman und ideologischer Polemik passte einfach nicht zusammen. Nach meinem Anruf bei Wolter war ich gleich ins Hotel zu meiner Auftraggeberin gefahren, um ihr den Brief zu zeigen. Und um mir von ihr sagen zu lassen, was ich eh schon wusste.

„Das ist nicht mal seine Handschrift", brach es aus ihr heraus.

„Mein Bruder war voller Hoffnung und Tatendrang. Und er war ein positiver Mensch, Herr Hammer. Es ging ihm immer mehr um den Kampf, als um das Gewinnen."

„Na, da war er ja im Wendland gut aufgehoben. Hatten Sie eigentlich ein enges Verhältnis zueinander?"

Mirabelle wandte sich abrupt ab. Sie zog eine Packung Zigaretten aus ihrer Handtasche, zündete sich eine an und stellte sich ans offene Fenster. Plötzlich wirkte sie gar nicht mehr so verletzlich und unschuldig.

„Wir haben uns aus den Augen verloren. Moritz und mein Vater haben sich schon immer in die Haare gekriegt. Moritz war ein linker Rebell. Mein Vater ist ein hohes Tier bei unserem örtlichen Energieanbieter. Er verkörpert also alles, was Moritz aus tiefster Überzeugung hasst. Dennoch war mein Bruder immer der Friedfertigere von beiden. Er hat mit meinem Vater diskutiert. Meist ganz ruhig. Und Papa ist an die Decke gegangen. Er hat ihm gedroht, ihn beschimpft und schließlich rausgeschmissen. Also ist Moritz ins Wendland gegangen. Das war vor einem Jahr."

„Wie alt war ihr Bruder?"

„Erst 24. Mein Vater hat ihm vorgeworfen, dass er nichts aus seinem Leben machen würde. Er wollte studieren. Umweltwissenschaften. Hat auf einen Platz in Lüneburg gewartet."

„Und Sie? Das Küken, nehme ich an."

Sie drückte hastig ihre Zigarette aus und wischte sich eine Träne aus dem Auge. „Ich bin zwei Jahre jünger als Moritz. Er hat mich beschützt. Er war mein Held. Die alte Geschichte von kleiner Schwester und großem Bruder. Ich fühle mich unendlich allein, Herr Hammer. Das wusste Moritz. Er hätte mich nicht verlassen."

Ihre Geschichte rührte mich. Aber das taten „Dumbo" und „Bambi" auch. Ich durfte mich nicht blenden lassen. Gefühle hatten keinen Platz in meinem Job.

„Kennen Sie diese Atomkraftgegner-Organisation, in der ihr Bruder mitgemischt hat?"

„Ja, es war so eine Bürgerinitiative..."

„Ist es immer. Und der Name?"

„Warten Sie... Ja, genau: *Gor-leben statt Gor-sterben GSG X*. Genau, so heißt sie."

Ich nickte. „Na schön. Ich gehe der Sache nach."

„Gibt es nicht auch irgendwas, das ICH tun könnte?

„Sie können auf sich aufpassen."

„Denken Sie etwa, dass ich in Gefahr bin?"

„Im Moment weiß ich nur eins: Etwas stinkt in Uelzen gewaltig zum Himmel, und das ist mal nicht die Zuckerfabrik. Ich melde mich bald wieder."

Ich beeilte mich aus dem Zimmer zu kommen, bevor ich der Kleinen noch einen Schnuller in den Mund stecken und ihr ein Gutenachtlied vorsingen konnte.

Auf dem Weg zum Auto bekam ich eine Nachricht vom Nerd. Er war fleißig gewesen, was Röllke anging. Und ich konnte kaum erwarten zu hören, was er rausgefunden hatte. Also warf ich mich in den alten Volvo und trat aufs Gas – soweit das in Uelzens verkehrsberuhigten Straßen gefahrlos möglich war. Ich hatte es ziemlich eilig, nach Tätendorf zu kommen.

*

Jedes Mal wenn ich zu der alten Scheune hinter der Bundesstraße kam, hatte ich das Gefühl, sie sei schon wieder ein bisschen mehr in sich zusammengefallen. Ich kannte den Nerd, der hier hauste, jetzt schon eine ganze Weile. Aber ich hatte immer noch nicht rausbekommen, wem der Schuppen eigentlich gehörte und wie er hier draußen überleben konnte. Von der Stromversorgung und dem Internet mal ganz abgesehen.

Aber ich war Detektiv genug, um zu wissen, dass manche Geheimnisse besser nicht gelüftet wurden. Ich ließ den alten Volvo auf dem unebenen Kopfsteinpflaster stehen und zog eine der beiden schweren, morschen Flügeltüren auf, die ins Innere führten.

Das blasse Licht der abgewandten Monitore warf einen milchigen Schleier in den Raum. Meine hallenden Schritte unterbrachen das leise, gleichmäßige Surren der Lüftungsanlagen.

„Da bist du ja endlich, Hammer", hörte ich die gehetzte Stimme hinter den Rechnern. „Los, komm her. Ich habe schon auf dich gewartet."

Ich war froh, dass der Nerd diesmal auf seine berühmte Lichtshow verzichtete, die er immer anwarf, wenn ich reinkam. Dann blendete mich regelmäßig eine Reihe Scheinwerfer, die gut und gerne in der Lage war, einen Anfall auszulösen.

Ich schlenderte hinter den Schutzwall aus PC-Towern, Verstärkern und Monitoren, der problemlos der Chinesischen Mauer Konkurrenz gemacht hätte, und grinste den Nerd an. Er hockte vor einer Treppe aus Tastaturen, wie das *Phantom der Oper.* Nur mit fisseligem Backenbart und einem schwarzen T-Shirt, das mit irgendeinem Herr-der-Ringe-Emblem bedruckt war.

Aus einer Plastiktüte holte ich ein paar Dosen Energy-Drinks raus und stellte sie auf den Tisch. Mein Gastgeschenk für den Nerd.

Er sah nicht mal hin, aber seine Mundwinkel zuckten.

„Ich danke dir, Hammer. Du weißt eben, worauf ich stehe."

„Oh ja. Und da aufblasbare Star-Trek-Puppen nicht im Sortiment waren, war die Auswahl nicht mehr sehr groß."

„Wieso bemühst du dich eigentlich immer noch, witzig zu sein? Du müsstest doch mittlerweile wissen, dass das sinnlos ist."

„Die Hoffnung stirbt eben zuletzt. Also, was hast du für mich?"

Der Nerd seufzte und ließ seine Finger über die verschiedenen Tastaturen gleiten. Sofort flimmerten Bilder und Schriftblöcke über die Bildschirme. Mit sich zufrieden, lehnte sich der Nerd zurück und verschränkte die Arme hinter dem Kopf.

„Da ist dein Freund – Enrico Röllke. Sein ganzes Leben, sofern es nicht von der Landesregierung geschwärzt wurde."

„Warum sollte sie das tun?"

„Weil Regierungen das IMMER machen, Hammer. Die haben eine extra Geheimabteilung, die nur dafür da ist, schwarze Balken in Personalakten zu malen."

Ich konnte mir das Sammelsurium an Verschwörungs-Theorien ausmalen, das über mich hereinbrechen würde, wenn ich es wagte nach dem „warum" zu fragen. Also schenkte ich mir diesen Teil.

„Was ist denn NICHT geschwärzt?"

Der Nerd tat, als würde er lesen.

„Also: Wie sein Name schon sagt, kommt Röllke aus dem Osten, Nähe Magdeburg. 35 Jahre alt. Kein helles Licht in der Schule, aber mit einer beachtlichen Karriere bei der Bundeswehr, inklusive Studium. Wechselte dann in den Staatsdienst und ist seitdem im Niedersächsischen Innenministerium. Hat sich dort in kurzer Zeit bis zum Staatssekretär hochgearbeitet. Allerdings ohne wichtige Aufgaben. Gilt als Ehrgeizling und Hardliner."

Nichts was für mich eine Überraschung gewesen wäre. „Dunkle Flecken im Lebenslauf?"

„Wenn ja, dunkel genug, um als schwarz zu gelten."

„Verstehe."

„Lies' zwischen den Zeilen, Hammer: Wichtig sind nie die Dinge, die irgendwo stehen, sondern die, die NICHT dort stehen. Über deinen Freund Enrico Röllke steht erstaunlich wenig in den Akten. Kann sein, dass er tatsächlich so ein Langweiler ist. Kann aber auch sein, dass er absichtlich unter dem Radar gehalten wird."

„Wäre schön, wenn du aufhören könntest, ihn als meinen Freund zu bezeichnen. Ich habe da aber noch was: Was weißt du über eine Aktivisten-Gruppe, die sich *Gor-leben statt Gor-sterben* nennt?"

Der Nerd zögerte und langsam wurden seine Augen größer.

„Die *GSG X*? Eine Splittergruppe aus verschiedenen Anti-Kernkraft-Organisationen. Sie haben sich zusammengetan, weil ihnen der restliche Widerstand zu soft erschien. Bewegen sich hart an der Grenze der Legalität und haben Verbindungen zum Schwarzen Block. Ihr Sitz ist in einer Bauwagensiedlung in der Nähe von Jameln."

„Und das weißt du... einfach so?"

Er zuckte mit den Schultern. „Habe den Newsletter des Verfassungsschutzes abonniert. Die werden genau beobachtet. Ich hoffe, diese beiden Namen tauchen in deinem kranken Hirn nicht zusammen auf."

„Hast du ein Problem mit der Kombination?"

„Ist ein bisschen Chili in Gummibärchen – manche Dinge sollten nie zueinanderfinden. Innenministerium und *GSG X*? Wenn diese Pole zusammentreffen, knallt es richtig. Ich fürchte, du reitest dich mal wieder mächtig in die Scheiße, Hammer."

„Selbst wenn – die Zügel behalte ich in der Hand. Ich danke dir, Nerd. Wir sehen uns."

Ich klopfte meinem paranoiden Informanten auf die Schulter und verließ die dunkle Scheune wieder.

Draußen wurde es langsam dunkel. Zeit für ein Treffen mit meinem alten Kumpel Johnnie W. Außerdem hatte ich genug Stoff zum Nachdenken. Vielleicht war meine junge, schöne Auftraggeberin doch nicht so verblendet, wie ich geglaubt hatte. Moritz Gratzki sah immer mehr nach einem Bauernopfer aus, das zwischen die Fronten geraten war.

Er wäre nicht der erste gewesen, der zwischen Idealismus und Politik aufgerieben wurde. Und ein Selbstmord war bei diesem schmutzigen Spiel auch nicht von der Hand zu weisen. Andererseits standen sich mit Regierung und Atomkraftwiderstand zwei Gegner gegenüber, die bereit waren, bis zum Äußersten zu gehen, um ihre Ziele durchzusetzen.

Wer auf der einen Seite stand, wusste ich bereits: Der aalglatte Emporkömmling aus Hannover war nicht einfach nach Uelzen gekommen, weil hier die Heide so schön blüht und wir einen berühmten Bahnhof haben. Da steckte mehr dahinter, als er zugegeben hatte. Und mehr, als der abgeschobene Walter Wolter wusste. Was nichts zu sagen hatte.

Aber ich konnte meinen Nackenhaaren vertrauen. Wenn die senkrecht standen, war etwas in Gang. Es war an der Zeit, mir die andere Seite dieser unheiligen Konstellation anzusehen. Der morgige Tag würde also ganz im Zeichen einer individuellen Landpartie stehen. Und ich war schon sehr gespannt auf das grimmige Gesicht des Widerstands.

Kapitel 3

Ins Wendland zu fahren ist immer eine Zeitreise, nicht nur was die Straßen angeht. Mit jedem Kilometer wurden die Errungenschaften der Zivilisation weniger und als ich erst mal die Bundesstraße verlassen hatte und mich über löchrige Kreisstraßen und halbbefestigte Wirtschaftswege vorwärts kämpfte, rechnete ich jeden Moment damit, dass mir irgendein strumpfhosentragender Loden-Heini mit Pfeil und Bogen vor den Kühler springen würde.

Aber hier zeigte sich nicht mal ein Reh.

Ich holperte schon ziemlich lange einem veritablen Schleudertrauma entgegen, als ich endlich das Lager der Aktivisten erreichte. Eine Art unterbrochener Kreis aus Bauwagen, Zelten und anderen Behelfshütten, die wohl so eine Art „Ortskern" bilden sollten. Drumherum noch Feuer- und Waschstellen, improvisierte Antennen, illegale Sendemasten und Stromgeneratoren. Sollte unser Abendland tatsächlich mal untergehen, wäre die Umstellung hier am geringsten. Doch etwas störte die simulierte Post-Apokalypse: Eine schwarze Mercedes-Limousine mit Hannoveraner Kennzeichen. Auf die Erklärung war ich schon mehr als gespannt.

Ich parkte meinen verbeulten Volvo ein bisschen abseits und schlenderte auf das improvisierte Tor zum Minirundling zu. Da sah ich schon den durchgestylten Staatssekretär im hellen Kamelhaarmantel. Er schien in ein Gespräch vertieft. Sein Gegenüber war eine wahrscheinlich junge Frau, die mit Batik-Kleid über abgewetzten Jeans und mit einer Mähne aus verfilzten Henna-Dreadlocks wesentlich älter aussah. Aber auch Klischees müssen ja irgendwo herkommen. Die Frage war nur, warum sie immer wieder bedient wurden.

Als Röllke mich erblickte, sah er mich an wie ein Sechstklässler, der beim Spannen in der Mädchen-Umkleide erwischt wurde.

Ich hatte keine Lust, mir mein Grinsen zu verkneifen.

„Sie schon wieder, Holger Hammer. Wenn ich es nicht besser wüsste, würde ich sagen, Sie verfolgen mich."

Ich nickte dem ungleichen Pärchen zu.

„Wenn es so wäre, würde ich Sie sicher nicht in einem Lager von Anti-Atomkraftaktivisten suchen, Herr Staatssekretär. Lagesondierung beim Feind?"

Seine Empörung war gespielt. „Ich wollte der *GSG X* nur mein Bedauern über den Tod ihres Mitglieds aussprechen. Schließlich sind wir doch alle zivilisierte Wesen, die das Ableben eines Menschen gleichermaßen trifft. Außerdem war es doch IHRE Idee mit den Angehörigen der Gruppe zu sprechen."

Ich hatte keinen Appetit auf Polit-Plattitüden mit Phrasen-Dressing. Also wandte ich mich an die große Schwester von Rumpelstilzchen.

„Und Sie sind?"

Sie streckte eine spröde Hand mit abgekauten Nägeln vor und musterte mich eingehend. Die kleinen Augen in dem Gesicht mit der aufgeplatzten, trockenen Haut, waren klar und wach. Und misstrauisch.

„Urte Kösicz, Vorsitzende der *GSG X*."

„Dann sind Sie die Frau, nach der ich suche. Holger Hammer. Ich würde mich gerne mit Ihnen über den Tod von Moritz Gratzki unterhalten."

Ungefragt mischte sich schon wieder der Anzugträger ein.

„Sie werden hier keine Verschwörung finden, Herr Hammer."

„Aber vielleicht noch eine Überraschung. Immerhin habe ich ja auch SIE hier gefunden."

Er zupfte an seiner glänzenden Krawatte mit Rautenmuster, unsicher, ob er eine Ausrede zum Bleiben finden oder sich einfach verpissen sollte. Schließlich räusperte er sich.

„Tun Sie, was Sie tun müssen. Aber kommen Sie mir nicht mehr in die Quere. Frau Kösicz? Danke, dass Sie Zeit für mich hatten. Und nochmals: mein herzlichstes Beileid."

Sie nickte Röllke zu und sah ihm nach, wie er storchenhaft durch das Lager stakste, peinlich darauf bedacht, seine italienischen Leder-Treterchen nicht zu ruinieren.

Als er verschwunden war, musterte mich Urte Kösicz weiter und baute sich breitbeinig vor mir auf, die Hände in den Taschen ihres Kleides vergraben.

„Also, was kann ich für Sie tun?"

„Erzählen Sie mir alles über Moritz Gratzki. Und am besten auch über seinen Tod."

Das Lächeln eines Pokerspielers mit Royal Flush auf der Hand spielte um ihre Lippen.

„Denn mal los, Hammer. Kommen Sie – gehen wir ein Stück..."

*

Urte Kösicz führte mich durch das Bauwagenlager ihrer Bürgerinitiative, ein unorganisierter Haufen militanter Aktivisten, die um Lagerfeuer herumlungerten, ihre Wäsche in Blechkübeln wuschen und nebenbei auf Trommeln hämmerten.

Kinder liefen lachend über das Feld. Eile schien es hier nicht zu geben. Alles erinnerte an eine liebenswerte Hippie-Kommune aus den 1970er Jahren. Nur die Smartphones und Laptops wollten nicht so richtig ins Bild passen.

Doch der Schein trog eben auch hier.

Ich schlenderte neben Urte Kösicz her, an einem Feldrand hinter der Siedlung entlang. Sie zupfte an ein paar Getreidehalmen herum und schien in Erinnerungen zu schwelgen.

„Moritz war ein wahrer Krieger für unsere Sache, Herr Hammer. Leidenschaftlich, kreativ, ungebrochen. Und er war ein unheilbarer Optimist. Er hätte niemals aufgegeben. Geschweige denn, sich umgebracht. Er steckte voller Ideen. Er hatte Pläne."

„Dann haben Sie ihn wohl sehr gut gekannt."

„Wie alle meine Kinder im Geiste. Doch Moritz war noch mehr. Er war ein Freund... und wir haben uns geliebt..."

Sie warf mir einen verstohlenen Seitenblick zu. Das Kleinmädchen-Image passte so gar nicht zu ihr.

Das war in der Tat eine Überraschung. „Sie waren ein Paar?"

Sie lachte laut und ein bisschen bellend.

„Oh, Hammer! Nur ein Mitglied des Establishments kann noch solche Kleinbürger-Phrasen verwenden. Wir denken nicht in diesen gesellschaftlichen Konventionen, die das Gefühl der Liebe in ein falsches Korsett des monogamen Besitzes pressen wollen. Aber ja – wir standen uns nahe."

„Sie glauben nicht, dass er sich umgebracht hat?"

„Natürlich nicht. Oder glauben Sie, dieser schmierige Staatssekretär war nur hier, um ein paar Blumen zu bringen?"

„Was dann?"

„Um zu erfahren, was wir wissen. Und ob wir einen Vergeltungsschlag planen."

„Wofür? Geben Sie IHM etwa die Schuld an Moritz' Tod?"

Sie blieb stehen und musterte mich. „Das System hat ihn umgebracht. Ob nun aktiv oder durch seine unermüdlichen und grausamen Gesetzes-Mühlen. Für die Beherrscher des Systems sind wir doch nur kleine Spielfiguren auf ihrem großen Feld. Lästige Hindernisse auf dem Weg zum Ziel."

„Und mit System meinen Sie... die Landesregierung?"

Sie lachte schon wieder! Und das, wo mir doch der Nerd gestern noch versichert hatte, dass ich überhaupt nicht witzig sei. Mittlerweile hatte ich auch keinen Bock mehr, mich wie ein Idiot zu fühlen. Doch offenbar lebten alle außer Urte Kösicz in einer Traumwelt.

„Nicht doch, Hammer", prustete sie. „Die Landesregierung ist so zahnlos wie eine alte Schildkröte. Und das gilt für alle Politiker. Nein, die sind doch nur die Erfüllungsgehilfen der Atomlobby und der Energie-Mafia. Was die sagen, wird gemacht. DIE sind das System. Und der Rest ist machtlos.

„Eine deprimierende Vorstellung. Und da soll man sich nicht umbringen?"

Urte Kösicz zuckte mit den Schultern. Während ihres kleinen Lachanfalls war sie stehengeblieben, jetzt setzte sie ihren Weg fort. Wir hatten die letzten Zelte hinter uns gelassen und bewegten uns nun über ein offenes Feld, Richtung Waldrand.

„Ein schwächerer Charakter schon. Aber nicht Moritz. Glauben Sie mir, er konnte sogar mir noch Hoffnung geben, wenn ich mal unten war. Und als mir alles sinnlos erschien. Dann hat er gesagt: Komm schon, Urte. Der Weg ist das Ziel. Auch wenn wir nicht ankommen können – wir müssen weitergehen. Für all' die, die es nicht mehr können." Sie unterstrich die dramatische Tragweite mit einem Seufzer. „Ja, das war Moritz..."

„Ich sehe schon, er war wirklich wichtig für Sie. Kein Wunder also, wenn Röllke einen Vergeltungsschlag fürchtet. Oder?"

Sie blieb stehen und sah mich aus kalten, durchdringenden Augen an. „Sie gewinnen keinen Krieg mit Gewalt. Nicht bei uns."

„Da habe ich aber was anderes über Ihre Organisation gehört... Und ich glaube, der Verfassungsschutz schätzt Sie auch anders ein."

Sie lächelte und hob die Schultern.

„Es stimmt, wir sind bereit zu tun, was nötig ist, um die Atompolitik zu stoppen und die Vorfestlegung Gorlebens als Endlager zu verhindern. Einer muss es tun. Und unsere kleine Gruppe ist die einzige Barrikade, die zwischen diesem schönen Landstrich und dem Einmarsch der Barbaren steht, das können Sie mir glauben, Hammer."

„Aber der Widerstand hier im Wendland ist doch groß. Eigentlich... flächendeckend."

Ihre Augen wurden schmal und sie hob einen Zeigefinger.

„Nicht überall, wo Widerstand draufsteht, ist auch Widerstand drin, Hammer."

„Und ich dachte immer, alle seien durch das gemeinsame Ziel verbunden."

Urte Kösicz lachte schon wieder über mich. Aber ich gewöhnte mich daran.

„Herr Hammer, ich merke schon, Sie sind nicht besonders bewandert in der Anti-Atomkraft-Bewegung. Sie ist von Individuen geprägt. Und jeder hier glaubt, die Definition des Wortes Widerstand für sich gepachtet zu haben. Eine Nebenwirkung des Idealismus – es gibt keine klaren Regeln, jeder definiert seine Abneigung für sich selbst. Aber in den letzten Jahren gab es tatsächlich eine auffällige Strömung, die den Widerstand zu zersetzen drohte – und die heißt Mainstream. Der Widerstand verweichlichte immer mehr, verkam zu einer degenerierten Event-Mentalität. Das Ganze erinnerte immer mehr an Karneval: Pünktlich im November hieß es dann *D'r Zoch kütt.*"

Urte Kösicz spuckte wütend aus und schob sich eine Zigarette aus der Tasche ihres Latzkleides zwischen die Lippen.

„Die sogenannten Aktivisten lieferten sich ein Katz- und Mausspiel mit der Polizei, das fast schon einer eigenen Choreographie folgte. Man kannte sich, lachte miteinander, sprach sich mit Vornamen an. Wie ein Kindergeburtstag. Und alle waren aufgeregt und freuten sich schon Wochen vorher auf den neuen Castor. Keiner wusste mehr, dass wir hier keine Party feierten! Und drum herum gab es dann Filmvorführungen, Trommelworkshops, Showprozesse und täglich fünf Pressemitteilungen aus Textbausteinen. Es war peinlich und für jemanden, der sich wirklich engagierte, ein Trauerspiel. Das Ganze sah aus wie eine monothematische Winterversion der Kulturellen Landpartie, Hammer. Und als dann die Castor-Transporte eingestellt wurden, war es sogar noch schlimmer. Da hockten alle rum und heulten, weil sie nicht mehr wussten, was sie machen sollten. Also schrieben sie nur noch verzweifelte

Pressemitteilungen, die in ihrer Absurdität nur noch zum Fremdschämen führten. Nein, Herr Hammer. Der größte Teil des Widerstands war zahnlos und dekadent geworden."

„Also haben Sie die Notbremse gezogen?"

Urte Kösicz blies den Rauch in die Luft und genoss die Rolle, die sie gleich zu spielen gedachte.

„Ich habe die letzten Gläubigen um mich versammelt und eine neue Bewegung ins Leben gerufen. Es war die einzige Chance, den Widerstand zu retten. Natürlich gibt es auch bei uns harmoniebedürftige Mitläufer, aber die können wir mit durchschleppen, solange sie im Geiste unseren Idealen treu sind."

Ich sprach noch eine Einladung zum Auslachen aus. „Musste der Widerstand denn gerettet werden? Die Castoren rollen nicht mehr, die Suche nach einem Endlager läuft. Wäre es nicht an der Zeit, sich zur Ruhe zu setzen?"

Offenbar hatte auch Urte Kösicz keine Lust mehr, sich über mich lustig zu machen. Sie seufzte und schüttelte den Kopf. „Leider ist Ihre Kurzsichtigkeit die Perspektive der meisten Menschen, Hammer. Niemand will mehr sehen, was um ihn herum passiert. Die Leute sind eingelullt von Doku-Soaps und Smartphones. Damit haben wir die Kontrolle aus der Hand gegeben. Brot und Spiele – die alte Leier zur Narkotisierung des Volkes. Gerade jetzt, wo das Offensichtliche beendet ist, braucht es den Widerstand gegen das Verborgene mehr denn je. Es gibt noch viele Fronten für uns: Die latente Verstrahlung und der damit einhergehende Rückgang von Mädchengeburten. Die rostigen Fässer, das Zurechtzimmern von Endlagerkriterien, die auf Gorleben passen. Die anhaltende Erpressung von Energiekonzernen gegenüber der Regierung, der Wegfall der Brennelemente-Steuer – die Liste ließe sich beliebig fortsetzen."

„Und das sieht der restliche Widerstand nicht so? Der Mainstream?"

Sie kickte ein paar Steine über den Acker. „Die hatten sich auf die Castor-Transporte eingeschossen. Kannten das Gelände, wussten, wo sie wann zu sein hatten. Für alles andere fehlte die Fantasie. Der größte Teil des Widerstands ist wie der Rest der Gesellschaft: Laborratten, die ihren Weg zur Futterquelle kennen. Ist er verbaut, verhungern sie. Aber wir, wir beißen uns durch. Wir sehen die Haken, die wir schlagen sollen, überblicken das große Ganze im Labyrinth und geben nicht eher auf, bis wir am Ziel sind. Wir lassen uns nicht für dumm verkaufen. Und dafür brauchen wir keine Gewalt. Wir haben die Wahrheit auf unserer Seite. Und die Macht der Worte. Und wenn wir Beweise für eine Verbindung zwischen Moritz‘ Tod und der Regierung haben, werden wir sie auch öffentlich machen. Mit allen Konsequenzen und ungeachtet persönlicher Folgen.“

„Existiert denn so ein Beweis?“

„Noch nicht. Aber wieso interessiert Sie das überhaupt so sehr?“

Ich hatte mich schon gefragt, wann sie endlich darauf zu sprechen kommen würde. Aber meine Motivation spielte nur eine Nebenrolle. Urte Kösicz verbreitete ihr Evangelium überall und vor jedem. Die Botschaft war wichtiger als der Empfänger.

„Die Schwester von Moritz – Mirabelle Gratzki. Sie will ebenfalls die Hintergründe seines Todes aufklären.“

Urte nickte. „Ja, genau. Die kleine Schwester. Moritz hat oft von ihr gesprochen, und darüber wie sehr er sie geliebt hat. Er sagte, sie sei die einzige Familie gewesen, die ihm noch geblieben wäre. Ich habe sie leider nie kennengelernt.“

„Wieso nicht? Wo sie sich doch auch so nahestanden? Er hat sich doch nicht geschämt? Oder musste ihre Beziehung etwa geheim bleiben?“

Urte Kösicz sah mich von der Seite an und grinste verschmitzt. „Ich weiß, was Sie vorhaben, Hammer. Aber versuchen Sie es gar nicht erst. Es wird Ihnen nicht gelingen, ein Haar in der Suppe zu finden. Jeder hier lebt seine Gefühle offen und ohne Zwänge. Jeden Tag. Und alle wissen über jeden Bescheid. Nein, Moritz wollte seine Schwester einfach aus der ganzen Sache heraushalten. Sein Idealismus und die Nähe zum Widerstand haben zu einem Bruch mit seinen Eltern geführt. Das wollte er Mirabelle ersparen.“

„Ich verstehe.“

Wir gingen ein paar Minuten schweigend nebeneinander her und erreichten wieder das Lager. Dort baute sich Urte Kösicz erneut vor mir auf.

„Ich hoffe, ich konnte Ihre Fragen alle beantworten, Herr Hammer.“

Genau genommen hatte Sie mir keine einzige beantwortet. Jedenfalls nicht so, dass ich einen Schritt weitergekommen wäre. „Im Moment schon. Danke, dass Sie Zeit für mich hatten.“

„Wenn ich noch helfen kann, tue ich das gerne.“ Sie kramte in der Gesäßtasche ihrer Jeans herum und zückte geschickt ein Hochglanz-Kärtchen aus edlem Papier.

„Hier ist meine Karte. Darauf finden Sie alles: Handy, Festnetz, Fax, Skype, Facebook, Whatsapp, Snapchat, Instagram und Twitter."

Ich konnte nicht verbergen, dass ich beeindruckt war.

„Sie sind gut vernetzt, Frau Kösicz."

„Meine Mutter ist *Frau Kösicz*. Ich bin einfach nur Urte. Und ja, auch der Widerstand muss mit der Zeit gehen."

Ich steckte die Karte ein. „Ich melde mich wieder."

„Wann immer Sie wollen."

Ich ließ die merkwürdigen Aktivisten in ihrer kleinen Welt allein, immer noch beeindruckt vom scharfen Verstand und der Wortgewandtheit ihrer Anführerin. Auch wenn sie sicher ganz eigene Ziele verfolgte, konnte es nicht schaden, so etwas wie eine Verbündete in diesem undurchsichtigen Dschungel zu haben. Einem Dschungel, in dem ich jetzt dem gefährlichen Tiger die Krallen stutzen musste. Dem Tiger namens Enrico Röllke.

*

Nach meinem überraschenden Zusammentreffen mit Röllke hatte ich die Idee, dass es vielleicht tatsächlich sinnvoll sein könnte, ihm zu folgen. Außerdem hatte ich nicht viele andere Spuren, denen ich nachgehen konnte. Nachdem ich mich also noch ein bisschen über diese dubiose Bürger-Initiative schlau gemacht hatte, legte ich mich in der Nähe der Polizeistation auf die Lauer und wartete. Pünktlich um 17.30 Uhr verließ der Staatssekretär das marode Gebäude und ich fragte mich, was er wohl so lange hinter Wolters Schreibtisch angestellt hatte. Viel dürfte es doch für ihn hier nicht zu tun geben.

Ich ließ den alten Volvo stehen und heftete mich an Röllkes Fersen. Sein Weg führte ihn direkt in eine schummerige Kneipe am Schnellenmarkt, deren Name und Besitzer häufiger wechselten als die Blüten der verkümmerten Malven am Eingang. Nicht unbedingt der Ort, an dem ich einen Staatssekretär des Innenministeriums vermutet hätte. Aber vielleicht löste die Umgebung ja den Stock im Arsch.

Ich gab ihm eine Zigarettenlänge Zeit, um den Mantel auszuziehen und sein erstes Bier zu bestellen. Dann folgte ich ihm. Leiser Blues drang aus den versteckten Lautsprechern. An den niedrigen Tischen vor den getönten Scheiben hockten ein paar gebeugte Gestalten im Halbdunkel. Die Verlorenen und die Vergessenen. Willkommen in der Zwischenwelt.

Ich sah Röllke am Tresen, den Knoten der Krawatte gelockert, das Haar zerzaust. Er drehte ein kleines Glas mit Hochprozentigem in den Händen.

Wäre er kein Beamter gewesen, hätte ich vermutet, dass er einen anstrengenden Tag hinter sich hatte. Aber so fehlte mir das Mitleid. Die Hände in den Manteltaschen, schlenderte ich auf ihn zu.

„Hallo, Herr Staatssekretär. Bevor Sie fragen: Ja, ich bin Ihnen diesmal tatsächlich gefolgt. Sie haben mich da wirklich auf eine Idee gebracht."

Er stöhnte, schob ein paar Finger unter die Brillengläser und rieb sich die müden Augen.

„Was habe ich nur an mir, dass andere nicht haben, Hammer?"

„Teure Klamotten in einer Stadt, in der die nichts zu suchen haben."

Er verzog den Mund. „Ernsthaft, Hammer: Was wollen Sie von mir?"

„Antworten. Und zwar plausible."

Er musterte mich, schüttelte dann resigniert den Kopf.

„Nun, da ich Sie offenbar nicht loswerden kann, setzen Sie sich und trinken Sie was mit mir. Aber glauben Sie nicht, dass wir dadurch zu Freunden werden."

„Keine Sorge. Meine Mutter hat mir immer verboten, mich mit Leuten einzulassen, die ihr Geld mit Anzugtragen verdienen."

„Sehen Sie so unsere Landesregierung?"

„Wenn ich mich irre, verraten Sie mir doch, weshalb Sie WIRKLICH in Uelzen sind."

Er wartete noch, bis ich auf den Hocker neben ihm gerutscht war.

„Na schön, Sie geben ja doch keine Ruhe. Der Tod von diesem Moritz Gratzki hat Hannover ziemlich nervös gemacht."

„Ich dachte, es war ein Selbstmord."

„Natürlich. Aber das ist ein hochsensibles und brisantes Thema. Man kann nie wissen, wie diese Kernkraftgegner so eine Sache für sich ausschlachten. Erinnern Sie sich noch an diesen Aktivisten, der sich während eines Castor-Transports in Frankreich an die Gleise gekettet hatte und überfahren wurde? Da hat man die Polizei beschuldigt, weil sie ihn nicht rechtzeitig losgeschnitten hat. Ein extremes Beispiel, das gebe ich zu. Nach jedem Castortransport hagelte es eine Prozesswelle: Mal, weil wir festgehaltene Demonstranten nicht mit Decken und Heißgetränken versorgen, ein anderes Mal, weil sich so ein Verrückter den Arm verrenkt, während er einen Stein auf einen Polizisten wirft. Diese Typen sind sich für nichts zu schade, das sage ich Ihnen. So ein Selbstmord ist ein gefundenes Fressen! Die bringen es fertig und verklagen die gesamte Bundesregierung, weil deren Politik das arme Schwein in den Selbstmord getrieben hat. Ich bin hier, um für Ruhe zu sorgen. Und um zu verhindern, dass durch Gerüchte und Spekulationen die Situation eskaliert."

„Und das als Polizeichef? Dafür hätten Sie auch Wolter auf seinem Sessel hocken lassen können..."

„Ich brauche hier Handlungsfreiheit, Hammer. Und ich brauche einen Apparat hinter mir, um notfalls durchgreifen zu können. Da kann ich kein Kompetenzgerangel gebrauchen."

„Und zum Durchgreifen nehmen Sie die Uelzener Polizei? Dann sollte es aber nicht viel mehr als einen Krippenstreit um ein Bobbycar geben."

Röllke seufzte. „Ich werde mit dem arbeiten, was ich habe."

Ich setzte mein sorgenschweres Gesicht auf und rieb mir zum Unterstreichen nochmal über das Kinn. „Klingt trotzdem nicht nach einer Spazierfahrt. Da könnten Sie bestimmt ein gutes lokales Navi brauchen, das Sie sicher durch die Untiefen des Landkreises bringt."

Er schien zu überlegen, was ich meinte. Aber ich war ja schon gewohnt, dass meine Metaphern nicht verstanden wurden. Schon gar nicht von Beamten.

„Ich will damit sagen, dass ich Ihnen mit meinen Kontakten durchaus nützlich sein könnte."

Jetzt begriff er und sein Gesicht hellte sich auf. Aber dann legte sich auch gleich wieder ein Schatten drüber, als ihm die Konsequenzen klar wurden.

„Und was wollen Sie dafür?"

„Nur einen Blick in den Autopsiebericht werfen."

Er schien mit sich zu ringen. Ein gutes Zeichen.

„Das kann ich nicht machen, Hammer..."

„Ach und ich dachte, hier gäbe es kein Kompetenzgerangel und Sie hätten Handlungsfreiheit..."

Er schüttelte den Kopf.

„Erwischt. Na schön. Ich werde meine Mitarbeiterin bei Ihnen vorbeischicken. Aber dafür will ich, dass Sie Augen und Ohren für mich offenhalten."

„Ich bin sicher, wir werden doch noch richtig gute Freunde...“

Ich ließ den sauberen Herrn Staatssekretär wieder allein und schlenderte zufrieden zurück Richtung Bahnhofstraße.

Für den Moment war es mir gelungen, auf beiden Hochzeiten zu tanzen. Ich durfte nur nicht aus dem Takt kommen. Ich hatte meine Fühler im Aktivisten-Lager und in der Polizeistation. Irgendwo zwischen diesen beiden Fronten lag das Rätsel um Moritz Gratzkis Tod. Ich war also zumindest räumlich dicht dran. Ich musste nur verhindern, dass es mir genauso erging wie dem armen Aktivisten.

Auf den Autopsie-Bericht war ich schon gespannt. Wenn Moritz Gratzki tatsächlich aus dem Weg geräumt wurde, dann musste es irgendwo einen Hinweis darauf geben. Doch ich durfte nicht damit rechnen, dass ihn mir jemand auf dem Silbertablett servierte. Wer auch immer seine Spuren verwischte, hatte die Möglichkeiten, es gründlich zu tun. Und die Motivation dazu erst recht.

Ich war noch in Gedanken versunken, als ich das Haus in der Bahnhofstraße betrat. Vielleicht war das der Grund, warum ich den Schatten im Treppenhaus neben meiner Tür erst bemerkte, als er wie aus dem Nichts neben mir auftauchte.

„Holger Hammer?“

Automatisch zuckte meine Hand unter dem Mantel Richtung Waffe. Doch mein Gegenüber hob abwehrend die Hände.

„Was wollen Sie?“

Er trat langsam einen Schritt ins Licht und ich sah ein rundes, ausdrucksloses Gesicht mit runder Brille und hoher Stirn.

„Mein Name ist Björn-Ole. Ich habe sie heute im Camp der *GSG X* gesehen. Ich habe etwas, das Sie sich ansehen sollten. Etwas, das mit dem Tod von Moritz Gratzki zu tun hat.“

Der Typ hatte meine volle Aufmerksamkeit.

„Schießen Sie los. Wollen Sie reinkommen? Ich hätte auch einen Drink.“

Er sah sich um, als wäre hier noch jemand im Treppenhaus.

„Nicht jetzt und nicht hier. Es ist nicht sicher. Vielleicht ist mir jemand gefolgt. Treffen Sie mich morgen Abend bei Dunkelheit an der B191 bei der Woltersburger Mühle, Richtung Pieperhöfen. Alles Weitere erfahren Sie dort.“

Bevor ich ihn aufhalten konnte, hatte er sich schon an mir vorbei geschoben und rannte die Stufen im Treppenhaus hinunter. Ich blieb ratlos zurück und die Gedanken in meinem Schädel fuhren Karussell. Doch auf Antworten würde ich wohl oder übel bis morgen Abend warten müssen...

*

Die Dinge kamen in Bewegung.

Gut für den Fall.

Schlecht für meinen Schlaf...

Ich lag die halbe Nacht wach und grübelte über die offenen Fragen, auf die ich sowieso keine Antwort finden konnte. Es wurde schon hell, als ich irgendwann in einen ruhelosen Schlaf fiel. Das Klopfen hörte ich erstmal überhaupt nicht. Doch dann wurde es penetranter. Ich schob mich von der unbequemen Couch hoch und schlurfte zur Tür. Wenn das ein verdammter Zeuge Jehovas war, konnte er gleich mal seinen Glauben einer Probe unterziehen.

Aber offenbar ging es mehr um meinen Glauben...

Vielleicht schlief ich ja noch.

Solche fiesen Träume gibt es ja.

Du träumst, du wachst auf und gehst nur in den nächsten Scheiß-Alptraum. Und der vor meiner Tür verdiente diesen Namen auf jeden Fall.

Zwei stahlblaue Katzenaugen sahen mich an. Aus einem ebenmäßigen Gesicht, das von welligem, schwarzem Haar umrahmt wurde, das auf zwei schmale Schultern fiel.

Kein Geist im eigentlichen Sinne.

Aber ein Gespenst aus der Vergangenheit.

Engel und Teufel in einem.

Und auf jeden Fall der Stoff, aus dem die Alpträume sind.

Und die Sprachlosigkeit sowieso...

„Guten Morgen... Holger."

Eine Stimme wie ein kalter Regenguss nach der Sauna: Er lässt dich sämtliche Hitze des Körpers spüren. Und bringt dein Herz zum Stillstand.

„Verdammt", hörte ich mich sagen. Aber diese Stimme gehörte nicht mir. Erst recht nicht, als sie die beiden Worte rausbrachte, von denen ich mir geschworen hatte, sie für den Rest meines Lebens nie wieder zu sagen: „Kitty... Cordes..."

Sie schwebte durch die offene Tür und die glatten Finger ihrer manikürten Hand strichen über meine Wange und versetzten mir Stromstöße.

„In Fleisch und Blut. Wenn du es nicht glaubst, darfst du auch gerne mal anfassen."

Ich packte ihre Hand und nahm sie aus meinem Gesicht.

„Nicht nötig. Ich weiß noch zu gut, wie du dich anfühlst. Was tust du hier?"

Erst jetzt sah ich den Aktendeckel, den sie in der anderen Hand hielt. „Ich arbeite für Enrico Röllke. Ich soll dir das hier bringen. Der Obduktionsbericht über den toten Atomkraftgegner."

Keine Ahnung, was mich mehr überraschte: Dass Röllke tatsächlich seinen Teil des Deals einhielt, oder dass die Welt noch kleiner sein sollte als das berühmte Dorf.

Irgendwas ging hier vor sich.

Irgendwas stimmte nicht.

Und alles zusammen roch gewaltig nach einer beschissenen Falle. Meine Gedanken drehten sich wie ein Karussell. Ich hatte nicht die Zeit, den ganzen Scheiß zu verstehen. Also fügte ich mich erst mal brav meinem Schicksal: Und das hieß schon wieder Kitty Cordes.

Ich schloss hinter uns die Tür und blieb mit dem Knauf in der Hand stehen.

Festhalten war im Moment eine verdammt gute Sache. Und eine etwas klarere Stimme wäre auch nicht schlecht.

Genau wie saubere Klamotten...

Und ein Kamm...

„Du hast es weit gebracht, Kitty."

Ihre Augen funkelten. Sie liebte Anerkennung – egal von wem. „Nicht wahr? Von der Heidepark-Animateurin zur Wissenschaftlichen Mitarbeiterin – der Nordostniedersächsische Traum..."

Sie drehte sich, wie eine Debütantin im neuen Ballkleid.

„Du warst aber auch ein ziemlich sexy Wumbo..."

Sie lachte und winkte ab.

„Ich habe mit dieser Zeit abgeschlossen. Auch wenn nicht alles schlecht war. Das mit uns zum Beispiel..."

Ich schob mich von der Tür weg, an ihr vorbei zu meinem Schreibtisch und zündete mir eine Selbstgedrehte an, während ich hoffte, dass sie nicht auf meine zittrigen Finger achtete.

„Wir hatten nie eine Chance, Kitty."

„Damals vielleicht nicht. Aber wir haben uns beide verändert."

Ich sah sie lange an. Vielleicht zu lange. „Menschen ändern sich nicht. Sie werden nur älter."

„Älter siehst du aber gar nicht aus..."

Ich nahm ihr den Aktendeckel aus der Hand. „Danke für den Bericht."

Sie sah sich um. „Nett hast du es hier. Dein Büro?"

Ich blätterte die Seiten durch, ohne irgendwas zu sehen. „Ja. Auch."

„Hast du etwa hier geschlafen, Holger? Diese Couch sieht nicht so aus, als wäre sie gut für deinen Rücken."

Langsam wurde ich wütend. „Es gibt Dinge, die sind wesentlich gesundheitsschädigender, Kitty."

„Zigaretten?"

„Und ein verlogenes Miststück."

Sie sah zu Boden. „Du hast mir immer noch nicht verziehen, nicht wahr?"

„Ich habe dich vergessen, Kitty. Das geht auch."

Sie kam auf mich zu. „Ist das so?"

Dieses leise Flüstern, das so deutlich zeigte, dass sie mich durchschaute, steigerte meine Wut nur noch.

Ich wedelte mit der Mappe in meiner Hand. „Tut mir leid, Schätzchen, aber ich muss mich jetzt mit einem anderen Verstorbenen auseinandersetzen. Mit einem, der mir vielleicht die Wahrheit über sich erzählt."

Sie lächelte schon wieder. Oder immer noch.

„Na schön, Holger. Ich kann dich ja verstehen. Es muss ein Schock für dich sein, dass ich hier bin. Vielleicht können wir ja reden, wenn wir uns bald wiedersehen."

„Muss das sein?"

„Oh, das hoffe ich sehr. Es gibt so viel zu besprechen."

„Nichts, was ich hören möchte."

„Wir werden sehen." Sie ging zur Tür und drehte sich dort noch einmal um. „Ich bin so froh, dass wir uns wiedergetroffen haben, Holger. Auf bald. Auf... sehr bald."

Dann war sie wieder verschwunden und ich konnte endlich den verdammten Hefter auf die Tischplatte werfen und mich in meinen Schreibtischstuhl fallen lassen.

Kitty Cordes – der lange Schatten meiner Vergangenheit. Wenn ich jemals für eine Frau alles aufgegeben hätte, dann wäre es Kitty gewesen. Doch wir hatten auf unterschiedlichen Seiten gestanden damals. Wieso war sie hier aufgetaucht? Es musste einen Grund dafür geben.

Doch ich konnte jetzt keinen klaren Gedanken mehr fassen. Alte, längst verblichene Bilder tauchten wieder vor meinen Augen auf und zogen mich in eine Zeit, die ich am liebsten aus meinem Leben und aus meinem Gedächtnis gestrichen hätte.

In eine Zeit, die sieben Jahre zurücklag.

Eine Ewigkeit – und doch erst wie gestern...

Kapitel 4

Vergangenheit

Geldeintreiber.
Schläger.
Angstmacher.
Söldner.
Mädchen für alles.

Das bin ich – Holger Hammer. Einer von den Typen, die für Geld fast alles tun: Das Inkassobüro spielen, den Baseballschläger schwingen, Nasen brechen oder Verschwundenes wiederbringen.

Wegen irgendetwas davon hockte ich im Flur eines alten Bürogebäudes irgendwo in einem schäbigen Soltauer Gewerbegebiet. Ich wurde bestellt, also kam ich. Ohne Fragen zu stellen. Ein Kerl mit einem Kreuz wie eine Europalette tauchte auf und zuckte mit dem Kopf in Richtung einer Tür. Ich ging durch. Das Büro dahinter war kahl und weiß. Ein Pin-up-Kalender hing hinter dem Schreibtisch aus Stahl. Da hockte ein Typ – Oberlippenbart, zurückfrisierte Haare und Augenklappe. Dazu ein hellgrauer Zweireiher. Alles in allem sah er mehr nach einem Mackie-Messer-Darsteller aus. Aber ich hatte keine Ahnung, wer oder was er war. Natürlich gab es kein Schild an der Tür.

„Ist mir eine Ehre Sie kennenzulernen, Holger Hammer."

Die Stimme leise, einschmeichelnd. Sowas hat mich noch nie beeindruckt. Ich zündete mir erst mal eine Selbstgedrehte an.

„Ach ja? Das Kompliment kann ich leider nicht erwidern, denn ich HABE Sie ja noch nicht kennengelernt. Also: Wer sind Sie und was wollen Sie von mir?"

Er betrachtete seine manikürten Fingernägel. „Meinen Namen müssen Sie nicht wissen. Nennen sie mich einfach... Rocco. Was Sie hingegen wissen sollten, ist, dass ich eine Menge Geld und noch mehr Einfluss habe. Nicht nur hier im Heidekreis, sondern im ganzen Land. Wenn etwas groß ist und viel Kohle bringt, können sie sicher sein, dass es über den einen oder anderen Umweg zu mir führt. Sie verstehen?"

„Kein Wort. Aber ich schätze, das ist auch kein Bewerbungsgespräch für einen Buchhalter-Posten."

Er grinste schief. „Sie sollten Detektiv werden. Ich habe etwas verloren und ich will, dass Sie es finden und mir zurückbringen. Hier ein Foto."

Er zog es mit einer fließenden Bewegung aus der Innentasche seines Jacketts und warf es auf die Tischplatte. Es war das Portrait einer wunderschönen Frau mit langen schwarzen Haaren und mandelförmigen, eisblauen Augen.

Ich spürte, wie Rocco mich musterte.

„Ihr Name ist Kitty Cordes. Sie ist Animateurin im Heidepark, spielt dort unter anderem den Wumbo. Sehr talentiert. Sie hat sich abgesetzt."

Ich bemühte mich, desinteressiert zu wirken und zuckte die Schultern. „Und was geht Sie das an?"

„Abgesehen davon, dass Sie meine Angestellte war, verbindet mich auch ein gewisses... romantisches Gefühl mit der Dame. Und mit den 200.000 Euro, die sie mitgenommen hat."

„Ihre Angestellte? Ich dachte der Heidepark gehört zu einer Entertainment-Gruppe."

Rocco grinste selbstgefällig. „Wie gesagt: Auf dem einen oder anderen Umweg landen sie immer bei mir. Wie sieht es aus? Können Sie ihrem Ruf gerecht werden?"

„Davon gibt's viele. Manche sagen, ich würde erstklassig Autos waschen und die besten Pfannkuchen machen."

„Ich meinte eher den Ruf als rücksichtsloser und eiskalter Vollstrecker, der sich wie ein Bluthund an jede Spur heftet und erst lockerlässt, wenn die Beute erlegt ist."

„Kommt drauf an, wie viel Frolic der Bluthund im Napf hat."

Rocco griff wieder in seine Tasche und wedelte diesmal mit einem schmalen Heftchen.

„Ein Scheck dessen Summe Sie selbst einsetzen."

Der Mann hatte verstanden...

„Gibt es noch mehr Hinweise?"

Seine Jackett-Tasche schien leer zu sein, also öffnete er die Schublade eines Rollcontainers unter seinem Schreibtisch und zog einen Schnellhefter raus, den er mir zuwarf.

„Ich habe hier eine Akte für Sie über Kitty zusammengestellt. Sie ist seit zwei Wochen verschwunden. Das Letzte was ich hörte, war, dass sie über die Kreisgrenze abgehauen ist. Sie soll jetzt in... Uelzen sein..."

Er hätte auch Taka-Tuka-Land sagen können...

„Nie gehört."

„Lohnt sich auch nicht. Fahren Sie trotzdem dorthin und bringen Sie mir Kitty zurück. Koste es, was es wolle."

Ich konnte mir ein Grinsen nicht verkneifen. „Oh, das wird es ganz sicher."

Roccos Auge verengte sich zu einem Schlitz. „Ich weiß gute Arbeit zu schätzen, Hammer. Und entsprechend entlohne ich sie auch. Was ich gar nicht mag, ist das Gefühl, über den Tisch gezogen zu werden. Merken Sie sich das."

Er starrte mich einen Moment an und lehnte sich dann zurück. „Ich verlasse mich auf Sie, Hammer. Habe gehört, Sie sind ein einsamer Wolf."

„Klar. Nur ein einsamer Wolf ist auch ein hungriger Wolf. Ich melde mich, wenn ich in Uelzen bin."

„Viel Glück, Hammer."

Ich tippte mir an die Hutkrempe. „Keine Sorge. Das habe ich immer..."

*

Ich lenkte meinen alten Volvo über die B 71 nach Uelzen rein. Am Ende der Straße bog ich links ab Richtung Innenstadt und schlängelte mich durch das Gewirr von Einbahnstraßen und Verkehrsberuhigungen bis zum sogenannten Hammersteinplatz, ein Kreisel, von dem offenbar keiner so genau wusste, was er darstellen sollte. Auf den ersten Blick dreispurig, doch offenbar wollte das niemand zugeben und darum fehlten eindeutige Hinweise. Eine Weile sah ich entsetzt zu, wie sich die Wagen halsbrecherisch aneinander vorbeischoben, nicht vorhandene Spuren wechselten oder einfach gerade drüberfuhren.

Mein erster Eindruck von Uelzen.

Und der sollte sich bestätigen...

Ich ließ meinen Wagen auf dem großen Parkplatz und schlenderte am Ratsteich vorbei die Gudesstraße runter, bis ich auf die Rademacherstraße kam, die direkt zum berüchtigten Schnellenmarkt führte.

Ich hatte gehört, dass sich hier die Halbwelt von Uelzen tummelte. Ein großer, trauriger Brunnen und eine milchige Straßenbeleuchtung waren die ideale Szenerie dafür. Wenn jemand Fremdes mit einer Stange Geld einen

Platz zum Untertauchen suchte, dann musste das hier seine erste Anlaufstelle sein. So was wie die Tourist-Information für Galgenvögel.

Ich betrat eine der kleinen Kneipen, die sich hinter den halb verfallenen Fassaden verbargen. Nur ein paar Gestalten geisterten hier herum und wichen vor mir in die Schatten der Nischen zurück, als ich reinkam.

Der kahlköpfige Kellner hörte sofort auf die Gläser zu spülen und starrte mich an.

„Was wollen Sie?"

Ich schob mich uneingeladen auf einen der Barhocker.

„Würde es Sie überraschen, wenn ich sage einen Drink?"

Er lachte verächtlich.

„Das hier ist Uelzen. Warum sollte mich irgendwas überraschen? Außer vielleicht ein Fremder, der in eine Kneipe kommt..."

Er schüttete etwas billigen Whisky in ein Saftglas und schob es mir hin.

„Sonst noch was?"

„Ich bin auf der Suche nach einer Frau."

„Sind wir das nicht alle?"

Ich zog das Foto aus der Tasche. „Hoffentlich nicht alle nach derselben. Ihr Name ist Kitty Cordes. Sie war Tänzerin – im Heidepark..."

Die gläserspülende Billardkugel schüttelte den Kopf. „Jemand wie die würde niemals hierherkommen."

„Und WOHIN würde sie kommen, wenn sie in Uelzen wäre?"

„Keine Ahnung. Uelzen ist kein Ort für so eine Frau. Versuchen Sie's in Lüneburg."

Ich leerte mein Glas, legte einen kleinen Schein auf den Tresen und verschwand wieder. Natürlich hatte ich nicht erwartet, mit dem ersten Schuss ins Schwarze zu treffen. Ich musste erst ein Gefühl für diese seltsame Stadt bekommen, rausfinden, wo die Halbwelt sich sonst noch herumtrieb, wo die Gerüchteküche kochte, und ich musste das Vertrauen von ein paar dunklen Gestalten gewinnen. Ich hatte mir im Lauf der Jahre ein gutes Netz an... sagen wir KONTAKTEN aufgebaut. Doch keiner hatte bis hierher nach Uelzen gereicht. Also nahm ich mir ein Hotelzimmer in der Innenstadt und machte mich wieder auf meinen Streifzug durch die Kneipen. Nach vier Stunden wurden meine Beine müde und ich schlenderte ziellos über den Herzogenplatz, bevor ich die Fritz-Röver-Straße überquerte. Ich schreckte kurz auf, als ein Wagen über den Zebrastreifen raste und mich fast überfahren hätte.

Ein kleiner Weg zu meiner Rechten hielt meinen Blick fest. Im aufziehenden Nebel, der von der Ilmenau hochstieg, entdeckte ich verschwommen die Umrisse einer kleinen Brücke. Das milchige Laternenlicht zog mich an und ich ging auf die Brücke zu. Unten im Wasser planschten leise ein paar Enten in der Dunkelheit. Hier schien die Zeit stehengeblieben zu sein. Doch den Eindruck hatte ich schon oft, seit ich in Uelzen war. In meinem Rücken lag das Amtsgericht, vor mir das Eiland, das in meiner Karte als „Bulleninsel" verzeichnet war. Fast schon ein romantischer Ort. Ich schob mir eine Zigarette zwischen die Lippen und wollte einen Moment die Ruhe genießen. Aber daraus wurde nichts.

„Feuer gefällig?"

Ich zuckte zusammen, als die Flamme dicht neben mir anging. In ihrem Schein erkannte ich ein eingefallenes, narbiges Gesicht unter einem breitkrempigen Hut. Die tiefliegenden Augen funkelten und um die schmalen Lippen spielte ein verschmitztes Grinsen. Der Typ war unheimlich.

Vielleicht genau der, den ich suchte.

Ich nahm das Feuer und gab dem Unbekannten eine Zigarette.

Während er den Rauch durch die Nasenlöcher ausstieß, taxierte er mich.

„Habe gehört, Sie suchen jemanden."

Ich hielt seinem Blick stand. „Sprechen sich die Dinge hier immer so schnell rum?"

„Kommt auf die Dinge an. Oder auf die Frauen, wie in diesem Fall."

Ich war interessiert. „Was würde es mich denn kosten, an ihrem Wissen teilzuhaben?"

„Wir sollten das besser an einem sicheren Ort besprechen."

„Welcher Ort könnte sicherer sein als eine kleine Ilmenaubrücke im nächtlichen Nebel?"

Sein Grinsen wurde breiter und zeigte zwei Reihen ziemlich sanierungsbedürftiger Zähne.

„Zum Beispiel das Gebüsch UNTER der kleinen Ilmenaubrücke im nächtlichen Nebel."

„Ist nicht Ihr Ernst..."

Er schnippte die Kippe in die Ilmenau. „Finden Sie es raus."

„Wer sind Sie?"

Er lehnte sich an das Geländer. „Unwichtig. Ich komme aus einem kleinen Ort hier in der Nähe. Er heißt... Hanstedt. Also können Sie mich den

Hanstedter nennen. Und jetzt kommen Sie. Ich verspreche Ihnen, Sie werden ein paar interessante Dinge über Kitty Cordes erfahren..."

*

Dass ich mal freiwillig mit einem völlig fremden und noch dazu ziemlich unattraktiven Kerl im Gebüsch unter einer Kleinstadtbrücke verschwinden würde, hätte ich mir auch nicht träumen lassen. Aber das hier war Uelzen.

Mit seinen eigenen Gesetzen. Und je eher ich das begriff, desto besser.

Ich versuchte also jedes Gefühl von Peinlichkeit zu verstecken und so zu tun, als wäre das alles hier das Normalste von der Welt.

Für den Hanstedter schien es das sogar zu sein. Er lehnte an der Brücke und starrte auf den nachtschwarzen Fluss hinaus, dessen Ufer im fahlen Schein der Laterne kaum zu sehen war.

„Ein perfekter Ort zum Sterben, findest du nicht auch, Hammer?"

Ich zuckte die Schultern. „Wenn's hier nichts Besseres gibt..."

Es machte mir nichts aus, dass er mich duzte. Hatte ich mir wohl selber zuzuschreiben, als ich mitgegangen war und ihm Geld angeboten hatte.

Dafür hatte ich schon mal erfahren, dass diese Brücke „Katzenbuckel" genannt wurde und der Hanstedter beschlossen hatte, sie zu unserem künftigen Informanten-Treffpunkt zu bestimmen. Ich hoffte, dass damit alle Nebensächlichkeiten geklärt waren und er endlich mal zur Sache käme. Sonst hätte ich ihm nämlich leider eine Kugel verpassen müssen.

Aber das ersparte er mir Gott sei Dank.

Er streckte sich und schob sich eine neue Zigarette in den Mund, bevor er endlich anfing zu singen.

„Die Kleine nach der du suchst, ist vor ungefähr zwei Wochen in die Stadt gekommen. Kitty Cordes, ziemlich hübsches Ding aber unerreichbar."

„Wenn sie so unerreichbar ist, warum weiß dann ein Typ wie du von ihr?"

„Sagen wir... wir verkehren in ähnlichen Kreisen. Eine Frau wie diese Kitty kommt nicht von sich aus in eine Stadt wie Uelzen."

„Besucht sie etwa ihre Familie?"

Der Hanstedter grinste. „Wenn großzügige Onkel auch dazu zählen, ja. Der Typ, nach dem du suchst, heißt Konrad Göpelmann. Er hat Kitty hierhergeholt. Und er wird sie auch nicht mehr aus den Fingern lassen."

Ich wurde neugierig. „Und wer ist dieser Göpelmann?"

„Der große Unbekannte im Schatten. Die geheime Macht im Landkreis. Ein aalglatter Typ. Gibt sich als sauberer Veranstaltungskaufmann und Eventmanager aus. Hat einige Läden am Laufen. Doch die sind nur Vorwand für Glücksspiel, Alkoholverkauf an Jugendliche und Hehlerei mit gestohlenen Smartphones. Wenn es irgendwas in Uelzen gibt, das stinkt und keine Biogasanlage oder Zuckerfabrik ist, dann hat Göpelmann seine Finger mit drin. Er soll auch nicht davor zurückschrecken, verunfalltes Wild aufzukaufen und an die Fleischereien weiterzugeben. Außerdem gibt es Gerüchte, dass er einen Schwarzmarkt mit illegal gesammeltem Altpapier aufgebaut hat. Wenn du dich mit ihm anlegst, musst du dich warm anziehen, Hammer."

„Ich lass Oma einen Schal stricken. Wo finde ich diesen Göpelmann?"

„Er hat einen Hof in Hamborg."

„Häh? Ich dachte, er wäre in Uelzen."

Der Hanstedter verdrehte die Augen. „Ist er doch. HambOrg, Mann, nicht Hamburg. Ist hinter Nettelkamp, Richtung Klein London..."

„Richtung was bitte? Scheiße, in was für einen Landkreis bin ich hier nur geraten?"

„Das wirst du schon noch rausfinden... früher oder später. Wenn du lange genug hier lebst..."

„Vergiss es. Ich sammle diese Kitty Cordes ein und dann bin ich wieder weg von hier. Aber vielen Dank für die Informationen. Wie erreiche ich dich, wenn ich noch mehr brauche?"

Der Hanstedter schüttelte bedächtig den Kopf. „Gar nicht. Aber ich werde dich im Auge behalten. Wenn du mich brauchst, werde ich in der Nähe sein. Verlass dich drauf."

„Wir kennen uns gar nicht. Wie komme ich also zu der Ehre?"

Er zuckte die Schultern. „Es ist Zeit, dass jemand in dieser Stadt aufräumt. Und etwas sagt mir, dass du dieser jemand sein könntest. Außerdem scheinst du die Eier zu haben, dich mit Göpelmann anzulegen. Ich würde dir zwar keinen rotblauen Jumpsuit anziehen, aber für den Anfang bist du eine gute Option."

„Tut mir leid, dass ich dich enttäuschen muss. Aber ich bin nur ein Söldner, der gegen Bezahlung ein abgehauenes Spielzeug wieder einsammeln soll."

Ein leises, heiseres Lachen drang aus der Kehle des Hanstedters. „Nun, wir werden sehen. Bis dahin: So long und viel Glück, Holger Hammer. Du wirst es brauchen."

Der Hanstedter verschwand im nebligen Unterholz am Ufer der Ilmenau und ließ mich mit einem Schauer auf meinem Rücken zurück. Und das kam nicht vom feuchten Wetter. Ich hatte eine Spur von Kitty Cordes. Doch nach allem was ich erfahren hatte, war ich nicht sicher, ob ich mir tatsächlich wünschen sollte, dass sie mich zum Ziel führte...

*

Ich verbrachte eine unruhige Nacht auf einer unbequemen Matratze in einem zugigen Hotelzimmer. Den nächsten Tag sah ich mich in der Stadt um und besorgte mir eine Landkarte von diesem komischen Kreis. Erst als es dämmerte, machte ich mich auf den Weg zu meinem Ziel.

Ich fuhr aus Uelzen raus und parallel zur Landesstraße nach Wrestedt. Von dort weiter nach Nettelkamp und bog schließlich nach Hamborg ab.

Keine Ahnung, ob das ein Dorf oder nur eine Briefkasten-Adresse war. Auf jeden Fall wurden die Spuren menschlicher Zivilisation immer dünner und die Straßen holpriger, bis sie nicht mal mehr ihren Namen verdienten.

Der besagte Hof lag sogar noch außerhalb. Schon jetzt hatte ich die Schnauze von diesem komischen Uelzen gestrichen voll. Doch erst musste ich die verschwundene Kitty suchen. Ich parkte meinen alten Volvo also gut versteckt zwischen ein paar Kastanien und schlich durch den Innenbereich des alten Bauernhofs, möglichst weit weg vom beleuchteten Haupthaus. Die Ställe schienen nur noch Show-Charakter zu haben, genau wie die Scheune. Aber das Haupthaus sah saniert und gedämmt aus. Vor den Stufen zum Eingangsportal parkten ein paar teure Sportwagen.

Ich schlich aus dem Innenhof heraus und fand eine rückwärtige Terrasse, die in einen großen Garten mit Teich, Swimmingpool und Bäumen führte. Abgeschirmt von einer Hecke, lag dahinter ein Feld. Schwaches Licht strahlte fahl auf die Terrasse.

Ich drückte mich zwischen ein paar Kastanien entlang, bis ich einen guten Blick hatte. Eine große, zweiflüglige Glastür führte ins Innere des Hauses. Ich sah einen großen Wohnraum mit einem brennenden Kamin und ein paar Gestalten. Doch das Licht war zu diffus und draußen war es schon zu dunkel, um mehr erkennen zu können. Nach Kitty Cordes sah da drin aber keiner aus. Ich erkannte eine untersetzte Gestalt, die zur Tür kam und sie öffnete.

Hastig duckte ich mich tiefer in mein Versteck.

Offenbar ein bisschen zu hastig. Irgendwas knackte verdammt laut unter meinem Schuh. Der Kerl auf der Terrasse reagierte sofort, schnippte die angezündete Kippe weg und kam mit gezogener Waffe in meine Richtung.

„Wer ist da? Hey, kommen Sie da raus! Ich weiß, dass Sie im Gebüsch hocken! Das hier ist ein Privatgrundstück. Und ich habe eine Waffe!"

Und ich hatte keine Wahl.

Sicher, ich hätte loslaufen oder dem Kerl die Fresse polieren können. Aber ich kannte meinen Gegner nicht. Also beschloss ich, die Einladung zum Tanz anzunehmen und verließ mit ausgestreckten Armen mein Versteck.

Der kleine Dicke kam auf mich zu und musterte mich, die Waffe in der Hüfte.

„Schön langsam, Freundchen. Also, wer sind Sie und was haben Sie hier zu suchen?"

„Sind Sie Göpelmann?"

Der kleine Dicke lachte. „Sie wollen zum Boss? Na dann los, mitkommen."

Er schob mich mit seiner Knarre vor sich her über die Terrasse in den großen, gefliesten Wohnraum. Vor dem Kamin stand eine schlanke hochgewachsene Gestalt mit kurzem, blondem Haar. In einer Hand ein Glas, die andere in die Jackett-Tasche geschoben. Er drehte uns den Rücken zu, wahrscheinlich Teil eines theatralischen Auftritts.

Der Typ mit der Knarre präsentierte mich wie einen toten Vogel, den er draußen gefunden hatte.

„Sehen Sie mal, was sich so in unserem Garten rumtreibt, Boss."

Langsam drehte sich der Kamin-Typ um. Um seine Lippen spielte ein angriffslustiges Lächeln. Die grauen Augen waren kalt und klar. Er hatte einen Dreitagebart und eins von diesen affektierten Halstüchern im offenen Kragen seines Hemdes.

„Wer ist das, Lenny?"

Er schien es nicht für nötig zu halten, mich direkt anzusprechen.

„Sind Sie Göpelmann?"

Er legte den Kopf ein wenig schräg. „Wer will das wissen?"

„Jemand, der mit einem Kanonenlauf im Kreuz nicht gut reden kann."

Er machte eine Kopfbewegung zu seinem Faktotum.

„Lenny! Pack die Waffe weg. Und lass uns allein."

„Aber Boss..."

In Göpelmanns Augen funkelte es und seine Stimme war schärfer als ein Buschmesser. „Ich sagte: Lass uns allein."

Lenny verkrümelte sich und Göpelmann ließ sich in einen Ohrensessel neben dem Kamin fallen, schlug die Beine übereinander und schwenkte sein Glas in der Hand, als würde er Werbung für Single Malt machen. Der Kerl war eine einzige Inszenierung.

„Also: Warum schleichen Sie über meinen Hof? Ich schätze, Sie sind weder vom Grünflächenamt, noch vom Komitee „Offene Gärten"."

„Ganz schön scharfsinnig. Mein Name ist Holger Hammer. Ich bin auf der Suche."

„Und nach was? Seltenen Vögeln? Runtergefallenen Äpfeln?"

„Beide Male dicht dran: Kitty Cordes."

Wenn meine Antwort ihn überraschte, dann ließ er es sich auf jeden Fall nicht anmerken. Nur ein leichtes Zucken um seine Mundwinkel verriet ihn.

„Und was wollen Sie von ihr?"

„Ich bin... so etwas, wie ein alter Freund..."

Er stand langsam auf und kam auf mich zu.

„Ach ja? Sie hat mir nie von Ihnen erzählt. Aber das können wir ja gleich nachholen."

Mit einer bewusst geschmeidigen Bewegung wandte er sich ab und ging zur Zimmertür. Er öffnete sie einen Spaltbreit und rief nach draußen in die Dunkelheit, während er mich nicht einen Moment aus den Augen ließ.

„Kitty? Komm doch bitte mal einen Augenblick her, Schatz. Hier ist jemand, der dich unbedingt wiedersehen möchte..."

*

Ich stand nicht nur knietief in der Scheiße – ich hatte sie sogar selber gekackt. Ich hätte mich ohrfeigen können, dass mir nichts Dämlicheres eingefallen war, als mich für einen Freund von Kitty auszugeben. Ein Schwindel, den Göpelmann jeden Moment auffliegen lassen würde. Ich hörte bereits die nahenden Schritte meines Unheils auf den Fliesen.

Und dann stand sie in der Tür.

Leibhaftig.

Und natürlich noch schöner als auf dem Foto.

Ich weiß nicht, was es war, ihre Augen, ihre Figur oder einfach alles zusammen – aber ich stand wie festgefroren auf dem Boden. Mit weichen Knien und Hitzeschüben, die durch meinen Körper schossen. Sie musste nicht mal etwas sagen oder etwas tun – sie hatte mich einfach in ihren Bann gezogen. Ich bekam nicht mal mit, wie mich Göpelmann amüsiert musterte.

„Sieh mal, wer hier ist, Kitty-Darling: dein alter Freund Holger Hammer. Er wollte dich überraschen."

Und wenn ich bis eben noch gedacht hätte, Göpelmann sei der perfekte Pokerspieler, so traf ich jetzt auf seinen Meister. Ohne mit der Wimper zu zucken, setzte Kitty Cordes ein strahlendes Lächeln auf, breitete die Arme aus und kam auf mich zu.

Ich spürte ihre schlanken, zarten Hände auf meinen Schultern und ihre weiche Haut an meiner Wange. Dazu der Duft ihres Haares. Sämtliche Muskeln in meinem Körper lösten sich auf und wurden zu flüssiger Lava, während ihr Lachen in meinem Ohr klang.

„Aber natürlich! Holger! Mein Gott, du bist es wirklich. Das muss mindestens zehn Jahre her sein! Komm, lass dich erst mal drücken. Ist das schön, dich wieder zu sehen. Was machst du denn in Uelzen?"

Ich starrte sie einfach nur an. „Tja... also, ich..."

Hinter uns räusperte sich Göpelmann und ich sah das wütende Funkeln in seinen Augen. Aber er schien auch irritiert zu sein.

„Dann kennst du diesen Typen tatsächlich?"

Kitty lachte und streichelte meine Wange, ohne sich zu Göpelmann umzudrehen. „Aber natürlich! Holger und ich kennen uns noch aus der Schule, nicht wahr? Du musst mir unbedingt erzählen, wie es dir seitdem ergangen ist. Ich hoffe, du hast ein bisschen Zeit mitgebracht?"

Mehr als Stammeln war bei mir nicht drin. „Nun, also eigentlich..."

Sie griff meine schwitzigen, kalten Hände. „Wunderbar. Wir haben so viel aufzuholen."

Göpelmann holte geräuschvoll Luft. „Nun gut. Tja... also, dann lasse ich euch besser mal ein wenig allein. Wir haben sicher noch Gelegenheit uns besser kennenzulernen, Herr Hammer. Kitty-Schatz, biete unserem Gast doch was zu trinken an. Ich werde mich um ein paar Geschäfte kümmern."

Und damit verschwand er wieder.

Das Lächeln auf Kitty Cordes' Gesicht erlosch genauso schnell wie es gekommen war. Als wäre mit dem Schließen der Tür auch in ihr ein Schalter umgelegt worden.

Ich war zurück in der Realität.

„Wieso haben Sie das getan?"

Kitty schenkte uns zwei Gläser ein. Ich konnte meins gar nicht schnell genug leeren.

„Ihnen den Arsch gerettet? Nun, wenn ein Fremder auftaucht und nach mir sucht, kann das nur einen unangenehmen Grund haben. Und wenn ich verhindere, dass Conny Sie abknallt, haben Sie eine Gelegenheit, sich zu revanchieren. Wer schickt Sie? Rocco?"

Und schon wieder verwirrte mich diese unheimliche Frau.

„Sie wissen verdammt gut Bescheid."

Sie hob ihr Glas. „Ist die erste Regel, um zu überleben."

„Rocco will Sie wiederhaben. Und seine 200.000."

Sie musterte mich. „Und ich nehme an, er hat Sie fürstlich dafür bezahlt, beides zurückzuholen. Und da Sie mich gefunden haben, sind Sie offenbar sogar ihr Geld wert."

Sie machte wieder einen Schritt auf mich zu und sah mich mit diesem Augenaufschlag an, der aus der verführerischsten und gleichzeitig gefährlichsten Ecke der Hölle zu kommen schien. Ihre Stimme war samtweich und tief. „Die Frage ist jetzt nur: Was kann ICH tun, um ihn zu überbieten?"

„Wer sagt, dass Sie das ÜBERHAUPT können?"

Sie hob in gespielter Unschuld die Schultern. „Jeder hat seinen Preis. Sie. Ich. Conny. Und Sieger ist immer der mit dem höchsten Gebot. Was ist das höchste Gebot bei Ihnen... Holger Hammer?"

„Wie wäre es mit der Wahrheit?"

„Welcher?"

„Die über Kitty Cordes. Über Rocco. Das Geld, die 200.000."

„Sind sie ein Bulle? Oder ein Schnüffler?"

„Weder noch – auch wenn mir die Frage in letzter Zeit öfter gestellt wird."

Sie überlegte kurz, dann nahm sie mir das Glas ab und stellte es zusammen mit ihrem auf den Kaminsims.

„Na schön... Kommen Sie, wir gehen ein bisschen spazieren."

*

Es ist nicht so, dass ich in meiner bisherigen zwielichtigen Laufbahn nicht schon einiges erlebt hätte. Doch Kitty Cordes war ein gänzlich neues Kaliber.

Keine Frau hatte mich bisher so aus dem Konzept gebracht. In ihrer Nähe schien alles andere unwichtig zu sein. Sie war wie Rauschgift. Aber wahrscheinlich noch viel, viel gefährlicher.

Sie hatte sich bei mir untergehakt und wir gingen über das große Grundstück von Konrad Göpelmann. Mittlerweile war es draußen fast vollständig dunkel.

Sie benahm sich, als wären wir tatsächlich alte Bekannte. Und ich war gespannt auf ihre Geschichte.

„Ich wollte Rocco schon lange verlassen", erklärte sie.

„Wieso? Er scheint doch sehr... um Sie bemüht zu sein."

Sie lächelte schief. „Sicher. Wie um ein Auto oder ein Haus oder ein anderes Statussymbol. Ich war sein Besitz. Mehr nicht. Und ich wollte mehr vom Leben, als das tanzende Maskottchen im Heidepark zu sein. Conny ist ganz anders als Rocco. Er ist ein Gentleman. Er hat Stil und eine künstlerische Ader. Natürlich sind seine Methoden ähnlich fragwürdig und er hat seine Finger in einer Menge schmutziger Geschäfte. Aber das ist wohl die Tragik meines Lebens, dass ich an solche Kerle gerate. Wenigstens weiß er, wie man eine Lady behandelt."

„Und wie man einen Konkurrenten um 200.000 erleichtert. Oder war das tatsächlich Ihre Idee?"

Kitty zögerte. „Sie sind wirklich gut, Hammer. Conny hat Großes vor. Dafür brauchte er das Geld. Wir haben es ihm besorgt."

Ich wurde hellhörig. „Wir?"

„Mein Bruder Marvin und ich. Er war Fahrer bei Rocco."

„Davon hat er gar nichts erwähnt."

„Wahrscheinlich weil ihm Marvin egal ist. Aber Conny nicht. Er hat uns beide aufgenommen, uns ein neues Zuhause gegeben. Und Rocco braucht das Geld nicht. Mit so einer Summe wischt er sich nicht mal den Hintern ab."

„Und jetzt leben Sie drei glücklich bis an Ihr Lebensende?"

Kitty blieb stehen. Sie senkte den Blick. Ihre Stimme klang traurig.

„Sie wissen gar nichts über mich, Hammer. Sie wissen nicht, wie es ist, als einfaches Mädchen im Landkreis Celle aufzuwachsen, wo sie von der großen Welt nur träumen können. Ich wollte raus und ich war bereit, den Preis dafür zu zahlen – mir war nicht bewusst, wie hoch er sein würde. Mit Rocco tauschte ich nur ein Gefängnis gegen das andere."

„Und bei Göpelmann sind Sie frei?"

Sie hob den Blick. In ihren Augen glänzten Tränen. Aber auch ein wütendes Funkeln. „Wagen Sie es nicht, über mich zu urteilen, Holger Hammer. Ich lebe das Leben, das ich mir ausgesucht habe."

„Nicht, wenn ich Sie zu Rocco zurückbringe."

Sie warf trotzig den Kopf in den Nacken. „Das sollten Sie sich gut überlegen. Conny ist mächtig. Und er wird mich nicht gehen lassen. Er beschützt mich. Und Marvin auch. Sie hätten es mit Gegnern zu tun, denen Sie nicht gewachsen sind, glauben Sie mir. Und es wäre besser, Sie zu Freunden zu haben."

„Raten Sie mir, die Seiten zu wechseln?"

Und schon schlug ihre Stimmung wieder um und das Lächeln eines Tigers stahl sich auf ihre Lippen.

„Ich empfehle Ihnen, das Richtige zu tun, Hammer. Wollen Sie nicht mehr sein als Roccos Schläger?"

„Nun auf keinen Fall will ich Roccos OPFER sein."

„Conny wird Sie beschützen. Reden Sie mit ihm. Ich bin sicher, Sie können hier genauso Ihren Platz finden, wie ich."

„Was ist das denn hier? Ein Asyl für heimatlose Kleinganoven?"

„Sie haben ja keine Ahnung, wovon Sie reden, Hammer."

Vielleicht war es der blanke Überlebensinstinkt, der mir befahl, hier so schnell wie möglich zu verschwinden. Egal, welche Wirkung Kitty Cordes auch auf mich hatte – sie und die seltsame Halbwelt, in der sie hier lebte, waren pures Gift für mich.

„Im Moment ist mein Platz in einem quietschenden Hotelbett in Uelzen. Sagen Sie Göpelmann, dass es mir leidtut, aber dass ich nicht zum Essen bleiben konnte. Und Sie tauchen besser nicht unter, Kitty Cordes. Wir sehen uns noch."

Ich ließ sie stehen und lief zu meinem Wagen zurück. Doch hinter mir hörte ich noch Ihre verführerische Stimme in der Dunkelheit.

„Oh, das hoffe ich doch. Also, auf bald, Holger Hammer... Auf sehr, sehr bald..."

Und ich hatte das sichere Gefühl, dass sie recht behalten würde. Was ich nicht wusste war, ob es Versprechen oder Drohung war.

Kapitel 5

Gegenwart

Die Straße der Erinnerung ist ein Boulevard zerbrochener Träume – zumindest für mich. Ich hatte mich hinter das Steuer meines alten Volvos geklemmt, um vor der Vergangenheit zu flüchten. Scheinbar ziellos war ich über die brüchigen Kreisstraßen gerollt, ließ mich durch die einsamen Alleen treiben, unter einem düsteren wolkenverhangenen Himmel und zwischen kahlen Bäumen, deren dürre Zweige wie Finger nach mir zu greifen schienen.

Und dann tauchte er plötzlich vor mir auf...

Nach einer scheinbar endlosen Strecke über Schlaglöcher und unbefestigte Wirtschaftswege. Düster und drohend – der alten Herrlichkeit beraubt.

Ich stoppte den Wagen, stieg aus und schlug den Kragen meines Trench hoch. Ich hatte nicht mal bemerkt, dass ich hierhergefahren war.

Seit damals war ich nicht mehr hier gewesen.

Hier... in Hamborg.

Dort stand der alte Hof von Göpelmann noch immer. Verlassen, verfallen, nicht vermarktbar. Verzweifelt versuchend, den alten Glanz zu bewahren. Ich ging über das Kopfsteinpflaster des Innenhofs in den verwilderten Garten. Efeu rankte sich die Fassaden hinauf.

Die noch intakten Fensterscheiben waren stumpf. Andere längst eingeschlagen. Hier gab es seit Jahren kein Leben mehr.

Seit damals... seit dem großen Showdown...

Ich blieb auf der Terrasse stehen, starrte durch die dreckige Tür in das leergeräumte Wohnzimmer, wo ich Kitty zum ersten Mal begegnet war.

Keine Ahnung, was ich hier zu finden glaubte.

Ich hatte hier nichts zu suchen. Nie gehabt.

Doch das Unterbewusstsein ist ein mieses Arschloch. Es lässt dich Dinge tun, die du nicht tun willst. Oder doch?

Ich wandte mich wieder ab.

Es wurde kalt. Und ich hatte eine Verabredung.

Ich ging zum Wagen zurück und warf einen letzten Blick auf das große Gehöft. Das Grab vieler Träume. Meiner eingeschlossen.

Ich drehte den Zündschlüssel herum.

Genug geträumt. Es war Zeit für die Wirklichkeit. Und ich musste mich konzentrieren. Vielleicht stand ich vor einer entscheidenden Wende in meinem Fall.

*

Ich fuhr zurück nach Uelzen, besorgte mir etwas zu essen und machte mich dann auf den Weg zu meiner unheimlichen Verabredung.

Der alte Volvo rollte auf die B191 Richtung Dannenberg, um bei Pieperhöfen diesen Björn-Ole zu treffen. Nach der Abzweigung hinter Oldenstadt drosselte ich das Tempo und stoppte schließlich an der Bushaltestelle gegenüber der Woltersburger Mühle. Hier hielt schon am Tag kaum ein ÖPNV-Vehikel, geschweige denn jetzt in der Dunkelheit. Ich ließ die Scheinwerfer brennen, stieg aus und sah mich um. Niemand zu sehen. Ich war ein paar Minuten zu früh, aber vielleicht war das Ganze auch eine Falle.

Meine Waffe saß locker im Holster und war geladen. Ich zündete mir gerade eine selbstgedrehte Zigarette an, als ich im Schein des Sturmfeuerzeugs einen Schatten über die Bundesstraße auf mich zulaufen sah. Ich spürte, wie sich meine Muskeln anspannten, bereit für einen möglichen Angriff. Doch die Sorge war unbegründet. Als der Typ näherkam, erkannte ich in ihm die Gestalt aus meinem Treppenhaus.

Er war noch immer blass und noch immer nervös. Er zitterte am ganzen Körper, als er mir gegenüber stehen blieb. Hastig sah er sich zu allen Seiten um und schien sich zu ducken, als wolle er sich verstecken.

Ich beschloss, mich nicht davon beeindrucken zu lassen. „Also, was haben sie mir über die *GSG X* und den Tod von Moritz Gratzki zu sagen, Björn-Ole?“

Der Mann bekam große Augen, als hätte ich den Namen des Leibhaftigen im Schlafzimmer des Papstes erwähnt. „Moritz hat sich nicht umgebracht, Hammer. Ich kannte ihn. Er war nicht der Typ dafür. Aber ich glaube, er wusste, dass er in Gefahr war.“

„In Gefahr? Wie kommen sie darauf?“

Er kramte in seiner Hosentasche. „Er hat mir etwas gegeben. Kurz bevor er verschwand und dann... ums Leben kam.“

Er streckte mir eine Hand entgegen. Auf der zitternden, schweißnassen Innenfläche lag ein USB-Stick. Ich konnte nicht verbergen, dass ich ziemlich aufgeregt war.

„Moritz hat gesagt, darauf wären wichtige Geheimunterlagen über eine Verschwörung, die bis in die höchsten Ebenen der Landesregierung hinaufreicht. Ich habe versucht, die Dateien zu öffnen, aber sie sind verschlüsselt. Ich bin sicher, dass er deswegen sterben musste. Er hatte Angst, Hammer. Todesangst…"

Ich nahm den Stick. Er schien in meiner Hand zu glühen. „Weiß ihre Vorsitzende davon?"

„Urte? Nein, niemand weiß davon. Ich musste es Moritz versprechen. Er hat gesagt, dass ich niemandem vertrauen soll."

„Galt das auch für Urte? Ich meine, die beiden hatten doch ein Verhältnis."

Björn-Ole winkte ab. „Das hat doch gar nichts zu sagen. Keiner wusste so genau, was zwischen den beiden lief. Und abgesehen davon, hat sich Moritz mit seiner Liebschaft auch nicht nur Freunde gemacht."

„Worauf wollen sie hinaus?"

Mein Gegenüber wurde nervöser. „Wieso fragen Sie nach Urte? Hier geht es um den Stick! Er ist der Schlüssel zu allem. Und die Daten, die da drauf sind."

„Kann sein. Kann aber auch sein, dass wir den falschen Baum anbellen. Sie scheinen einiges zu wissen. Wieso war Moritz unbeliebt?"

Björn-Ole druckste herum. „Er war nicht unbeliebt. Aber es gab eben Stimmen, die meinten, er nutze die Nähe zu Urte aus, um eine Sonderstellung zu bekommen. Er war kreativ, er hatte gute Ideen für den Widerstand. Meistens wurden die dann auch umgesetzt. Und das passte einigen nicht."

„Warum? Es ging doch um die Sache oder nicht?"

Ein nervöses, kehliges Lachen drang aus seinem Mund. „Seien sie nicht naiv, Hammer. Der Widerstand steckt voller Eitelkeiten. Darum treten wir so oft auf der Stelle. Es geht nur zum Teil darum, ob eine Idee gut ist oder nicht. Viel wichtiger ist, WER sie HAT. Aber das spielt auch keine Rolle, und Urte hat Sören-Malte auch immer wieder zurechtgewiesen deswegen."

„Wen?"

„Sören-Malte. Er ist Aktions-Koordinator in der BI. So was wie Urtes rechte Hand. Hören sie, Hammer, jagen Sie keinen Gespenstern nach. Nehmen Sie den Stick und entschlüsseln Sie die Daten. Die werden Sie zu Moritz' Mörder führen."

„Und warum geben Sie das ausgerechnet mir?"

„Weil Sie mit alledem nichts zu tun haben. Und weil Sie für Moritz' Schwester arbeiten. Sie haben keine eigenen Interessen, so wie die BI-Mitglieder. Ich hoffe, Sie können etwas damit anfangen."

„Haben Sie irgendeine Ahnung, was das für Daten sind?"

Er schüttelte heftig den Kopf. „Nein, wie gesagt: Sie sind verschlüsselt. Ich bin kein Computer-Fachmann. Und ich wollte nichts kaputt machen. Ich muss jetzt los."

Ich packte ihn und zog ihn am Kragen zu mir heran. Für meinen Geschmack hatte er es ein bisschen zu eilig. Und er wusste mehr, als er zugab.

„Einen Moment noch, mein Freund. Ich bin noch nicht ganz fertig mit Ihnen. Wer sagt mir, dass dieser Stick keine Falle ist?"

„Niemand. Ist Ihre Entscheidung, ob Sie mir glauben oder nicht. Machen sie mit dem Stick, was Sie wollen. Ich kann nicht mehr tun. Der Rest liegt in Ihrer Hand."

Ich ließ es zu, dass er sich aus meinem Griff befreite. Er nutzte die Gelegenheit und rannte auf die dunkle Bundesstraße hinaus.

Ich rief ihm hinterher. „Warten Sie, ich habe da noch ein paar Fragen."

„Keine Zeit. Ich muss wieder zurück ins Camp, bevor jemand Verdacht schöpft."

Wir beide hörten den heulenden Motor zu spät. Björn-Ole war schon auf der Mitte der Straße, als der Wagen aus der dunklen Kurve geschossen kam. Im grellen Licht der Scheinwerfer sah ich das verzerrte Gesicht des Mannes. Dann hörte ich nur noch den gellenden Schrei und den Aufprall, der ihn verstummen ließ. Der Wagen aber verschwand in der undurchdringlichen Dunkelheit der einsamen Bundesstraße.

Ich rannte auf die Straße, doch von dem Wagen war nichts mehr zu sehen. Er war mit einer ungeheuren Geschwindigkeit herangerast und hatte nicht mal versucht, abzubremsen. Es war also äußerst wahrscheinlich, dass der Wagen ein Dannenberger Kennzeichen hatte.

Andererseits war das hier kein Unfall gewesen. Jemand hatte uns beobachtet und Björn-Ole gezielt überfahren. Mit äußerster Präzision – was wiederum gegen einen Dannenberger sprach. Vielleicht ein Wagen aus Salzwedel? Aber was hatte der auf dieser Strecke zu suchen?

Ich beugte mich kurz zu dem leblosen Körper mit den verdrehten Gliedern hinunter. Ihn zu untersuchen, war überflüssig. Die gebrochenen Augen starrten weit aufgerissen ins Leere. So viel zur Frage, ob die Daten auf dem Stick was wert waren.

Dass er deswegen hatte sterben müssen, stand für mich felsenfest. Und darum war es auch sicher ratsam, so schnell wie möglich von hier zu verschwinden, bevor der Killer-Fahrer irgendwo wenden konnte, um sein Werk zu Ende zu bringen.

Den USB-Stick fest in der Hand rannte ich zurück zu meinem Wagen. Ich wusste, dass in diesem kleinen Stück Metall die Antworten auf sämtliche Fragen steckten.

*

Was ich da in der Hand hielt, war zu brisant, um Zeit zu vergeuden. Also fuhr ich mit dem USB-Stick direkt nach Tätendorf in die Scheune, wo sich der Nerd versteckt hielt. Ich riss die Tür auf und starrte in sein überraschtes Gesicht. Aber für Floskeln blieb keine Zeit.

„Ich will, dass du dir das hier ansiehst. Darauf sind Daten, die zwei Menschen das Leben gekostet haben."

Der Nerd verzog das Gesicht zu einem schiefen Grinsen. „Natürlich. Wissen ist IMMER tödlich, Hammer. Was meinst du, warum ich mich hier verstecke?"

„Finde raus, was da drauf ist und ruf mich sofort an, wenn du was hast."

„Vielleicht kann ich gleich was machen", warf der Nerd ein und schob den Stick in ein USB-Slot. Merkwürdige Zahlenkolonnen rannten über den Bildschirm, die aber sofort verschwammen.

Er rieb sich über das stoppelige Kinn. „Hmm, sieht nach einer ziemlich komplizierten Codierung aus. Das heißt natürlich nicht, dass ich sie nicht knacken kann. Aber es könnte doch dauern. Auch wenn ich es nicht gerne zugebe, aber dein Plan scheint in diesem Fall der bessere zu sein: Ich rufe dich an. Und sorg' um Gottes Willen dafür, dass dir niemand folgt. Wenn schon zwei Leute dafür sterben mussten, ist das genug für meinen Geschmack."

„Frag mich mal. Also, melde dich."

„Untersuch ja dein Telefon", rief der Nerd mir hinterher. „Sieht so aus, als würdest du in einer Sache stecken, die sämtliche Vorsichtsmaßnahmen erfordert."

Ich winkte ihm zu und fuhr zurück in mein Büro. Im schwachen Kegel der Scheinwerfer vor mir auf der B4 sah ich immer noch das verzerrte, tote Gesicht von Björn-Ole. Vielleicht konnte ein besonders großer Drink die Bilder auslöschen. Außerdem brauchte ich jetzt Zeit, um nachzudenken. Doch dazu kam ich nicht. Gedankenverloren hatte ich geparkt und war die knarzenden Stufen des Treppenhauses hochgestiegen. Und schon wieder hatte ich meiner Umwelt keine Aufmerksamkeit geschenkt. Doch wenigstens bekam ich es noch immer mit, wenn meine Bürotür offen war. Ich fror auf der Schwelle fest und zog meine Waffe.

Mit einem Fuß stieß ich die Tür auf, schob den Lauf der Waffe in die Dunkelheit und legte den Lichtschalter neben der Tür um. Ein Schrei ließ mich zusammenzucken. Auf dem Besucherstuhl vor dem Schreibtisch hockte eine leichenblasse und höchst verängstigte Mirabelle Gratzki. Diese unangemeldeten Besuche häuften sich langsam. Vielleicht war es Zeit, mal die Schlösser auszuwechseln. Oder sie einfach nur zu benutzen...

Hastig stand sie auf und rang mit den Händen. „Bitte entschuldigen Sie, dass ich hier einfach so auftauche. Aber ich wusste nicht wohin. Und die Tür war nicht abgeschlossen..."

Ich steckte erst mal die Waffe weg und warf Mantel und Hut auf das Sofa, bevor ich uns einen Drink aus der Mini-Bar in der obersten Schreibtisch-Schublade einschenkte.

„Was ist passiert?"

Mirabelle nahm das Glas, das ich ihr reichte, mit zitternden Fingern.

„Jemand ist bei mir eingebrochen. In mein Hotelzimmer. Meine Sachen wurden durchwühlt. Ich war nur eine Stunde oder so weg. Kurz in der Stadt, um was zu essen. Jetzt habe ich solche Angst, Herr Hammer."

Das konnte ein Blinder sehen. Sie war ein kleines Häufchen Elend. Nichts war mehr von der Vamp-Fassade übrig. Ein junges Ding, unbedarft und bis aufs Blut verängstigt.

„Nennen Sie mich Holger. Haben Sie eine Ahnung, wer das gewesen sein könnte?"

„Ich? Nein, keinen Schimmer. Ich habe doch niemandem etwas getan!"

„Irgendjemand sieht das aber ganz und gar anders."

„Denken Sie... dass es... hat es was mit Moritz zu tun?"

Ich schob mir eine Zigarette zwischen die Lippen und bot Mirabelle auch eine an, aber sie schüttelte nur den Kopf.

„Ich denke, davon können wir ausgehen. Es sei denn, Sie haben irgendwo in Uelzen die Zeche geprellt oder der Klofrau kein Trinkgeld gegeben."

„Aber wer sollte so etwas tun?"

„Jemand, der glaubt, dass Sie mehr wissen. Jemand, der überzeugt ist, dass Sie etwas gegen ihn in der Hand haben. Jemand, den wir ziemlich nervös machen."

Natürlich dachte ich an den Stick. Wer auch immer hinter den Daten her war, wollte auf Nummer Ganz Sicher gehen. Vielleicht glaubte er, Moritz hätte sich doppelt abgesichert und seiner Schwester irgendetwas zukommen lassen. Kein abwegiger Gedanke. Also sprach ich Mirabelle darauf an.

„Nein, Moritz hat mir nichts geschickt. Wir hatten kaum Kontakt in den letzten Wochen." Sie ging nervös auf und ab.

„Oh mein Gott, Holger, was soll ich denn jetzt tun? Und wo soll ich hin?"

„Ich könnte Ihnen ein anderes Hotel besorgen. Vielleicht in Bevensen. Da bricht garantiert niemand ein..."

Ich sah die hastig zusammengepackte Reisetasche neben dem Besucherstuhl. Sie hatte offenbar alles Notwendige dabei. „Vermissen Sie denn etwas?"

Wieder Kopfschütteln. „Nein, nicht dass ich wüsste."

„Und haben Sie die Polizei verständigt?"

„Nein. Es war ja nichts gestohlen und ich hatte Angst, dass Sie mir nicht glauben würde."

„Gute Entscheidung. Ich sehe mich mal nach einem Zimmer um."

Ich langte schon nach dem Telefon auf meinem Schreibtisch, als Mirabelles kleine, kalte Hand vorschoss und mein Gelenk festhielt.

„Bitte nicht", schluchzte sie. „Ich will heute nicht allein sein. Bitte... Holger... kann ich nicht hierbleiben? Wenigstens für heute Nacht?"

Ich ließ vom Telefon ab. Meine Kehle war plötzlich ziemlich trocken. Dieser Gedanke gefiel mir ganz und gar nicht.

„Na ja, das hier ist eigentlich mein Büro. Ich habe zwar diese alte Couch und ein uraltes Klappbett im Schrank, aber..."

Weiter kam ich nicht.

„Das würde mir reichen“, rief Mirabelle hektisch mit sich überschlagender Stimme. „Ich verspreche Ihnen, ich werde Sie nicht stören und Ihnen auch nicht zur Last fallen.“

Ich bin ein harter Hund und meistens gelingt es mir, Privates und Geschäftliches zu trennen. Was bei jemandem, der nichts Privates hat, ziemlich leicht ist. Aber das ist eine andere Geschichte. Jedenfalls brachte ich es nicht übers Herz, Mirabelle wegzuschicken. Widerwillig gab ich nach.

„Na schön, aber morgen werden wir uns etwas anderes einfallen lassen.“

Ich machte meiner verstörten Auftraggeberin ein Nachtlager. Es dauerte nicht lange, bis sie eingeschlafen war. Vermutlich hatte der Einbruch sie ziemlich mitgenommen. Als sie endlich eingeschlafen war, versuchte ich, die Ereignisse des Tages in irgendeine Ordnung zu bringen. War gar nicht so leicht, bei der Dichte an spannungsgeladenen Höhepunkten. Sicher war im Moment nur eins: Ich war auf der richtigen Fährte. Ich nahm mir den Obduktionsbericht vor, den Kitty mir heute gebracht hatte. Bisher war ich nicht in der Lage gewesen, mich darauf zu konzentrieren. Aber vielleicht fand ich dort wenigstens auf einen Teil meiner Fragen die richtigen Antworten...

Kapitel 6

Zuerst war ich mir gar nicht sicher, ob der Kopf, den ich da hob, wirklich mein eigener war. Eigentlich war er viel zu schwer dafür.

Doch der Schmerz in meinen Armen war zu deutlich, als dass ich meinen Körper hätte leugnen können. Mühsam schob ich mich von meiner Schreibtischplatte hoch und versuchte den Rest des bleiernen Schlafes loszuwerden, in den ich gefallen war.

Ich sah mich um und ließ den Blick über die zerknitterten Papiere gleiten.

Da war der Obduktionsbericht.

Und meine Notizen.

Ich erinnerte mich. Die letzte Nacht war doch nicht ganz verloren gewesen. Moritz Gratzki war an Gift gestorben. Aber nicht an irgendeinem. Eine radioaktive Substanz hatte seinem Leben ein Ende bereitet – wie passend. Und auf eine bitterböse Weise auch ironisch.

Ich bin kein Chemiker, aber nach allem, was ich aus den Papieren lesen konnte, war es irgendein Destillat aus Atommüll, das zwar hoch konzentriert und tödlich ist, aber schnell zerfällt. Es kann also nicht weitergetragen werden. Moritz Gratzki musste es gezielt verabreicht worden sein. Doch der schnelle Zerfall hatte auch eine weitere Nebenwirkung: Das Scheiß-Gift war nur schwer nachzuweisen. Der Verdacht lag also nahe, dass Röllke – oder wer immer die Obduktion durchgeführt hatte – genau wissen musste, wonach er suchte.

Die Schritte aus dem Nebenraum erinnerten mich daran, dass ich nicht allein war.

Es gab eine improvisierte Nasszelle und eine kleine Spüle mit Kühlschrank hinter der Tür. Ich hörte das Klappern von Geschirr und der ungewohnte Geruch von wirklich frischem Kaffee drang in meine Nase.

Und schon tauchte sie in der Tür auf: Mirabelle Gratzki, freudestrahlend und frisch wie der junge Morgen mit einem Handtuch um den Kopf.

Zu viele verstörende Eindrücke für einen noch jungfräulichen Tag.

„Hallo Holger. Ich habe uns Kaffee gemacht. Ich hoffe es war okay, dass ich Ihre Dusche benutzt habe?“

Mehr als ein Brummen konnte sie zu dieser Zeit unmöglich von mir erwarten. Ich suchte nach meiner Uhr, fand sie aber nicht.

„Wie spät zum Henker ist es?"

„Schon fast Mittag. Aber ich wollte Sie nicht wecken. Ich habe ein bisschen geputzt. Ich hoffe, es macht Ihnen nichts aus..."

Der Schock musste wie eine Neonreklame in meinem Gesicht geleuchtet haben.

„So lange Sie keine Gardinen aufhängen oder Tischdeckchen platzieren, kriegen wir keine Probleme."

Sie stellte die Tasse ab. „Was haben Sie denn da?"

Hastig kramte ich die Unterlagen zusammen. Dem Bericht waren auch Fotos beigefügt. Kein Grund, dass Mirabelle die zu sehen bekam.

„Gar nichts. Arbeit."

Ihre Augen wurden groß. „Hat das was mit Moritz zu tun?"

Das Klopfen an der Tür ersparte mir eine Antwort. Doch Glück war das nicht unbedingt. Kitty Cordes steckte unaufgefordert ihren Kopf in den Raum, ohne meine Antwort abzuwarten. Das hatte mir gerade noch gefehlt.

Ihr Strahlen wich einer dunklen Wolke, als sie Mirabelle mit dem Handtuch um den Kopf erblickte. Doch Kitty war Profi und ihre Miene gefror sofort in einem tödlich-freundlichen Lächeln.

„Hallo Holger. Oh, ich sehe, du hast Besuch." Sie streckte ihre Hand so schnell aus, dass ich für einen Moment dachte, sie wolle Mirabelle ohrfeigen.

„Gestatten: Kitty Cordes, Mitarbeiterin beim Niedersächsischen Innenministerium."

Mirabelle sah mich an, als würde sie auf eine Erlaubnis warten, die ausgestreckte Hand schütteln zu dürfen.

„Angenehm. Mirabelle Gratzki."

Kittys Augen wurden schmal. Dann weiteten sie sich, als hätten sie eine alte Freundin wiedererkannt, um kurz darauf in tiefe Trauer zu fallen. Diese Frau war noch immer unglaublich.

„Gratzki? Oh, jetzt verstehe ich. Mein Beileid zu Ihrem Verlust... Deshalb sind Sie hier bei Holger, nicht wahr? Prinzipiell sind Sie da in guten Händen. Er ist wirklich der beste Detektiv. Aber ich fürchte, auch er kann keinen Verbrecher finden, wo es kein Verbrechen gibt. Es ist furchtbar, so etwas akzeptieren zu müssen, aber Sie sollten sich in nichts verrennen, meine Liebe."

„Abwarten", warf ich ziemlich harsch ein, bevor Kitty noch anfangen konnte, das Alte Testament zu zitieren – auch wenn ich bezweifelte, dass sie jemals was von der Bibel gehört hatte.

Sie räusperte sich und kam auf meinen Schreibtisch zu.

„Eigentlich bin ich auch nur hier, um den Obduktionsbericht wieder abzuholen. Bist du damit fertig, Holger?"

Ich weiß nicht wieso, aber ich stand hastig auf, strich meine Kleidung glatt und sagte den dümmsten Satz, der mir in den Sinn kam.

„Es... es ist nicht, was du denkst, Kitty..."

Sie kam etwas zu dicht an mich heran. „Du weißt doch, Holger: Ich denke nicht. Ich FÜHLE lieber. Sind das die Unterlagen?"

Hastig und wütend kramte ich die Blätter zusammen.

„Du kannst ihn wieder mitnehmen, aber sag deinem Boss, dass ich nachher noch mit ihm reden muss. Dieser Bericht wirft einige Fragen auf."

Sie hob die Schultern. „Wenn du meinst. Komm einfach vorbei. Du weißt ja, wo du uns finden kannst. Und ich freue mich immer, dich zu sehen."

Sie zwinkerte mir zu.

Sie wusste ganz genau, wie sie mit mir umspringen konnte. Als würde sie auf einem verdammten Instrument spielen. Mit wiegenden Hüften ging sie zur Tür.

„Ich muss wieder los. War nett, Sie kennengelernt zu haben, Frau Gratzki. Wir sehen uns dann... Holger."

Dann verschwand sie genauso schnell wieder, wie sie gekommen war.

Ich musste ziemlich blöd dagestanden haben, denn Mirabelle schob sich, mit vor der Brust verschränkten Armen, in mein Gesichtsfeld.

„Eine Freundin von Ihnen?"

Ich hätte zu gerne gewusst, warum mein Hals plötzlich so beschissen trocken war.

„Ja... nein... so was Ähnliches. Ich weiß auch nicht."

Ich suchte nach irgendwas auf meinem Schreibtisch, das ich sortieren oder abheften konnte, aber es sah sowieso nur nach Ablenkung aus. Es war schon wieder die Tür, die mich rettete. Mirabelle und ich zuckten zusammen, als sie aufgeschleudert wurde und gegen die Wand knallte.

Als Mirabelle den hochgewachsenen, kräftigen Mann mit den schmalen Augen und den kurzgeschnittenen weißen Haaren erblickte, stieß sie einen Schrei aus. Doch der Kerl schien sich gar nicht für sie zu interessieren. Mit festen Schritten kam er auf meinen Schreibtisch zu und ich sah, wie die Adern unter dem gestärkten Hemdkragen am Hals anschwollen. Seine dünnen Lippen bebten, als er über die Schreibtischplatte langte und nach mir griff. An meinem Hemd zog er mich fast auf das Holz.

„Sie verfluchter Wüstling, ich werde Ihnen..."

Ich war viel zu perplex, um irgendwas tun zu können. Und während ich mich noch fragte, von welcher Inkasso-Firma der Kerl wohl kam, lieferte Mirabelle mit einem weiteren lauten Schrei die Antwort.

„Papa, nicht! Lass ihn sofort los!"

Der Typ funkelte mich an, dann stieß er mich von sich wie ein ekliges Insekt.

„Was hat der Kerl mit dir angestellt, kleiner Pfirsich?"

Nicht nur, dass das der dämlichste Kosename war, den ich je gehört hatte, er gab auch Aufschluss darüber, wie meine Auftraggeberin zu ihrem Namen gekommen war.

„Er hat gar nichts gemacht", kreischte Mirabelle und stampfte mit dem Fuß auf. „Er hilft mir. Und er hört mir zu! Im Gegensatz zu dir!"

Gratzki knurrte. „Du kommst auf der Stelle mit nach Hause. Deine Mutter wartet schon unten im Wagen."

„Ich werde nirgendwo hingehen. Nicht so lange ich nicht weiß, was mit Moritz passiert ist."

„Wir alle wissen, was mit ihm passiert ist", zischte Gratzki und musste dafür nicht mal richtig den Mund aufmachen.

„Er hat sich mit Kriminellen eingelassen und dafür hat er bezahlt."

Ich räusperte mich, denn ich hatte keine Lust auf diese Episode. „Entschuldigen Sie bitte, aber das hier ist mein Büro und es wäre schön, wenn Sie für Ihr Familientreffen einen anderen Ort finden würden." Er riss den Kopf herum und streckte einen Finger nach mir aus.

„Mit Ihnen bin ich noch nicht fertig, Schnüffler."

So langsam wurde mir der Penner zu blöd. Es war mir scheißegal, ob er im öffentlichen Dienst arbeitete oder in einem multinationalen Konzern. Auf jeden Fall sprach sein Benehmen für beide Positionen.

„Vielleicht bin ich ja mit IHNEN fertig, guter Mann, der sich nicht mal vorgestellt hat. Mag sein, dass Sie sich drüben in Salzwedel noch genug Wilden Westen bewahrt haben, um in fremde Wohnungen einzufallen wie in einen Saloon, aber wir hier in Uelzen haben schon ein bisschen mehr an der Zivilisation teilgenommen. Doch um sicher zu gehen, dass Sie mich auch verstehen, sage ich es mal in Ihrer Sprache: Verpissen Sie sich von hier."

Ich hörte seine Zähne knirschen.

„Wissen Sie eigentlich mit wem Sie hier reden?"

„Nein, und auch das ist Zeichen Ihrer mangelnden Manieren."

Mirabelle setzte dem Hahnenkampf ein Ende.

„Schluss jetzt", rief sie und brachte uns beide damit zum Verstummen.

„Holger? Das ist mein Vater, Rudolf Gratzki. Ich sagte ja schon, dass er bei unserem lokalen Energieversorger arbeitet. Er und Moritz haben sich nicht mehr verstanden."

Gratzki lachte bellend. „Das ist ja wohl stark untertrieben. Er hat unsere Familie verraten. Und diesen Schnüffler geht das gar nichts an."

Ich kam hinter meinem Schreibtisch vor und baute mich vor Gratzki auf. „Ihre Tochter bezahlt mich für etwas, das sie eigentlich von IHNEN umsonst hätte haben sollen. Ich bin Ihnen also keinerlei Rechenschaft schuldig. Abgesehen davon, ist das MEIN Büro und damit bin ich auch hier der Boss, verstanden?"

Gratzki zupfte widerwillig an seiner Krawatte.

„Na schön. Vielleicht war mein Auftritt... ein bisschen... überzogen. Aber ich sehe Sie hier mit meiner Tochter. In zerwühlten Klamotten. Sie hat ein Handtuch um den Kopf. Und das, nachdem sie nicht in ihrem Hotelzimmer war."

„Ich bin hier, weil ich überfallen wurde, Papa!"

Er bekam große Augen. „Noch ein Grund mehr, sofort mit nach Hause zu kommen!"

„Eher ein Grund mehr, sich die Todesumstände Ihres Sohnes mal genauer anzusehen", wandte ich ein. „Oder ist Ihre Wut auf ihn größer als die Trauer?"

Er wollte schon wieder auf mich los, aber Mirabelle hielt ihn zurück. „Hör endlich auf damit, Papa. Holger Hammer glaubt auch, dass Moritz ermordet wurde. Willst du es denn gar nicht wissen?"

Er riss sich los. „Natürlich. Diese verfilzten Bastarde haben deinen Bruder mit ihrer wirren Ideologie umgebracht."

Ich packte Gratzki am Arm. „Mitkommen. Männergespräch".

Ich zog ihn hinter mir her aus dem Büro, durch das Treppenhaus und hinaus auf die Straße. Er war zu überrascht, um sich zu wehren.

„Okay, Gratzki", begann ich, nachdem ich mir eine Selbstgedrehte angesteckt hatte. „Ich bin kein Familienhelfer oder so ein Scheiß, aber Ihre Tochter ist sicher, dass etwas faul am Tod ihres Bruders ist. Und selbst wenn sie sich irrt, wird sie keinen Frieden finden, bis sie Klarheit hat. Sie haben schon ein Kind verloren, und wenn Sie jetzt hier Scheiße bauen, wird auch das nächste nicht mehr mit Ihnen reden. So wie ich das sehe, haben Sie jetzt mehrere Optionen. Die eine ist, Sie beharren vorstandsmäßig auf ihrer in Granit gemeißelten Einstellung, leben weiter in ihrer Schmollecke und werden da sehr bald sehr einsam sein. Die andere ist, Sie überwinden Ihr Scheiß-Ego, das höher ist als der Kilimandscharo, vergeben Ihrem toten Sohn seine Sünden und unterstützen Ihre Tochter bei der Suche nach der Wahrheit. Und wenn Ihnen dazu die Eier fehlen sollten, verpissen Sie sich zurück nach Salzwedel und lassen Sie Ihr Mädchen ihren eigenen Weg gehen. Ihre Entscheidung, Gratzki."

Ich nahm einen langen Zug und beobachtete das verdutzte Gesicht des Mannes, in dem sich langsam so etwas wie Schamgefühl breitmachte.

„Ich... ich liebe Mirabelle", sagte er schließlich kleinlaut. „Und ich habe auch Moritz geliebt. Darum tat es mir so weh, dass er... dass er das getan hat. Er hat gegen alles rebelliert, woran ich geglaubt habe. Und ich war mir immer sicher, dass er es nur tat, um mich zu ärgern. Und jetzt ist er... er ist einfach nicht mehr da. Nein, ich kann Mirabelle nicht auch noch verlieren."

Ich fürchtete schon, der Typ würde jetzt auch noch heulen, aber er fing sich wieder.

„Entschuldigen Sie bitte meinen Ausraster, Herr Hammer. Ich war... erregt."

„Das kann ich verstehen. Und Sie haben sogar allen Grund dazu. So wie es aussieht, leidet ihre Tochter nämlich nicht unter Wahnvorstellungen, sondern hat einen sehr realen, sehr begründeten Verdacht. Und bevor Sie mich jetzt ansehen, wie einen Schnüffler, der nur auf sein Honorar scharf ist, erkläre ich Ihnen gleich, dass Ihre Tochter keinen Cent mehr hat. Aber hier stinkt wirklich etwas. Es gibt zu viele Personen, die zu sehr daran interessiert sind, dass die Selbstmord-Theorie aufrecht erhalten bleibt. Leute in wichtigen Positionen."

Gratzkis Augen wurden schmal. „Ich habe Beziehungen nach Hannover. Kann ich irgendetwas tun?“

„Wenn Sie was rauskriegen können – ich bin für jede Hilfe dankbar. Vielleicht hatte Moritz auch noch persönliche Sachen zu Hause, in denen es Hinweise gibt. Notizen, Tagebücher – irgendwas. Lassen Sie Ihre Tochter jetzt nicht im Stich.“

Er senkte den Blick und nickte, als müsse er nachdenken. „Sie haben wohl recht. Ich habe mich vergessen. Ich kann nicht hierbleiben. Ich muss zurück. Aber ich werde Ihren Rat beherzigen.“ Er schluckte und sah mich an. „Können Sie meinen kleinen Pfirsich beschützen, Hammer?“

Ich hielt seinem Blick stand. „Ja, Herr Gratzki. Das kann ich.“

„Gut. Dann tun Sie das in Gottes Namen.“ Er griff in die Innentasche seines Jacketts und zog eine Visitenkarte heraus. „Rufen Sie mich an, wenn ich irgendetwas tun kann, oder Sie etwas brauchen.“

Wir nickten uns zu.

Es war alles gesagt.

Gratzki wandte sich um und ging mit festen Schritten zu seinem dunkelblauen BMW zurück, der schon ins Visier einer Politesse geraten war.

Was für ein beschissener Start in den Tag. Erst Kitty, jetzt dieser Energie-Psychopath aus dem Osten. Dieser Tag konnte nur noch besser werden.

Als ich zurück in mein Büro kam, sprang die weinende Mirabelle von dem Besucherstuhl auf. „Ist alles in Ordnung, Holger? Wo ist mein Vater? Es tut mir so leid, was passiert ist.“

„Schon gut. Ihr Vater und ich haben alles geklärt. Sie bleiben und er wird versuchen uns mit seinen Beziehungen zu helfen.“

Sie hob erleichtert die Hände vor den Mund und weinte schon wieder – diesmal offenbar vor Glück. „Oh Holger! Sie sind so ein Engel!“

„Nein. Ich bin lieber am Leben. Zurück zur Tagesordnung.“ Ich kritzelte die Adresse der Scheune vom Nerd auf einen Zettel und reichte ihn ihr.

„Das hier ist in einem kleinen Kaff, das Tätendorf heißt. Sie werden noch nichts davon gehört haben, aber die Taxifahrer hier kennen es. Da steht eine Scheune. Dort lebt jemand, der sich selbst „der Nerd“ nennt. Er ist so etwas wie ein Freund. Bei ihm sind Sie sicher.“

„Aber Holger, ich dachte...“

„Wir hatten das doch geklärt. Sie können hier nicht bleiben. Und ich muss jetzt wirklich arbeiten. Tun Sie bitte, was ich Ihnen gesagt habe. Ich melde mich wieder bei Ihnen."

Ich schnappte mir meinen Trenchcoat und meine Waffe und verließ das Büro. Ich konnte nicht länger den Babysitter spielen. Dazu hatte ich schon genug Zeit verloren. Es gab ein paar Obstbäume, die dringend geschüttelt werden mussten. Ich hoffte nur, dass mir dabei kein allzu großer Apfel auf den Kopf fiel.

Der erste Baum hieß Urte Kösicz. Mal sehen, ob sie schon vom zweiten Todesfall innerhalb ihrer Reihen wusste. Und wenn ja, wäre es auch interessant zu sehen, wie sie es verkraftete. Außerdem war ich mir sicher, dass sie einiges über das Gift zu sagen hatte, das Moritz Grazki umgebracht hatte. Während ich in den alten Volvo stieg, musste ich feststellen, dass ich in den ganzen letzten sieben Jahren noch nie so oft im Wendland war.

Aber ich würde den Teufel tun, es zur Gewohnheit werden zu lassen...

Kapitel 7

Ich war ein bisschen überrascht, als ich in der Bauwagensiedlung hörte, dass Urte Kösicz im „Lagezentrum“ sein soll. Ich hatte weder eine Ahnung, was das war, noch wo es sein sollte. Ein Zauselkopp schickte mich zurück Richtung Jameln. In der Nähe des Bahnhofs befand sich an den stillgelegten Gleisen ein alter Lokschuppen, der jetzt den Aktivisten als Quartier diente. Ich war ziemlich überrascht, als ich eine der großen Schiebetüren aufdrückte. Im Innern herrschte Geschäftigkeit. Zahlreiche Tische standen im Raum. Computer und Drucker surrten, auf Flipcharts waren kryptische Zeichen gemalt, an Tafeln an der Wand hatte jemand Zeiten und Orte vermerkt.

Das Ganze sah mehr nach einer Wahlkampfzentrale aus. Kaum einer würdigte mich eines Blickes. Mit Ausnahme eines hageren Typen, der direkt auf mich zukam.

Ein schlaksiger Kerl mit viel zu langen Armen, die in zu kurzen Ärmeln eines selbstgestrickten, kragenlosen Pullovers steckten. Er hatte eingefallene Wangen und riesige Augen. Dazu eine schmale Geiernase und ein fliehendes Kinn. Das stumpfe Haar endete weit über den Augenbrauen und stand unordentlich vom Kopf ab, während es die Ohren bedeckte.

Der Blick, mit dem der Typ mich musterte, war eine Mischung aus Wahnsinn und Mordlust.

„Was wollen Sie hier?“, fragte er geradeheraus.

„Mein Name ist Hammer. Und ich will zu Urte Kösicz.“

„Die hat aber gar keine Zeit.“

„Für mich schon. Lassen Sie sie wissen, dass ich hier bin.“

Seine Mundwinkel zuckten. „Sehe ich aus wie ein scheiß Butler oder was?

„Sören-Malte, lass‘ den Mann in Ruhe.“

Der Name ließ eine Glocke klingeln. Björn-Ole hatte von ihm gesprochen. Am anderen Ende des großen Raumes tauchte Urte Kösicz in ihrer orangefarbenen Latzhose auf. Ich grinste den schmalen Türsteher an.

„So sieht es aus, Sören-Malte. Schön Sitz machen jetzt.“

Er wollte einen Schritt auf mich zugehen, doch die Kösicz packte ihn am Arm. „Komm mal runter, Sören-Malte. Der AK Wiesenschutz braucht noch den Aktionsplan für den nächsten Monat. Mach‘ da mal mit denen die Koordination.“

Widerwillig zog sich der arrogante Hitzkopf zurück. Und schon hatte ich ein neues Gesprächsthema mit unserer BI-Vorsitzenden. Doch das Wichtigste zuerst.

Sie nickte, dann deutete sie mit dem Kopf nach links zu einem Tresen mit kleiner Sitzgruppe. „Kommen Sie mal mit in unsere Teeküche, Hammer. Ich nehme an, Sie sind wegen Björn-Ole hier.“

Ich folgte Urte Kösicz zu den bemalten Holzstühlen und ließ mir einen Chai-Tee in einen getöpferten Becher füllen.

„Dann haben Sie davon gehört?“

„Selbstverständlich. Die Bullen waren noch gestern Nacht im Lager, haben ein paar von uns verhört und heute Morgen schon aufs Revier zitiert. Schlimmer Autounfall – sagen die.“

Ich nickte und beobachtete mein Gegenüber genau. Ich musste wissen, wie weit ich ihr vertrauen konnte. Andererseits hatte ich nichts zu verlieren. War sie unschuldig, konnte sie eine Hilfe sein. War sie es nicht, scheuchte ich sie vielleicht auf und brachte ein bisschen Bewegung ins Spiel.

„Es war Mord – Urte.“

Sie sagte nichts.

Sie lächelte.

Schüttelte den Kopf und senkte den Blick. „Das weiß ich doch, Hammer.“

„Waren Sie dabei?“

„Ich kann rechnen. Zumindest eins und eins zusammenzählen. Erst Moritz, jetzt Björn-Ole. ZU viele Zufälle auf einmal.“

„Und springt bei ihrer Gleichung auch noch ein Motiv raus?“

Sie lehnte sich mit gespreizten Beinen zurück, so dass ich eigentlich nur noch erwartete, gleich einen Flatschen Kautabak fliegen zu sehen.

„Dazu braucht es doch nun wirklich kein Genie. Die haben Angst vor uns. Die wollen uns brechen, aufreiben.“

Auch wenn ich wusste, dass es mehr als dumm war, einem Verschwörungstheoretiker diese Frage zu stellen, konnte ich sie mir doch nicht verkneifen: „Und wer sind... die?“

„Na wer schon? Die Atomlobby, die Regierungen, die Erfüllungsgehilfen und Marionetten der Energiekonzerne. Die schrecken nicht mal vor Mord zurück."

„Und haben Sie Beweise?"

Sie lachte verächtlich. „Die hinterlassen keine Spuren, Hammer."

„Würde es Sie überraschen, wenn ich Ihnen sage, dass ich dabei war, als Björn-Ole getötet wurde?"

Sie hob die buschigen Augenbrauen. „Überraschen vielleicht nicht – aber neugierig machen. Kannten Sie ihn denn?"

„Nein, aber er muss mich gesehen haben, als ich vorgestern hier war. Er bat mich um ein Treffen. Er wollte mir Unterlagen geben, die Moritz auf einem Stick gesammelt hatte."

Urte Kösicz beugte sich ein Stück vor. „Unterlagen? Was denn für Unterlagen?"

„Ich weiß es nicht. Offenbar ging es um eine Verschwörung. Wussten Sie davon?"

Ich konnte sehen, wie es hinter Urtes Stirn arbeitete. Aber ich hatte keine Ahnung, was in ihrem Kopf gerade vor sich ging.

Schließlich seufzte sie. „Gewusst wäre zu viel gesagt. Aber ich ahnte, dass Moritz ein Geheimnis hatte. Er telefonierte viel. Schickte Mails und wenn ich ihn darauf ansprach, wurde er ganz nervös. Er deutete an, dass er an etwas dran sei, wollte aber nicht darüber reden, bis es hieb- und stichfest war. Er sagte, er wolle mich nicht in Gefahr bringen."

„Und das hat Sie nicht stutzig gemacht?"

Sie zuckte mit den Schultern. „Gefahr ist nun mal unser Geschäft, Hammer."

„Ja, ich weiß, was Sie meinen..."

„Was hat Björn-Ole Ihnen gegeben, wenn ich fragen darf?"

Ich musste ehrlich passen. „Keine Ahnung. Er sagte, es sei verschlüsselt. Jemand kümmert sich zurzeit darum. Jemand, der sich auskennt."

Sie holte tief Luft. „Ehrlich gesagt haben Sie mich eiskalt erwischt, Hammer. Ich hätte nicht gedacht, dass sich Moritz jemand anderem außer mir anvertrauen würde. Und ich weiß auch nicht, wieso Björn-Ole damit nicht zu mir gekommen ist."

Genau die Frage stellte ich mir auch...

„Vielleicht wollte er Sie beschützen. Oder er hat befürchtet, dass es hier einen Maulwurf gibt."

„Ich lege für jeden meiner Kameraden die Hand ins Feuer."

„Natürlich tun Sie das."

Ich ließ meinen Blick durch den Raum schweifen. Björn-Ole war eine Sackgasse. Vielleicht bekam ich aber auf ein paar andere Fragen Antworten.

„Schön haben Sie es hier, Urte. Und ziemlich professionell. Hat nicht mehr viel von der Widerstandsromantik Ihres Bauwagen-Camps."

„Ich sagte doch, der Widerstand muss mit der Zeit gehen. Und er wird immer vielfältiger. Selbst wenn Gorleben als solches irgendwann mal kein Thema mehr sein sollte – was natürlich nie passieren wird – sind die Folgen des Zwischenlagers und der Umweltzerstörung noch jahrzehntelang spürbar. Und wir müssen dafür sorgen, dass keines dieser Verbrechen ungesühnt bleibt."

„Ihnen wird also nicht langweilig."

„Bestimmt nicht."

Sie folgte meinem Blick und deutete nacheinander auf verschiedene Gruppen, die sich an Tischen oder Flipcharts zusammengefunden hatten und zum Teil heftig diskutierten.

„Da sehen Sie die Arbeitskreise. Sie beschäftigen sich mit der Häufung von Krebsfällen, mit Trinkwasser, mit der Untersuchung von Salzgestein und der Sicherheit von Castor-Behältern. Unermüdlich werten sie Berichte und Gutachten aus und planen Kampagnen in Brüssel, Berlin und Hannover. Allein unsere PR-Abteilung arbeitet in drei Schichten."

„So wichtig ist die Öffentlichkeitsarbeit?"

„Mit das Wichtigste. Was nützt es, all' diese Dinge zu wissen, wenn niemand sonst die Fakten kennt? Der Widerstand lebt von der Beteiligung der Menschen. Und von Aktionen natürlich. Dafür ist Sören-Malte übrigens zuständig."

„Ein etwas nervöser Zeitgenosse, oder?"

Urte lachte und rieb sich das Kinn als hätte es Stoppeln.

„Na ja, er steht ziemlich unter Druck. Es gibt viel zu tun. Und die beiden Todesfälle machen uns natürlich alle unruhig."

„Verstehe. Da ist übrigens noch etwas..."

Ich kramte meine Notizen vom Obduktionsbericht vor und schob sie Urte rüber.

„Dieses Gift wurde in Moritz' Körper gefunden."

Sie überflog die Seiten. „Das wundert mich. Ist eigentlich nur schwer nachzuweisen."

„Und leicht zu bekommen?"

Heftiges Kopfschütteln. „Auf gar keinen Fall. Sie brauchen Zugang zu hoch radioaktivem Material und eine ziemlich gut ausgestattete Hexenküche, um das zu brauen. Außerdem müssen Sie sich richtig gut auskennen, um nicht selber daran zu krepieren." Ihr Ausdruck wurde wütend und sie schob die Blätter zurück.

„Das Zeug ist ein Kampfstoff, Hammer. Da kommen nur die von ganz oben dran. Und auch nur die sind in der Lage das Zeug so zu mischen, dass sie selber nicht dadurch zu Schaden kommen. Die Schweine haben sich nicht mal die Mühe gemacht, seinen Tod glaubwürdig nach Selbstmord aussehen zu lassen."

Sie wischte sich hastig durch das Gesicht, als wollte sie Tränen entfernen.

„Keine Chance, dass Moritz das Gift selber gemischt hat, um sich umzubringen?"

Entschiedenes Kopfschütteln. „Ausgeschlossen. Da hätte er nach Gorleben spazieren, den Müll öffnen und dann mit einem Doktor in Chemie das Zeug in einem Hochsicherheits-Labor destillieren müssen. Auch wenn ich es nicht gerne zugebe, Hammer, aber es gibt Aktionen, die unsere Möglichkeiten deutlich übersteigen."

Ich kramte die Seiten wieder zusammen und sah aus den Augenwinkeln eine Gestalt auf uns zukommen. Irgendwie hatte sich Sören-Malte, der Pitbull in Pinscher-Gestalt, von seiner Leine losmachen können. Besorgt legte er Urte eine Hand auf die Schulter, während er mich mit dem bösen Blick eines Lehrers bedachte, der einen Raufbold beim Verprügeln der Klassen-Prinzessin erwischt hatte.

„Urte, was ist los? Ich habe da so ganz dunkle Schwingungen empfangen. Hat dieser Mann dich aufgeregt?"

Wieder fuhr sie sich mit einem Strickjacken-Ärmel durch das Gesicht.

„Ist schon gut, Sören-Malte. Der Herr Hammer hat nur über Moritz geredet. Stell dir vor, er ist durch ein hochtoxisches Isotop gestorben. Diese Kaltschnäuzigkeit ist einfach unglaublich. Sogar für die Bonzen."

Sören-Malte sog scharf Luft ein. „Vielleicht solltest du dich von diesem Vorfall nicht mehr so runterziehen lassen, Urte."

Sie warf ihm einen verärgerten Blick zu, während ich mich zurücklehnte und die Show genoss.

„Moritz ist TOT, Sören-Malte. Er war einer von uns."

Der Typ lachte verächtlich. „Er war mehr als das, Urte. Und du stilisierst ihn doch jetzt nur zum Märtyrer, weil... weil... ihr mehr hattet."

„Das ist doch Unsinn! Willst du etwa sagen, dass mich sein Tod nur mitnimmt, weil ich mit ihm geschlafen habe?"

Sören-Malte verschränkte trotzig die Arme vor der Brust. „Ich bin nicht so spießig, deine Gefühle nur auf den Sex zu reduzieren. Aber alle hier wissen doch, dass du ihn einfach viel lieber hattest... als... als andere."

„Du solltest mal wirklich über deine Komplexe hinwegkommen."

Seine Augen wurden noch größer. „Ach ja?", kreischte er plötzlich wie eine hysterische Öko-Drag-Queen. „Komm du doch über deine Komplexe hinweg, Urte! Jeder hier weiß, dass du nicht mehr objektiv bist, wenn es um Moritz Gratzki geht! Du bist besessen von dieser Mordgeschichte, verrennst dich in etwas und verlierst alles andere aus den Augen."

„Derjenige, der sich hier verrennt, bist doch wohl du, Sören-Malte!"

Er stampfte mit dem Fuß auf. „Nein, du, Urte! Du! Du! DU!"

Dann rannte er raus wie ein trotziges Kind.

Urte schüttelte den gesenkten Kopf. „Tut mir leid, Herr Hammer. Wir sind eben alle nur Menschen. Mit sämtlichen Emotionen und Schwächen."

Ich stand auf. „Ist schon gut. Sie haben mir sehr geholfen."

Ich wollte zur Tür, aber Urte Kösicz hielt mich fest. „Bitte halten Sie mich auf dem Laufenden, Herr Hammer. Und Sie wissen ja: Wenn ich irgendwas für Sie tun kann: Rufen Sie mich jederzeit an."

Ich nickte ihr zu und ließ sie wieder allein.

Draußen vor der Tür stand Sören-Malte und schniefte in seinen Strickpulli. Eigentlich wollte ich ihn ignorieren und mich wegschleichen, aber er hatte mich erwischt.

„Ich weiß, dass Sie mich für einen aggressiven Spinner halten, Schnüffler. Und wissen Sie was? Es ist mir scheißegal. ICH kenne die Wahrheit."

Er zwang mich förmlich zum Umdrehen.

„Und die sieht wie genau aus?"

Seine Augen waren rot und seine Lippen zitterten. „Dass Urte niemals klar denken kann, wenn es um ihren Moritz geht."

Sah so aus, als müsste ich ihm die Würmer aus der Nase ziehen. So lange das Spiel nicht allzu lange dauerte, war ich bereit, es mitzumachen.

„Wie genau äußert sich das?"

Er scharrte mit den Spitzen seiner Sandalen im Boden. „Das haben Sie ja gerade gesehen. Sie ist voll emotional, wenn es um ihn geht."

„Im Moment sind SIE der, der heult und rausläuft."

„Das ist ja wohl etwas völlig anderes. Ich kann einfach nicht mehr mit ansehen, wie sie sich zerfleischt für diesen... diesen Pseudo-Aktivisten! Sogar jetzt noch, wo er tot ist. Dabei hat er die Sache hier niemals ernst genommen."

„Bisher habe ich immer gehört, er sei ein, wie hieß es doch gleich, glühender Kämpfer gewesen."

„Pah! Dass ich nicht lache! Moritz war ein Opportunist! Ein Träumer und ein Weichei! Er hätte niemals getan, was nötig gewesen wäre, um den Widerstand voranzubringen. Ständig kam er mit irgendwelchen Flausen und hatte selber keine Ahnung, wie er die realisieren sollte. Er war total realitätsfremd. Und Urte war zu verblendet von seinem hübschen Aussehen und den tollen Muskeln, um das zu erkennen. Er war nie, was sie in ihm gesehen hat."

„Und was war er stattdessen?"

„Ein aufgeblasener Windhund, der im Widerstand nur eine Möglichkeit zur persönlichen Rebellion gesehen hat. Für ihn war das alles hier ein großes Event."

„Und der Eindruck war so falsch?"

Sören-Malte wäre mir am liebsten an die Gurgel gegangen, das konnte ich in seinen Augen sehen. „Für den klassischen Mainstream-Widerstand mag das gelten, aber die *GSG X* ist aus anderem Holz geschnitzt. Wir sind bereit, unbequeme Dinge zu tun und Opfer zu bringen. Aber Moritz hat nichts von dem verstanden. Dumm wie er war, glaubte er am Schluss sogar, dass Gorleben als Endlager-Standort aufgegeben würde! Das muss man sich mal vorstellen!"

„Aber die Chance besteht doch."

Sören-Malte lachte hysterisch, wie Frankenstein, der von seinem Monster schwärmt. „Niemals wird Gorleben aufgegeben! NIEMALS! Egal, was die da oben versprechen!"

Ich versuchte, ihn mit ein paar Fakten in die Enge zu treiben, auch wenn ich wusste, dass das bei Idealisten selten erfolgreich war. Aber vielleicht machte es ja wenigstens Spaß, ihn zappeln zu sehen.

„Soweit ich weiß, wurde der sogenannte Rahmenbetriebsplan doch schon so weit runtergefahren, dass hier nicht mehr erkundet wird und auch nur noch ein paar Wachnasen Patrouille laufen."

„Und da haben wir doch schon den nächsten Skandal! So werden in Gorleben Tor und Tür für Terroranschläge geöffnet!"

„Also sollte wieder mehr Personal her?"

„Und das wäre der Beweis, dass Gorleben doch noch durch die Hintertür durchgedrückt werden soll."

Ich konnte mir ein Grinsen nicht verkneifen. So funktionierte der verblendete Aktivist – egal was passierte: Alles war ein Beweis für sein persönliches Schreckgespenst.

Aber etwas anderes hatte mich aufhorchen lassen. „Wie kam denn Moritz darauf, dass Gorleben aufgegeben werden sollte?"

Sören-Malte zuckte die Achseln. „Keine Ahnung. Da hat er immer nur so komisch gegrinst und meinte, wir würden uns noch alle wundern. Wie ich schon sagte: Er war einfach nur ein Angeber. Und Urte wird das auch noch erkennen. Und dann sieht sie endlich, wer es wirklich wert ist, dass sie ihm ihre Zuneigung schenkt."

Ich hatte genug gehört. Wenn ich dem armen Schwein noch weiter zuhören musste, würde ich vielleicht noch Mitleid kriegen.

Ich tippte mir an die Hutkrempe. „Dann noch viel Spaß beim Aktions-Planen."

„Das ist kein verdammter Spaß", schrie mir Sören-Malte noch hinterher, aber ich ignorierte ihn. Ich hatte ein paar Sachen, über die ich nachdenken konnte. Das würde mir die Fahrt nach Uelzen hoffentlich ein bisschen angenehmer machen.

*

Ich hatte Kitty einen Besuch versprochen. Und ich hielt meine Versprechen für gewöhnlich. Allerdings ließ mich der Portier-Wachtmeister im Eingang des Kommissariates eine Ewigkeit warten, so dass die Fahndungsfressen an der Wand schon anfingen, sich zu bewegen.

Irgendwann wurde ich dann ins Allerheiligste geführt.

Der Geruch von asiatischem Essen hing in Röllkes Büro und er tupfte sich gerade den Mund mit einer Serviette ab, während Kitty die leeren Pappteller in eine Plastiktüte warf.

„Tut mir leid, dass Sie warten mussten, Hammer. Aber Kitty und ich wollten erst noch in Ruhe zu Ende essen."

Er grinste mich an und ich ließ ihm seine kleine Dickstrahlpisserei. Dem Lackaffen würde der Spaß schon noch vergehen.

Ich versuchte, Kitty nicht anzusehen, doch das war unmöglich. Sie strich mit einer flüchtigen Bewegung über meinen Arm und ich mochte die Wirkung dieser Berührung überhaupt nicht. „Schön, dass du da bist, Holger."

„Das werden wir noch sehen. Ich habe da ein paar Fragen bezüglich des Obduktionsberichts, Röllke."

Er lehnte sich gegen die Schreibtischkante und breitete die Arme aus, als wäre ich das Publikum in irgendeiner Vegas-Show. „Immer raus damit, Hammer. Wenn Sie was nicht verstanden haben, helfe ich ihnen gerne auf die Sprünge."

Er lachte und sah dabei zu Kitty, als würde er Applaus für seine kleine Spitze erwarten. Aber Kitty schlug nur die Augen nieder und setzte sich wieder an den Besuchertisch, der rechts von der Tür stand und an dem sie offenbar gegessen hatten.

Und von mir konnte er sowieso nichts erwarten – außer einem Angriff...

„Zunächst mal geht es um die Todesursache. Der Bericht führt ein radioaktives Gift an."

Ich wartete, bis Röllke genickt hatte. „Ja, und?"

„Ich weiß von dem Zeug, dass es äußerst instabil sein soll und schnell zerfällt, sobald es an der Luft ist. Und auch im Körper ist es nur schwer nachweisbar. Wie also haben sie es entdeckt?"

Sein Grinsen war so breit wie schmierig. „Wir sind hier eben sehr, sehr gründlich, Hammer."

„Oder aber Sie wussten, wonach Sie suchen sollten."

Sein Blick wurde lauernd – genau, wie ich gehofft hatte. „Was wollen Sie damit andeuten?"

„Ich deute gar nichts an, Röllke. Ich stelle fest. Durch Zufall sind Sie bestimmt nicht auf das Gift gestoßen."

Der Kerl lachte abschätzend. Dann löste er sich vom Schreibtisch, schob die Hände in die Hosentaschen und baute sich breitbeinig vor mir auf.

„Hammer – der Tote war ein Atomkraftgegner. Da ist es völlig normal, dass wir ihn auf Radioaktivität untersuchen. Dass er sich mit dem Gift umgebracht hat, war Ausdruck seines Protestes."

„Aber wie ist er da rangekommen?"

Schulterzucken. „Die kleinen Ratten schlüpfen durch jedes noch so schmale Loch. Die wissen, wie sie sich das Zeug beschaffen."

„Das scheint Ihnen, als Vertreter des Innenministeriums, ziemlich egal zu sein, Röllke. Ist es wirklich so, dass sich einfach jeder mit ein bisschen Hintergrundwissen hoch radioaktive Substanzen beschaffen und daraus ein tödliches Gift herstellen kann?"

Er brachte sein Gesicht dicht vor meins. Das Parfum war ein bisschen zu süßlich.

Oder war es gar nicht sein eigenes?

„Möglich, dass Sie in den letzten Jahren nicht an der gesellschaftlichen Entwicklung teilgenommen haben, Hammer. Darum kläre ich Sie mal auf. Mittlerweile kann sich sogar jeder Sprengköpfe, Anthrax und andere Massenvernichtungswaffen online besorgen. Der Markt ist groß geworden. Und kein Sicherheitssystem kommt da hinterher. Sonst noch Fragen?"

Er wandte sich schon wieder ab. Offenbar langweilte ich ihn. Aber ich war noch nicht bereit, ihn so schnell vom Haken zu lassen. Schon gar nicht, nachdem er mich so vor Kitty gedemütigt hatte.

„Was ist mit dem anderen Toten? Hat der sich auch umgebracht?"

Röllke wirbelte herum und funkelte mich an. „Wovon reden Sie?"

„Von der Leiche auf der B191, die Sie letzte Nacht gefunden haben. Oder arbeitet die Polizei jetzt doch nicht mehr so gründlich?"

Er tat so, als würde es ihm jetzt wieder einfallen. „Ach, Sie meinen den tragischen Autounfall?"

„Ein Unfall war das?"

„Aber sicher. Oder wissen Sie mehr, Hammer?"

Seine Stimme war lauernd und ich hatte das Gefühl, dass ich mir besser nicht allzu tief in die Karten gucken lassen sollte.

„Ich weiß nur, dass der Tote auch Mitglied der BI *GSG X* war. Scheint so, als hätten die Mitglieder momentan keine besonders hohe Lebenserwartung, Röllke."

Schulterzucken. „Der Widerstand kann sehr aufreibend sein. War ein schönes Gespräch, Hammer, aber jetzt..."

Mein letzter Schluss sollte eine Breitseite sein. „Nur noch was Politisches zum Abschluss: Wie kam Moritz Gratzki darauf, dass Gorleben aus dem Rennen ist bei der Endlagersuche?"

Es war nur ein kurzes Aufeinanderpressen der Kiefer.

Ein leichtes Flackern in den Augen.

Doch das reichte mir schon.

Zufrieden, aber auch ein bisschen überrascht sah ich, wie der Staatssekretär sich um Haltung bemühte.

„Keine Ahnung. Vielleicht Wunschdenken. Sie wissen doch, wie diese Aktivisten sind. Die machen sich ihre eigene Realität."

„Aber er schien sich ziemlich sicher zu sein..."

„Woher soll ich das wissen?"

„Wieso sollte sich Gratzki umbringen, wenn er so sicher war, seinem Ziel nahe zu sein?"

„Noch mal, Hammer: Ich bin kein Psychologe. Und militante Atomkraftgegner habe ich noch nie verstanden."

Kittys Räuspern lenkte unsere Aufmerksamkeit ab. Sie schien nervös. Sollte ihr das Thema Moritz Gratzki aus irgendeinem Grund unangenehm sein?

„Ich glaube, die Herren kommen auch ohne mich aus. Ich werde mir ein bisschen die Beine vertreten."

Sie eilte zur Tür hinaus, bevor Röllke sie zurückhalten konnte. Für einen endlosen Moment starrten wir uns einfach nur in die Augen.

„Ich glaube, unser Gespräch ist jetzt wirklich zu Ende, Hammer. Sie haben immerhin schon die arme Kitty verscheucht."

„Oh, apropos Kitty: Was genau bezwecken Sie eigentlich mit diesem kleinen Manöver?"

Röllke seufzte. „Ich fürchte wirklich, Sie sind ein bisschen paranoid, Hammer. Wovon reden Sie denn jetzt schon wieder?"

„Davon, dass Sie sie hierher mitgebracht haben. Was für einen Zweck soll Kitty für Sie erfüllen? Mich aushorchen, mich von meinen Ermittlungen abhalten?"

Sein Lachen klang hysterisch. „Oh, Hammer! Jetzt überschätzen Sie sich aber gewaltig. Ich hatte doch keine Ahnung, dass Sie beide sich kennen.

Kitty ist schon seit einiger Zeit meine Mitarbeiterin. Ich kann mich hundertprozentig auf sie verlassen."

„Ja, sicher. Es ist purer Zufall, dass sie hier auftaucht. Genauso wie es Zufall war, dass Wolter nach Hannover versetzt wurde. Mich konnten Sie nicht so einfach loswerden, Röllke. Also dachten Sie sich, dass Sie Kitty als Waffe gegen mich einsetzen könnten."

Er schüttelte den Kopf und starrte mich mit gespielter Fassungslosigkeit an. „Mein Gott, Hammer! Woher haben Sie eigentlich ihren guten Ruf? Sie stecken ja voller Wahnvorstellungen und Selbstüberschätzung. Und ich dachte, Sie wären ein guter Schnüffler. Dabei sind Sie nicht mehr als ein armer Irrer. Und ihre Erfolge? Die Körner, die das blinde Huhn findet?"

„Untrüglicher Instinkt, Röllke."

„Wenn er das wirklich wäre, sollte er Ihnen sagen, dass ich keine plumpe Waffe gegen Sie brauche. Kitty Cordes ist eine verdiente Mitarbeiterin des Niedersächsischen Innenministeriums." Er machte einen weiteren Schritt auf mich zu und streckte mir die Hühnerbrust entgegen.

„Sie ist äußerst loyal, sehr, sehr engagiert und immer mit vollem Einsatz... bei der Sache. Bei jeder Sache, verstehen Sie, Hammer? Sie würde alles für ihren Job geben. Ihr letztes... Hemd."

Ich wusste, dass Röllke mich provozieren wollte.

Das Schlimme war nur, dass es funktionierte.

Als ich spürte, wie sich meine Hände unwillkürlich zu Fäusten ballten, um ihm die Fresse zu polieren, erkannte ich, dass es Zeit für einen Rückzug war.

„Sie können gerne versuchen, mir weiter was vorzumachen. Aber merken Sie sich eins: Selbst, wenn ich schon einige Jahre in Uelzen lebe – ich bin kein Idiot. Allerdings sind SIE einer, wenn Sie mich für einen halten."

„Ich verliere den Faden."

„Dann passen Sie auf, dass Sie nicht drüber stolpern."

Ich drehte mich um und verschwand. Alles passte perfekt zusammen. Das war mir klargeworden, als ich Röllke damit konfrontiert hatte. Er zitterte. Und er schwitzte.

Der gelackte Dreckskerl stand im Zentrum der beiden Todesfälle. Doch ich hatte keine Ahnung, wie die Puzzleteile zusammenpassten. Es gab noch zu viele Ungereimtheiten. Abgesehen davon, war ich weit entfernt von jedem Beweis...

„Holger?“

Ich zuckte zusammen und stellte fest, dass ich gedankenverloren bereits das Polizeigebäude verlassen hatte und auf der Straße stand.

Die Dunkelheit senkte sich über Uelzen. Und neben mir leuchtete ein schwaches Licht in Form von Kitty Cordes, die mit einer Zigarette zwischen den Fingern unter der Eingangsleuchte des Kommissariats wartete.

„Tut mir leid, dass ich einfach so abgehauen bin. Aber ich wollte nicht zwischen die Fronten geraten.“

„Wieso nicht, Kitty? Da hast du dich doch bisher immer ganz wohl gefühlt.“

Sie schlug die Augen nieder. „Ich habe mich geändert, Holger.“

„Sicher. Vielleicht erzählst du mir demnächst ja mal die unglaubliche Geschichte von deiner Aufnahme ins Innenministerium.“

Als sie mich wieder ansah, funkelten ihre Augen. Ein bisschen vor Wut. Ein bisschen vor Schmerz.

„Du traust mir das nicht zu, habe ich recht? Du meinst, ich bin nicht gut genug für einen ehrlichen Job.“

Ich denke nur, dass es ein ziemlich großer Zufall ist, dass du ausgerechnet jetzt in meinem Revier landest. An der Seite von Röllke. Was ist deine eigentliche Aufgabe, Kitty? Sollst du ihm nur... zur Hand gehen? Oder schließt deine Arbeit auch mich mit ein?“

Ich konnte nicht verhindern, dass ihre Hand in mein Gesicht klatschte. Sie war noch immer ganz schön schnell.

„Nicht die ganze Welt dreht sich ausschließlich um dich, Holger Hammer.“

Mit diesen Worten trat sie ihre Zigarette aus und stapfte wütend ins Kommissariat zurück. Vielleicht war es ein Fehler, sie gegen mich aufzubringen. Vielleicht war es besser, sie auf meiner Seite zu haben.

Doch wenn es um Kitty Cordes ging, konnte ich wohl nur bedingt vernünftig sein.

Und wenn Enrico Röllke tatsächlich der Taktiker war, für den er sich hielt, dann wusste er das auch. Ich musste also verhindern, dass sein Plan aufging.

Doch das bedeutete, dass ich mich endgültig vom langen Schatten meiner Vergangenheit lösen musste.

Ich trottete zum Wagen und ließ mich auf den Fahrersitz fallen. Doch den Zündschlüssel drehte ich nicht herum. Stattdessen versuchte ich, die Gedanken an Kitty aus meinem Kopf zu kriegen.

Ein Vorhaben, das ganz offensichtlich zum Scheitern verurteilt war.

Kapitel 8

Vergangenheit

Ich hatte Kitty Cordes gefunden.

Doch damit sollte der Ärger erst losgehen...

Nach unserem seltsamen Kennenlernen bei Konrad Göpelmann war ich zurück in mein Hotel nach Uelzen gefahren. Ich wollte ausgeschlafen sein, um mir meine nächsten Schritte zu überlegen. Denn irgendwie musste ich das Kätzchen zurück in sein Körbchen bringen.

Doch ich kam nicht zur Ruhe, wälzte mich auf der ausgelegenen Matratze hin und her und versuchte, das Bild dieser Frau aus meinen Gedanken zu kriegen.

Dass ich eingeschlafen war, merkte ich nur daran, dass plötzlich die Sonne durch die fadenscheinigen Gardinen in mein Zimmer schien.

Und... dass ich nicht mehr allein war...

Wie gestochen schoss ich vom Bett hoch und riss die Knarre unter meinem Kopfkissen hervor. Doch Konrad Göpelmann lächelte nur.

Er hockte in der Ecke des Zimmers in einem alten Sessel, die Beine lässig übereinandergeschlagen.

„Guten Morgen, Hammer. Ich hoffe, Sie haben gut geschlafen...“

„Scheiße noch mal, Göpelmann! Sie sind nicht gerade das Gesicht, von dem ich geträumt habe, es neben mir beim Aufwachen zu sehen.“

Er beugte sich ein Stück vor und sein Lächeln wurde zu einem verschmitzten Grinsen.

„Seien Sie einfach froh, dass Sie überhaupt aufgewacht sind, Hammer.“

„Eine Drohung?“

Er wiegte den Kopf. „Eher ein gutgemeinter Ratschlag. Das hier ist Uelzen. Hier ist nichts selbstverständlich. Schon gar nicht das Aufwachen, wenn man erst mal eingeschlafen ist. Aber genug geplaudert. Ich bin hier, um Sie abzuholen. Packen Sie ihre Sachen.“

Voller Elan sprang er auf die Füße, riss die Gardinen zur Seite und öffnete das Fenster. Dann schnappte er die Reisetasche, die auf dem Boden stand und warf sie mir aufs Bett.

Zögernd stand ich auf.

„Und wohin fahren wir?“

„Zu mir. Kitty meinte, Sie könnten einen Job gebrauchen. Da Sie ein Freund von ihr sind, helfe ich nur zu gerne. Ich habe da auch etwas für Sie. Einen wichtigen Job in meinem neuen Projekt.“

Ich war neugierig und misstrauisch.

„Und was für ein Projekt ist das?“

Er kam auf mich zu, blieb dicht vor mir stehen und in seine Augen trat ein gefährliches Funkeln, ein fast wahnsinniger Glanz.

Dann packte er mit beiden Händen meine Schultern.

„Das Größte, das Uelzen je gesehen hat. Ein Musical! Nur für diese Stadt! Etwas Einmaliges, das alles bisher Dagewesene in den Schatten stellt!“

Auch wenn ich ihm gerne den Gefallen getan hätte, aber ich konnte seine Begeisterung nicht teilen.

„Ein Musical? Ich meine mich erinnern zu können, dass es so etwas schon einmal hier gegeben hat. Das einzige Mal, dass Uelzen in der Presse war. Weil die Stadt sich hoffnungslos verzettelt hatte. Die komplette Spielzeit war ein Desaster. Und danach verschwand das Ding in der Versenkung.“

Göpelmann lachte und machte eine wegwerfende Handbewegung.

„Sie meinen diesen Hundertwasser-Rohrkrepierer? Vergessen Sie es! Die Stadt hat damit alles nur Erdenkliche falsch gemacht, was es falsch zu machen gab. Nein, das hier wird ganz andere Dimensionen haben! Ein Kuhlau-Musical! Denn Friedrich Kuhlau war der wahre berühmte Sohn dieser Stadt. Nur ihm gebührt die Ehre, Uelzen über die Kreisgrenzen hinaus musikalisch bekannt zu machen! Es wird ein Musical, dessen Musik ausschließlich von Flöten gespielt wird! Ich sage ihnen Hammer, so etwas hat die Welt noch nicht gehört!“

Da konnte er recht haben. Aber ich hätte wetten können, dass die Welt darüber auch nicht besonders traurig war...

Göpelmann starrte mich an und mein Gesicht musste Bände sprechen.

„Sie zweifeln und das ist gut. Ich werde Sie überzeugen. Und wenn ich SIE überzeugt habe, schaffe ich es auch mit allen anderen. Heute Abend ist der Kulturdezernent der Stadt bei uns zum Essen, ein Gerald Schlattner. Ich brauche ihn, um meine Pläne umzusetzen. Ich habe zwar einen Teil des Geldes für das Stück zusammen, doch ohne die Stadt läuft da nichts.“

Ich wandte mich ab, um dem unangenehmen Blick zu entgehen und zündete mir erst mal eine Zigarette an.

„Und wo komme ich ins Spiel?"

„Genau hier. Sie werden diesen Mann im Auge behalten und dafür sorgen, dass er sich für das Richtige entscheidet. Nämlich für UNS."

Jetzt begann ich zu verstehen.

„Sie wollen mich als Schläger und Angstmacher engagieren?"

Göpelmann hob beschwichtigend die Hände. „Eher als Stütze. Ein Kämpfer für unsere gemeinsame Sache. Uelzen zu einer Kulturmetropole zu machen."

„Ehrlich gesagt, hätte ich Sie nicht für einen großen Kulturmäzen gehalten, Göpelmann."

Er lachte schallend und klopfte mir auf die Schulter. „Die meisten unterschätzen mich. Aber ich habe eine Schwäche für Kultur und für Musik. Und für diesen Landkreis. Ich möchte ihm etwas schenken, weil er auch mich so reich beschenkt hat."

An dem breiten Grinsen in seinem Gesicht konnte ich sehen, wie er es meinte: Korrupte Politiker und Bullen, die im richtigen Moment wegsahen.

„Ich will Uelzen zu überregionaler Bedeutung und wahrer Größe verhelfen. Und SIE können dabei eine wichtige Rolle spielen. Also: Was sagen Sie?

„Habe ich eine Wahl?"

„Eigentlich nicht. Na dann: Willkommen in unserer Familie, Holger Hammer. Kommen Sie. Mein Wagen wartet schon auf uns..."

Er wartete nicht mal einen Handschlag ab, sondern warf mir meine Sachen zu und verschwand schon mal aus dem Zimmer.

Ich ließ mir Zeit, rauchte, suchte meinen Kram zusammen. Und als ich die Tür des Hotelzimmers hinter mir schloss, hatte ich das ungute Gefühl, dass ich damit auch die Tür zu meinem bisherigen Leben schloss. Und zwar für immer...

*

Während mich Konrad Göpelmann in einer Luxus-Limousine zurück zu seinem Hof fuhr, erzählte er mehr von seinen hochtrabenden Plänen über das merkwürdige Kuhlau-Musical. Für mich klang das alles nach einer versponnenen Fantasterei. Doch das ging mich nichts an. Ich musste im Moment nur in dieser Zwickmühle überleben und mir Gedanken darüber machen, wie ich aus der Nummer einigermaßen heil wieder raus kam.

Als der Fahrer auf dem Hof stoppte, erwartete uns vor dem Haus eine rassige Rothaarige in einem etwas zu kurzen schwarzen Kleid.

Mit schnellen Schritten und wütendem Funkeln kam sie auf den Wagen zu, als Göpelmann ausstieg.

„Konrad, da bist du ja endlich! Ich muss mit dir reden! Und ich will, dass du mir zuhörst."

Ich sah, wie er sie packte und grob zur Seite schob.

„Verdammt, Dolly, was tust du hier? Ich habe dir gesagt, dass es vorbei ist. Sieh' es endlich ein und verschwinde von hier. Zwischen uns ist alles gesagt."

Doch die Lady war offenbar noch nicht bereit, das Handtuch zu werfen.

„Vielleicht für dich. Aber für mich noch lange nicht. Du machst einen Fehler, Konrad, glaub mir."

„So ein Schwachsinn. Du bist eifersüchtig, das ist alles. Wir hatten eine schöne Zeit, aber die ist vorbei."

Sie kämpfte mit den Tränen. Aber Tränen der Wut.

„Ja, vielleicht bin ich eifersüchtig. Vielleicht hast du mir ja wirklich das Herz gebrochen. Aber darum geht es nicht. Es geht um diese Schlange, die du dir in dein Haus geholt hast, damit sie MEINEN Platz einnimmt."

„Ich will nichts von deinen Lügen hören, Dolly. Und jetzt verschwinde! Bevor ich RICHTIG ungemütlich werde."

„Gib' mir nur fünf Minuten, Konrad. Du kennst diese Kitty Cordes nicht. Du weißt nicht, wer sie wirklich ist. Aber ich weiß Bescheid! Ich weiß Dinge über sie, die sie lieber geheim gehalten hätte, das kannst du mir glauben."

„Es reicht, Dolly!"

Er riss die Wagentür wieder auf und schob die Frau auf die Rücksitzbank.

„Marvin!"

Auf sein Rufen stieg der Fahrer aus. Ich hatte bisher nur seine Augen im Rückspiegel gesehen. Er war noch jung. Um einiges jünger als Kitty, hatte weiche Züge, aber kalte Augen. War das ihr Bruder von dem sie gesprochen hatte?

Er tippte sich an den Schirm seiner albernen, alten Mütze.

„Ja, Boss?"

„Sorg' dafür, dass Fräulein Döbler zurück in die Stadt kommt. Ich will sie hier nicht mehr sehen."

Marvin nickte und verschloss die hintere Tür der Limousine, bevor Dolly daran rütteln konnte.

Ich spürte den ärgerlichen Blick von Göpelmann auf mir. Offenbar passte es ihm nicht, dass ich der Sache so ein großes Interesse beimaß.

„Kommen Sie, Hammer."

Ich machte einen Schritt in seine Richtung. „Wer ist die Kleine?"

„Dolly Döbler. Eine... verloschene Flamme. Die aber offenbar doch noch etwas Abkühlung braucht. Mehr ist darüber nicht zu sagen. Und jetzt lassen Sie uns reingehen. Wir müssen uns noch für das Galadinner umziehen."

„Einen Moment bitte noch."

Es passte ihm nicht, aber er ließ mich gewähren.

„Na schön. Ich warte drinnen."

Als er verschwunden war, klopfte ich noch mal gegen das Fenster auf der Fahrerseite des Wagens. Marvin war bereits eingestiegen, ließ aber die Scheibe runter.

„Sie sind Marvin? Kittys Bruder?"

Er rang sich ein schiefes Lächeln ab. „Und Sie sind Holger Hammer. Ich weiß Bescheid. Kitty hat mir alles erzählt. Solange Sie meine Schwester in Ruhe lassen und Rocco vergessen, kriegen wir keine Probleme."

Das war eine klare Ansage. Ich nickte langsam, das schien ihn zufrieden zu stellen. Surrend glitt die Scheibe wieder nach oben. Ich sah dem Wagen hinterher, wie er vom Hof fuhr. Das also war Kittys Bruder, Marvin. Auch er schien etwas zu verbergen. Doch in dieser nebelverhangenen Halbwelt von Uelzen wunderte mich gar nichts mehr. Ich war schon gespannt, was für rätselhafte Gestalten als nächstes die Bühne betreten würden...

*

In Anzügen habe ich mich noch nie wohl gefühlt, doch Göpelmann hatte zum Dinner auf Abendkleidung bestanden. Und großzügigerweise hatte er mir sogar einen Smoking zur Verfügung gestellt. Und eine Art „Diensthandy", dessen Nummer er schon an Schlattner weitergegeben hatte. Es war später Abend und wir saßen im sogenannten Salon: Göpelmann, Kitty, der Typ von der Stadt und ich. Der Kulturdezernent war ein schmieriger Typ mit glänzenden Haaren und roten Schweinsbäckchen. Gerald Schlattner hatte sich nicht nur den Bauch vollgeschlagen, sondern kippte auch Göpelmanns teuren Cognac in sich rein. Gesprächen über das Musical oder dessen Finanzierung ging er geschickt aus dem Weg.

Stattdessen starrte er ein bisschen zu auffällig in Kittys paillettenbesetzten Ausschnitt, was Göpelmann ziemlich auf den Sack ging. Er kochte, musste sich aber zurückhalten, wenn er an die städtische Kohle ran wollte.

Irgendwann wischte sich der fette Schlattner die fleischigen Lippen ab und klopfte sich auf den Bauch.

„Ganz hervorragend das Essen, Göpelmann, ehrlich. Und die Zigarren und der Cognac – einsame Spitze. Sie haben wirklich Stil, das muss man Ihnen lassen."

„Danke, Herr Schlattner. Ich hoffe, das denken Sie auch über unser Musical."

Er tat so, als müsse er erstmal überlegen.

„Ach ja... dieses... äh... Kuhlau-Ding, nicht wahr? Hab mal in die CD mit den Demostücken reingehört. Wie viel sagten Sie noch mal, könnten Sie aufbringen?"

„Ich bin mit 500.000 dabei. Das ist ungefähr ein Drittel. Wenn Sie den gleichen Betrag aufbringen, können wir den Rest als Kredit beantragen. Und ich sage Ihnen: Der Gewinn wird unseren Einsatz um einiges übersteigen. Das hier ist das Größte, das Uelzen je gesehen hat!"

Schlattner unterdrückte ein künstliches Gähnen.

„Ja, ja, das mag ja alles sein. Aber ich entscheide das nicht allein. Da sind die gesamte Verwaltung und natürlich auch der Stadtrat gefragt."

„Sicher. Aber ich weiß auch, dass Sie Mittel und Wege haben, durchzusetzen, was Sie sich vorgenommen haben."

Schlattner lächelte geschmeichelt und winkte ab. „Manchmal. Und wenn die Anreize hoch genug sind..."

Kitty mischte sich ein.

„Finden Sie nicht, dass die Chance, aus Uelzen eine Musical-Hochburg zu machen, Anreiz genug ist?"

Er starrte sie mit glänzenden Augen an. „Doch, doch. Aber apropos Reiz: Habe ich Ihnen schon gesagt, wie reizend Sie heute Abend aussehen, Fräulein Kitty?"

„Vielen Dank. Sie sind ein echter Charmeur."

Schlattner wuchtete sich aus dem Stuhl hoch.

„Nun, es ist spät geworden und ich werde jetzt zurück in die Stadt fahren müssen. Auf mich wartet morgen eine Menge Arbeit."

Göpelmann schluckte seinen Ärger runter. „Ich verstehe. Wir bleiben in

Kontakt. Mein Mitarbeiter hier, Herr Holger Hammer, wird Ihnen bei sämtlichen Fragen, die Sie noch haben, zur Verfügung stehen. Seine Nummer haben Sie bereits."

„Vielen Dank. Wir sehen uns, Göpelmann. Und wir uns hoffentlich auch, Fräulein Kitty." Er grinste sie noch einmal an und küsste geräuschvoll ihre Hand. Als Göpelmann mit dem Fettsack verschwand, war ich mit Kitty allein.

Sie seufzte und schenkte uns beiden einen Scotch aus der Hausbar ein.

„Da wird Conny noch eine Menge Überzeugungsarbeit leisten müssen."

„Oder Sie. So wie Schlattner Sie angesehen hat..."

Sie wich meinem Blick aus.

„Wenn es das ist, was er will..."

„So weit würden Sie gehen für dieses Musical?"

Jetzt sah sie mich direkt an und versuchte, ihren Blick fest wirken zu lassen.

„So weit würde ich für CONNY gehen. Und noch viel weiter. Was immer nötig ist, um seinen Erfolg zu sichern. Aber das verstehen Sie bestimmt nicht, habe ich recht, Holger?"

„Da haben Sie absolut recht."

„Vielleicht werden Sie es irgendwann. Wenn Sie mich besser kennen. Bis dahin: Danke, dass Sie hier sind. Gute Nacht, Holger Hammer..."

Sie leerte ihr Glas mit einem Zug und verschwand. Ich blieb mit einem Drink in der Hand zurück. Und mit einem komischen Gefühl im Bauch.

*

Nach dem seltsamen Dinner hatte mich mein neuer Boss, Konrad Göpelmann, am nächsten Tag losgeschickt, um mehr über Schlattner rauszufinden. Ich sollte ein bisschen Dreck ausgraben. Da ich mich in Uelzen nicht auskannte, suchte ich die Kneipen nach dem Kerl namens Hanstedter ab. Es war nicht ganz leicht, aber schließlich fand ich ihn in einer leeren Spelunke in der Dieterichsstraße. Er grinste mich an. „Wenn das nicht Holger Hammer ist. Du solltest wirklich Schnüffler werden, Alter."

„Du wirst lachen, im Moment bin ich das sogar. Ich soll was über den städtischen Kulturdezernenten Gerald Schlattner rausfinden. Dachte, du könntest mir vielleicht helfen."

„Wenn die Bezahlung stimmt, kann ich dir bei so ziemlich allem helfen. Ich werde mich mal umhören und dir einen Rabatt einräumen, weil du mir einen Gang abgenommen hast."

„Und verrätst du mir auch, welcher das sein soll?"

„Jemand will dich sprechen."

Das war eine Überraschung. „Ich kenne hier doch gar keinen."

„Dafür kennen DICH schon eine ganze Menge Leute. Los, komm mit. Sie ist hinten in der Garderobe."

Ich hatte keine Ahnung, was hier vor sich ging, aber ich folgte dem Hanstedter. Er führte mich durch einen dunklen Disco-Tanzsaal. Hinter einer Bühne lag ein Korridor, an dessen Ende ich eine Garderobentür entdeckte. Dahinter erwartete mich eine Frau. Leicht bekleidet, mit feuerroten Haaren und einer langen Zigarette zwischen den blutroten Lippen. Und sie war mir ganz und gar nicht unbekannt.

„Schön, dass Sie hier sind, Herr Hammer."

„Sie waren gestern bei Göpelmann. Ihr Name ist Döbler."

Sie schob mir einen Garderobenstuhl entgegen.

„Nennen Sie mich einfach Dolly. Ich danke dir, Hanstedter, du kannst uns jetzt alleine lassen."

Mein Informant zog sich diskret zurück

„Der Hanstedter sagte, dass Sie mich sehen wollen."

„Sonst wären Sie jetzt auch nicht hier, oder?"

„Frauen mit einem scharfen Verstand sind gefährlich. Meine Mama hat mich vor denen gewarnt."

„Frauen mit einem gebrochenen Herzen sind aber NOCH gefährlicher. Vor denen hätte ihre Mama Sie warnen sollen, Hammer."

„Im Grunde hat sie mich vor allen Frauen gewarnt. Was kann ich für Sie tun?"

Sie drückte ihre Zigarette aus und musterte mich eingehend.

„Ich kann etwas für SIE tun, Hammer. Ich kann Sie auch warnen. Vor einer Gefahr im Negligee. Der Schlange in Spitzenwäsche, der Hydra in High Heels, einer..."

„Und Sie meinen wen?"

„Wen schon? Kitty Cordes natürlich. Ich sehe in Ihrem Gesicht, dass Sie mir nicht glauben wollen. Aber warten Sie ab, bis Sie über Kitty wissen, was ich weiß..."

„Ich bin ganz Ohr...“

Sie zündete sich langsam eine neue Zigarette an und sah dem Rauch nach. Sie ließ sich viel Zeit.

„Manchmal singe und tanze ich hier. Ich habe immer davon geträumt, mal auf einer Musical-Bühne in Hamburg zu stehen. Doch stattdessen bin ich hier in Uelzen in einer drittklassigen Kneipe hängengeblieben. Obwohl ich weiß, dass die Kerle, die hierherkommen, sich einen Scheiß für meinen Tanz oder meinen Gesang interessieren.“

„Die Lüge ist immer ein Teil unseres Lebens.“

„So wie die Lüge, dass Konrad und ich glücklich bis an unser Lebensende zusammen sein werden. Ich habe ihm tatsächlich geglaubt, wissen sie?“

„An das Happy End im Sonnenuntergang oder die Karriere in Göpelmanns Musical?“

„Sie sind ein Zyniker, Hammer.“

„Und Sie nicht die erste, die das feststellt. Ihre Geschichte ist wirklich traurig, Dolly. Aber was hat das Ganze mit Kitty Cordes zu tun?“

„Alles. Es ging immer nur um Kitty. Ich war dabei, wissen Sie? Wir haben damals beide diese Show im Heidepark besucht. Conny und ich. Und ich habe in seine Augen gesehen, als sie sich in ihrem Wumbo-Kostüm an der Stange räkelte. Da wusste ich, dass ich ihn verloren hatte. Er hat sich regelrecht an sie rangeschmissen. Er hat sie angerufen, ihr Blumen geschickt. Und keine drei Wochen später hat er mich vor die Tür gesetzt. Ausgemustert, wie einen Jahreswagen.“

Ich wurde langsam ungeduldig. Abgesehen davon, dass ich mir gar nicht sicher war, ob ich das hören wollte.

„Wie gesagt: Traurig. Aber ich weiß immer noch nicht, was Sie von mir wollen.“

Sie beugte sich vor und in ihre Augen trat ein heiß-kalter Ausdruck, der mir sogar ein bisschen Angst machte. Es war der Ausdruck einer Wahnsinnigen.

„Diese Schlange hat das alles geplant! Sie hat Konrad benutzt, damit er sie aus dem Schuppen rausholt. Er hat auch den Diebstahl des Geldes organisiert. Ohne ihn hätte sie das überhaupt nicht auf die Reihe bekommen. Auch wenn es nicht so aussieht: Sie benutzt ihn nur.“

„Soweit ich weiß, hat sie das Geld für IHN gestohlen.“

„Er wird nichts davon haben. Sie wird verschwinden. Und zwar mit mehr, als sie gekommen ist. Und wenn es nur Konrads Herz ist, das sie mitnimmt.“

„Sie deuteten ein dunkles Geheimnis an..."

Sie lächelte wie ein Pokerspieler.

„Oh ja, das hat sie. Und es wird Konrad die Augen über sie öffnen. Noch kann ich nicht darüber sprechen, Hammer. Ich habe noch keine Beweise. Aber ich werde sie kriegen. Und dann wird abgerechnet."

Ich hatte genug von den kryptischen Andeutungen und den Hasstiraden. Das alles führte offensichtlich zu nichts.

„Bis es soweit ist, verschwenden Sie hier nur meine Zeit. Wenn Sie mir was anderes zu erzählen haben, als Ihre traurige Lebensgeschichte, rufen Sie an."

„Ich wollte Sie sehen, um Sie zu bitten, auf Konrad aufzupassen. Bis ich genug Beweise habe, um Kitty Cordes für immer aus Uelzen zu verjagen."

„Ich sehe zu, was ich tun kann. Einen schönen Tag noch – Dolly."

Ich ließ die paranoide Tänzerin wieder allein und wollte mich auf den Rückweg in die Stadt machen, um den Rest des Tages zu genießen und sicher zu gehen, dass Rocco nicht schon nach mir suchte. Mein Handy machte mir einen Strich durch die Rechnung...

Es war der schmierige Schlattner und ich fragte mich, warum er ausgerechnet MICH anrief.

„Göpelmann hat gesagt, ich soll mich an Sie wenden, wenn ich was will. Und ich will was. Ich möchte, dass Sie diese junge Dame von gestern Abend zu mir bringen, Frollein Kitty, genau. Bringen Sie sie her."

Ich war mir nicht sicher, ob er das wirklich gesagt hatte...

„Wie bitte?"

„Sie haben mich schon verstanden: Ich will Kitty Cordes sehen. Und zwar sofort."

„Aber wozu?"

„Das dürfte Sie ja wohl kaum etwas angehen, oder? Ich will sie einfach... nun ja... sagen wir, näher kennenlernen."

„Verzeihen Sie meine Offenheit, aber ich kann mir weder vorstellen, dass Frau Cordes das will, noch dass Herr Göpelmann das gutheißen würde."

Er schrie in sein Telefon.

„Ist mir doch scheißegal! Göpelmann will dieses dämliche Musical auf die Bühne bringen, oder? Und er hat gesagt, Sie sollen mir zur Verfügung stehen. Also stehen Sie mir auch gefälligst zur Verfügung und bringen Sie die Frau her. Sonst kann Göpelmann diese Musical-Geschichte vergessen.

Haben Sie verstanden?"

Am liebsten hätte ich meine Hände um seinen faltigen Schweinehals gelegt und zugedrückt, bis ihm die Augäpfel rausgefallen wären. Doch ich riss mich zusammen, ballte meine Hände zu Fäusten und fuhr zurück zu Göpelmanns Hof nach Hamborg. Er selbst war nicht da. Aber ich fand Kitty und ihren Bruder Marvin im Garten.

Ich erzählte ihr von dem unheimlichen Anruf. Und was Schlattner gefordert hatte. Ich erinnerte mich noch zu gut an Kittys Andeutungen von gestern. Sah so aus, als würde ihr schlimmster Alptraum jetzt wahr werden. Marvin reagierte als erster und sprang wütend auf. Offenbar lag ihm die Ehre seiner Schwester ziemlich am Herzen.

„Kitty, ich will nicht, dass du dahingehst."

Doch Kitty lächelte tapfer.

„Ist schon gut, Marvin. Hammer ist ja da, um auf mich aufzupassen."

Ich nickte eifrig. „Ich bin ganz in der Nähe, direkt vor der Tür."

Doch Marvin war nicht überzeugt. Unruhig ging er auf der Terrasse auf und ab. „Ich habe trotzdem kein gutes Gefühl bei der Sache."

Sie ging zu ihm und schloss ihn in die Arme.

„Mach dir keine Sorgen. Ich pass schon auf mich auf. Du weißt, wie wichtig das Musical für Conny ist. Wenn ich nicht zu Schlattner fahre, wird er das Geld nie lockermachen. Na kommen Sie, Hammer. Lassen Sie uns fahren, damit ich hinter mich bringen kann, was immer mich erwartet..."

*

Schlattner hatte mir seine Adresse in Molzen auf mein Handy geschickt. Während ich den alten Volvo von Hamborg zurücklenkte, beobachtete ich Kitty Cordes, die auf dem Rücksitz hockte. Wie tapfer sie wirkte. Und das, wo sie doch das Schaf war, das zur Schlachtbank geführt wurde. Und ich war der Henker, der sie geradewegs zu dem schmierigen Kulturdezernenten Schlattner brachte. Für mich hatte Geld noch nie gestunken, doch dieser Job ging mir gewaltig gegen den Strich.

„Ich spüre Ihre Blicke, Hammer. Warum starren Sie mich so an?"

„Weil ich mich frage, warum Sie das hier tun. Wieso fahren Sie zu Schlattner? Sie wissen, was er mit Ihnen vorhat."

Ein bitteres Lachen drang aus ihrer Kehle.

„Sie kennen mich nicht, Hammer. Glauben Sie mir, ich habe schon Schlimmeres erlebt, als die fetten, schwitzigen Hände eines städtischen Beamten auf meinem Körper."

„Was wird Göpelmann dazu sagen?"

Sie sah aus dem Fenster.

„Er wird es nie erfahren. Er will dieses Musical. Vielleicht mehr als alles andere. Vielleicht sogar mehr als mich. Also soll er es bekommen."

„Sie müssen ihn wirklich lieben, Frau Cordes."

„Lassen wir doch die Förmlichkeiten, Holger. Ich heiße Kitty. Und was die Liebe angeht: Für dieses Thema bin ich wohl keine Expertin."

Wir verbrachten den Rest der Fahrt schweigend. Ich stoppte den Wagen vor dem Haus und hielt Kitty die Tür auf. Doch ich konnte nicht zulassen, dass sie sich in Schlattners Klauen begab. Instinktiv griff ich nach ihrem Arm und zog sie zu mir heran.

„Holger, was tust du? Bitte, du musst mich gehen lassen..."

„Ich kann nicht – Kitty. Der Gedanke an das, was dieses Schwein mit dir vorhat, bringt mich fast um den Verstand. Du hast etwas Besseres verdient als das. Und du hast auch etwas Besseres verdient als Göpelmann."

Sie strich mir mit ihrer zarten Hand über die Wange. Ihr Blick war warm und weich. Und sehnsuchtsvoll. Aber auch traurig.

„Du bist süß, Holger. Und es rührt mich, dass du so eine hohe Meinung von mir hast. Aber du kennst mich nicht. Du weiß nicht, was ich verdiene und was nicht. Glaub mir, ich weiß was ich tue. Und jetzt lass mich gehen. Je eher ich es hinter mir habe, desto besser."

Widerwillig ließ ich Kittys Arm los und sah ihr nach, wie sie durch den Jägerzaun ging und an der Tür mit dem Salzteigkranz von dem grinsenden Schlattner in seiner dämlichen Hausjacke empfangen wurde. Als die Tür wieder ins Schloss fiel, hallte das Geräusch nach wie eine Bombenexplosion in meinem Schädel. Ich wartete. Scheinbar stundenlang, rauchte mehrere Zigaretten, bis mich ein Geräusch zusammenfahren ließ.

Ein Geräusch, das ich nur zu genau kannte. Denn wenn ich in meinem Leben etwas zu oft gehört hatte, dann den Schuss aus einer Waffe.

Ich rannte zur Haustür und warf mich dagegen. Sie sprang auf und flog gegen die Wand.

Ich spürte die Panik in mir und rief Kittys Namen. Ihre Stimme drang als schluchzendes Flüstern an meine Ohren.

„Ich bin hier, Holger! Hier drüben! Im Wohnzimmer!“

Ich stolperte durch den Korridor und fand Kitty zitternd auf dem weißen Ledersofa vor der offenen Terrassentür. Haare und Kleidung waren zerwühlt. In der Hand hielt sie einen kleinen Derringer. Das sah nicht gut aus...

Genauso wenig wie der leblose Körper von Gerald Schlattner, der mit einem Loch in der Brust auf dem gekachelten Boden lag.

„Ich... ich habe geschossen, Holger... Ich wollte das nicht. Was ist mit ihm?“

Ich ging in die Hocke und tastete nach seinem Hals. Es war, wie ich vermutet hatte.

„Er ist tot, Kitty...“

Sie ließ die Waffe zu Boden fallen und riss die Hände vor den Mund.

„Oh mein Gott!“

Ich ging zu ihr und legte einen Arm um ihre Schultern. Sie presste ihr Gesicht an meinen Hals und zitterte.

Ich hatte keine Ahnung, was ich machen sollte. Ich wusste nur eins: Ich musste Kitty beschützen. Um jeden Preis.

„Ganz ruhig“, flüsterte ich. „Wir kriegen das schon hin. Alles wird wieder gut. Das verspreche ich dir...“

Kapitel 9

Gegenwart

Nach ein paar Stunden unruhigen Schlafs, entschloss ich mich viel zu früh aufzustehen. Ich hatte schon den gestrigen Abend durch Nichtstun verloren. Und außerdem war alles schließlich besser, als auch noch in meinen Träumen von Kitty Cordes heimgesucht zu werden. Irgendwer hat mal gesagt, dass ein Stachel im Fleisch erst dann richtig weh tut, wenn du versuchst, ihn rauszuziehen. Doch wer immer der Klugscheißer war, hatte nie Kitty kennengelernt. Sie konnte gehörig im Fleisch brennen. Ob ich sie nun rauszog oder nicht.

Vielleicht war sie auch gar kein Stachel mehr, sondern schon so eine Art Geschwür oder Tumor. Irgendwas, das sich nicht mehr gefahrlos entfernen ließ.

Das Telefon befreite mich von diesen unsinnigen Gedanken.

Es war Gratzki, Mirabelles Vater. Und seine Stimme hatte ein großes Maß ihrer alten Festigkeit eingebüßt.

Willkommen in der Realität.

„Herr Hammer, ich habe gestern noch, wie versprochen, mit Hannover telefoniert. Ich sagte ja, dass ich einen guten Draht in die Landesregierung habe. Zumindest dachte ich das immer..."

Auch wenn jetzt höchstwahrscheinlich sehr, sehr schlechte Nachrichten folgen würden, konnte ich mir doch ein Grinsen nicht verkneifen. „Lassen Sie mich raten: Die haben Sie mächtig auflaufen lassen."

Ich konnte förmlich hören, wie er versuchte, seine Wut zu unterdrücken.

„Es ist einfach unglaublich, Hammer! Als ich sagte, dass ich Informationen über den Tod meines Sohnes wolle, wurde ich abgebügelt wie ein gewöhnlicher Wähler! Die haben mich weiter verbunden, obwohl ich genau wusste, wen ich sprechen wollte im Innenministerium. Und dann hieß es, ich könnte erst für heute einen Termin bekommen. Wenigstens wurde ich auch zurückgerufen. Aber nicht mal vom Innenminister selber, sondern von einem seiner Laufburschen! Dabei duzen wir uns eigentlich."

„Kommen hier auch noch Fakten, Herr Gratzki?"

Er holte ein paar Mal tief Luft. „Ich habe sehr deutlich gemacht, dass ich nur mit dem Innenminister persönlich spreche. Schließlich hatte ich ihn auch in der Leitung und er war kalt wie ein scheiß Fisch! Wollte wissen, warum ich denn jetzt so ein Fass aufmache, die Sache wäre doch wohl klar. Ich erzählte ihm von den Zweifeln, die ich hätte, und er nannte mich tatsächlich paranoid! Das müssen Sie sich mal vorstellen, Hammer!"

„Brauche ich nicht. Kenne ich schon. Und dann?"

„Dann wollte ich was über diesen Enrico Röllke rauskriegen. Da wurde er noch abweisender und sagte mir, dass mich regierungsinterne Dinge nichts angingen. Am Schluss drohte er mir noch, dass ich ja nichts von meinen unhaltbaren Verdächtigungen publik machen solle, sonst würde er mich in Grund und Boden verklagen. Kann man das glauben, Hammer?"

„Man kann jeden Scheiß über eine Regierung glauben – so lange es eben Scheiß ist..."

„Was hat das alles zu bedeuten, Hammer?"

„Auf jeden Fall, dass wir auf der richtigen Spur sind. Aber auch, dass der Berg vor uns um einiges höher ist, als wir dachten."

Ich hörte Gratzki am anderen Ende der Leitung schnaufen und er tat mir fast leid. Als er seine Stimme wiederfand, war sie nur noch ein leises Wimmern.

„Was geht hier vor und was haben die mit Moritz gemacht?"

„Genau das wollen wir rausfinden."

„Sie haben meine volle Unterstützung, Hammer. Tun Sie, was immer notwendig ist, um die Wahrheit herauszufinden. Geld spielt dabei keine Rolle. Passen Sie nur auf meinen kleinen Pfirsich auf."

„Keine Sorge, die ist in Sicherheit. Ich wollte sie sowieso gleich aufsuchen. Ich werde Ihr sagen, dass sie sich bei Ihnen melden soll."

„Danke, Hammer. Und verzeihen Sie, dass ich an Ihnen gezweifelt habe. Ich war zu verblendet von der Wut auf meinen Sohn. Doch das hat er nicht verdient. Ich will, dass die Schuldigen bezahlen. Verstehen Sie, Hammer?"

„Sicher. Aber Sie kennen das Spiel, Gratzki. Das sind mächtige Leute, denen wir hier ans Bein pissen. Die wissen, wie sie die Zeche zu prellen haben."

„Tun Sie einfach, was nötig ist."

Ich legte auf und zündete mir eine Kippe an.

So heilsam diese Erfahrung für Gratzki auch gewesen war – sie ließ bei mir die Alarmglocken läuten. Wenn Hannover schon gegen die eigenen Leute mauerte, dann war ein fetter Vogel im Busch. Röllke genoss mehr als den regierungsüblichen Welpenschutz. Er wurde perfekt gedeckt. Doch bei was? Und wie lautete seine Mission in Uelzen?

Enrico Röllke war noch immer der große Unbekannte in dieser Gleichung. Ich war es leid, gegen Schatten zu boxen. Vor allem, wenn die mir regelmäßig die Fresse polierten. Also war es Zeit, Bewegung ins Spiel zu bringen. Ich schnappte mir Mantel und Hut und machte mich auf den Weg zu dem einzigen Ort, wo ich jetzt noch auf Antworten hoffen konnte.

*

Ich parkte meinen Wagen unter dem großen Baum auf dem Kopfsteinpflaster vor der Scheune in Tätendorf. Schon als ich ausstieg merkte ich, dass etwas nicht stimmte.

Etwas war anders.

Etwas fehlte.

Und ich brauchte eine Weile, um zu begreifen, was mich so irritierte: Es herrschte keine Stille. Stattdessen drangen Stimmen aus der Scheune. Und sogar... Lachen.

War der Nerd wahnsinnig geworden?

Hatte ihn jemand unter Drogen gesetzt?

Ich öffnete die Tür und trat vorsichtig näher.

Die Stimmen waren hinter den Mauern aus Monitoren zu hören. Glucksen, Lachen, freudige Rufe.

„Nerd?"

Seine Gestalt schoss wie von der Tarantel gestochen nach oben, das Gesicht blass und entsetzt, als hätte ich ihn gerade beim Tragen von Mamas Unterwäsche erwischt.

„Hammer!", stieß er hervor. „Ich habe dich überhaupt nicht gehört! Mein Gott, was für eine Nachlässigkeit!"

„Das ist meine Schuld."

Neben ihm tauchte die Gestalt von Mirabelle Gratzki auf. Ich musste mir ein Grinsen verkneifen. Doch ich genoss den Überraschungseffekt viel zu sehr. Und das schlechte Gewissen des Nerds.

„Mein Gott, Nerd! Ich hätte CIA, BND, Stasi, AWO, DRK, UWG oder noch was Schlimmeres sein können!“

Er nickte hektisch.

„Ich weiß, ich weiß. Und meine Unachtsamkeit ist auch durch nichts zu entschuldigen. Wobei... eigentlich bist du ja schuld daran. Und ich müsste sauer auf dich sein, weil du eine Fremde in mein Versteck gebracht hast. Aber Mirabelle ist eine ausgezeichnete Gamerin. Wir haben den ganzen Tag schon „WoW“ gespielt, und sie ist äußerst effizient mit der Streitaxt, wenn es darum geht, hinterhältige Zwerge und größenwahnsinnige Zauberer zu...“

„Später vielleicht“, unterbrach ich ihn und gesellte mich zu den beiden. „Im Moment interessiert mich mehr, ob du schon was über die Daten auf dem Stick herausgefunden hast. Sie könnten der Schlüssel in diesem verfluchten Fall sein.“

„Oh, das glaube ich auch. Der Inhalt muss sehr brisant gewesen sein.“

Ich hoffte, dass er nur aus Versehen das falsche Tempus gewählt hatte.

„Gewesen? Sag mir nicht, dass du das damit meinst, was ich fürchte...“

Er rieb sich nervös mit der Hand über den Nacken – kein besonders gutes Zeichen.

„Ich hatte ehrlich gesagt gehofft, du würdest das Ding vielleicht vergessen oder durch eine bessere Spur abgelenkt werden...“

Ich hatte nicht übel Lust, ihn am Kragen zu packen und durchzuschütteln. Aber ich wählte eine grausamere Methode, ihn zu quälen: Ich kratzte an seiner Hackerehre.

„Raus damit: Hast du es einfach nicht auf die Reihe gekriegt oder völlig versiebt?“

Er wurde rot und warf einen hastigen Blick zu Mirabelle, die uns beide mit einer Mischung aus Ratlosigkeit und Unsicherheit ansah.

Der Nerd räusperte sich.

„Es war nicht meine Schuld, Hammer. Das wäre jedem passiert.“

Ich wurde ungeduldig. „Und was genau?“

„Na ja, ich hatte einige Mühe, die Verschlüsselung zu knacken. Das war ein hochkompliziertes Sicherheitssystem. Leider hat es mich ausgetrickst. Es muss ein Programm im Hintergrund gelaufen sein, das einen unautorisierten Zugriff verhindert. Eins, das kein Passwort abfragt. Dieses

Programm hat einen Mechanismus in Gang gesetzt, der dafür gesorgt hat, dass sich die Daten automatisch selbst zerstören, wenn eine bestimmte Eingabe nicht erfolgt."

„Das heißt, es ist alles verloren?"

„Ich fürchte, ja. Ich konnte nur noch erkennen, dass es sich um Dokumente des Niedersächsischen Innenministeriums gehandelt hat. Es hatte irgendetwas mit Gorleben zu tun. Mehr weiß ich nicht."

„Verdammt! Einige Leute haben für diese Informationen ihr Leben gegeben."

Ich sah, wie sich Mirabelles Augen mit Tränen füllten. „Etwa auch mein Bruder?"

„Ich fürchte, ja."

„Also wurde er doch ermordet. Ich wusste es. Aber von wem?"

„Ich habe da so einen Verdacht. Aber mir fehlen die Beweise. Ich hatte gehofft, sie auf diesem Stick zu finden. Aber es gibt noch einen anderen Weg."

Der Nerd war sehr darauf bedacht, diesen Makel in seiner Hacker-Reputation wieder wett zu machen. „Welchen? Soll ich mein Radio vielleicht auf eine tote Frequenz stellen? Oft verstecken sich geheime Botschaften im sogenannten *Weißen Rauschen*."

„Ich glaube, das wird nicht nötig sein. Eine kleine Reise in die Vergangenheit sollte reichen. Ihr verschließt die Türen und macht niemandem auf. Ich melde mich wieder."

Ich sah die beiden noch einmal an. „Mirabelle, rufen Sie Ihren Vater an. Er wartet auf ein Lebenszeichen. Und vertragt euch."

Sie nickten eifrig und Mirabelle griff meine Hand.

„Danke für alles. Auch dafür, dass Sie mich hergebracht haben, Holger. Ich fühle mich sicher."

„Und das zurecht!", warf der Nerd hastig ein. „Ich verspreche, dass sie hier niemand finden wird."

Ich nickte knapp und machte mich wieder auf den Weg. Ich hoffte, dass der Nerd recht behalten würde. Doch so wie sich die Dinge entwickelten, sollte er mit seinen Versprechen doch vorsichtiger umgehen.

*

Und wieder Kitty Cordes.

Es schien, als würde Röllkes unausgesprochener Plan mich von dem Fall abzulenken, aufgehen. Ich kam nicht um Kitty herum. Nachdem der Stick und seine Informationen verloren waren, sah ich in meiner verloschenen Flamme die einzige Chance auf ein kleines Licht im Dunkeln. Wenn sie so eng mit Röllke zusammenarbeitete, musste sie mehr wissen, als ich bisher erfahren hatte.

Doch bevor ich mich auf dieses gefährliche Spiel mit dem Feuer einließ, wollte ich sichergehen, auf welcher Seite sie stand – soweit sich jemand bei Kitty überhaupt irgendeiner Sache sicher sein konnte.

Mein Plan war, sie zu beschatten. Da es noch zu früh war, mich an ihre Fersen zu heften, fuhr ich zurück ins Büro und versuchte mehr über den toten Björn-Ole herauszufinden. Doch er war nur ein weiteres namenloses Verkehrsopfer in den Polizeimeldungen. Ein kleines Licht, das auch vorher in seiner Organisation nicht viel Aufhebens von sich gemacht hatte.

Als die Stunde näher rückte, in der Staatsbeamte ihre eine Untätigkeit gegen eine andere austauschen, lenkte ich den alten Volvo Richtung Polizeikommissariat und parkte an der Wachsmuthschen Klinke. Röllke und Kitty ließen nicht lange auf sich warten. Er hatte einen Arm um ihre Hüfte gelegt und schob sie vor die Tür. Ich wollte, dass mir diese plumpe Vertraulichkeit scheißegal war, aber das klappte nicht so richtig. Also hielt ich das Lenkrad fest und beobachtete, wie die beiden die Lüneburger Straße runtergingen.

Ich verließ meinen Wagen und folgte in sicherem Abstand. Sie verschwanden in einem Lokal und mir blieb nichts anderes übrig, als mich auf die andere Straßenseite zurückzuziehen. Ich duckte mich zwischen die Fassaden und war froh, dass sie wenigstens einen Fensterplatz gewählt hatten.

Röllke redete mit großen Gesten, während Kitty zunächst noch höflich zuhörte, doch dann den Blick aus dem Fenster gleiten ließ.

Zum Glück war es schon dunkler geworden, so dass ich ziemlich sicher sein konnte, dass sie mich nicht sah. Obwohl sie genau in meine Richtung blickte. Ich spürte das Kribbeln zwischen den Schulterblättern und versuchte, es wie ein lästiges Insekt abzuschütteln.

Während sie aßen und tranken, plusterte sich Röllke immer weiter auf.

Oder kam es mir nur so vor, weil ich ihn in einem möglichst unvorteilhaften Licht sehen wollte?

Jedenfalls strich er sich immer liebevoll selbst durch die Haare, zupfte an seiner albernen Krawatte oder rollte mit den Schultern, um seine Hühnerbrust rauszustrecken. Ich war froh, als diese einseitige Balz endlich zu Ende war und die beiden zahlten.

Jawohl, beide! Röllke orderte tatsächlich getrennte Rechnungen. Dabei hätte der Blödmann das genauso gut über die Spesen laufen lassen können.

Der kleine Westentaschen-Dressman hatte wirklich keine Ahnung von irgendwas.

Ich erwartete, dass die beiden getrennte Wege gingen, aber den Gefallen taten sie mir nicht. Sie gingen die Lüneburger Straße wieder zurück und bogen dann tatsächlich nach links in die Wachsmuthsche Klinke.

Auf der Höhe meines alten Volvos, blieb Kitty kurz stehen und sah sich um. Aber dann zog Röllke sie weiter Richtung Achterstraße.

Hatte sie nach mir gesucht?

Vielleicht sogar gehofft, mich irgendwo zu entdecken?

Schon wieder das beschissene Kribbeln auf dem Rücken.

Sie hielten vor einem kleinen, runtergekommenen Wohnhaus und Kitty fummelte in der Tasche nach den Schlüsseln.

Ich spürte, wie sich meine Kiefer spannten.

Sie öffnete die Tür und Röllke folgte ihr ins Haus.

Halt!

Kitty machte eine halbe Drehung und schob ihn mit der Hand auf seiner Brust wieder zurück. Dabei lächelte sie entschuldigend und sah mit Mitleidsmiene zu Boden. Ja, das konnte sie gut.

Röllke fasste nach ihren Ellenbogen, sah sie an, hob ihr Kinn, redete auf sie ein. Vermutlich glaubte er, sie zu verführen, wollte sie rumkriegen.

Er beugte sich vor, um sie zu küssen, doch Kitty drehte den Kopf zur Seite. Sie legte ihm kurz eine Hand auf die Schulter und ging dann ins Haus. Langsam schob sie die Tür hinter sich zu.

Röllke blieb stehen, wie ein begossener Pudel.

Ich wollte gar nicht grinsen.

Ich wusste nicht mal, ob es wirklich einen Grund dafür gab.

Diese Szene hätte alles und nichts bedeuten können. Kitty hatte ihrem

Boss einen Korb gegeben. Doch sie waren ziemlich vertraut gewesen. Und irgendetwas musste Röllke schließlich ermutigt haben, so forsch zu werden.

War die Abweisung eine einmalige Sache?

Hatte es was damit zu tun, dass Kitty vielleicht meinen Wagen gesehen hatte?

So sehr ich auch hasste, es zuzugeben, aber ich war genauso schlau wie vorher. Andererseits: Wie hätte ich was anderes erwarten können? Schließlich ging es um Kitty Cordes. Da gab es keine eindeutige Wahrheit.

Nur eine Menge verwaschener Grautöne.

Ich steckte mir eine Kippe an und freundete mich mit dem Gedanken an, die letzten paar Stunden komplett verschwendet zu haben. Nachdem Röllke sich getrollt hatte, gab ich meinen Posten auf und schlurfte zu meinem Wagen zurück.

Was für ein verlorener Tag.

Nach einem Zwischenstopp an der Tanke parkte ich in der Schillerstraße und schlenderte zu meinem Büro zurück. Wenn die durchgelegene Couch schon nach mir rief, sollte ich sie auch nicht mehr allzu lange warten lassen. Und ich hoffte, dass mich zur Abwechslung mal was anderes erwarten würde, als seltsame Träume von Kitty Cordes.

Gab es nicht irgendwas in der Apotheke, womit ich sie loswerden konnte?

Ich war schon wieder zu sehr in sinnlose Gedanken vertieft und achtete zu wenig auf meine Umwelt.

Deshalb bemerkte ich die Schritte hinter mir auch erst, als es schon fast zu spät war. Aber eben nur fast...

Ich blieb abrupt stehen, riss meine Waffe aus dem Holster und wirbelte herum.

„Keine Bewegung! Bleiben Sie stehen, wo Sie sind und heben Sie die Hände. Wer sind Sie und warum verfolgen Sie mich?"

Langsam und mit erhobenen Händen kam die Gestalt näher und blieb im matten Licht der milchigen Beleuchtung auf der Schillerstraße stehen. Die Augen lagen tief in den Höhlen, er trug einen ungepflegten Backenbart und auf seinen dünnen Lippen lag ein lauerndes Lächeln. Seine Haltung war gebückt, als hätte er einen leichten Buckel.

„Immer mit der Ruhe, Holger Hammer..."

„Sie kennen mich?"

„Davon können wir wohl ausgehen, wenn ich Sie verfolge, oder?"

„Auch wieder wahr. Wer sind Sie?"

Er sah sich kurz um.

„Keine Namen. Ich komme aus Klein Süstedt. Sie können mich also den Klein Süstedter nennen."

„Und was wollen Sie von mir?"

Er deutete mit dem Kopf über seine Schulter.

„Da hinten steht mein Wagen. Kommen Sie mit, dann erfahren Sie es."

Ich musste einfach grinsen. „Vielleicht funktioniert diese blöde Anmache auf der Oberschule. Aber ganz sicher nicht bei mir."

Er hob die Schultern. „Es wäre das Date ihres Lebens, Hammer."

„Und wer sagt mir, dass das keine Falle ist?"

„Niemand. Aber wenn Sie wissen wollen, wer für den Tod von Moritz Gratzki verantwortlich ist, sollten Sie besser mitkommen. Es gibt da jemanden, der Sie gerne treffen möchte. Und ich wette, Sie wollen wissen, was er zu sagen hat."

Diese Wette würde der Klein Süstedter gewinnen. Neugier tötet die Katze heißt es. Aber andererseits haben Katzen auch neun Leben. Und mein Vorrat war noch nicht aufgebraucht. Also folgte ich dem Klein Süstedter zu seinem Wagen, während ich mit der Hand in der Manteltasche meine Waffe fest umschlossen hielt.

Als wir beim Wagen ankamen, schloss der Klein Süstedter auf und öffnete die Tür zum Fond für mich.

„Auch noch Gentleman, was?", grinste ich.

Eine Antwort bekam ich nicht. Dafür einen gezielten Schlag auf den Kopf, als ich mich duckte um einzusteigen. Ich suchte noch mein Gleichgewicht und ärgerte mich über meinen eigenen Leichtsinn. Aber da war es schon zu spät. Die Faust raste noch mal nach unten und ich ließ mich einfach auf die Seite kippen. Dem Schlag konnte ich dadurch ausweichen – der Straße jedoch nicht.

Die Bilder vor meinen Augen begannen schon zu verschwimmen, als mich der Klein Süstedter packte und auf die Beine zog.

„Sie verstehen wirklich nicht viel von Dates, oder?", hörte ich mich sagen.

Sein Gesicht war verzerrt, eine wütende Fratze.

„Und Sie haben keine Ahnung, wann es Zeit ist, schlafen zu gehen."

Er rammte mir seine Faust in den Magen und ich sackte in mich zusammen wie ein nasser Sack. Dann spürte ich, wie er mich durch die geöffnete Tür auf die Rücksitzbank drückte. Alles drehte sich um mich. Doch in dem Karussell entdeckte ich noch einmal seine Faust, die geradewegs auf mich zuflog und ihr Ziel auch fand.

Dann gingen die Lichter endgültig aus.

Kapitel 10

Ich hatte nicht die blasseste Ahnung, wie lange ich weg gewesen war. Alles was ich wusste war, dass ich mich nicht bewegen konnte. Ich lag eingepfercht auf der Rücksitzbank eines alten, klapprigen Toyotas, der rumpelte, als hätte ihn jemand in die Waschmaschine gesteckt und auf Schleudern gestellt. Ich wurde mächtig durchgeschüttelt und war drauf und dran die Bank voll zu kotzen, als die Mühle schließlich quietschend zum Stehen kam.

Ich sortierte meine Gliedmaßen und versuchte, den hämmernden Schmerz in meinem Schädel irgendwie zu ignorieren.

Am Rande nahm ich wahr, wie die Tür aufgerissen wurde. Zwei kräftige Hände packten mich am Kragen, zerrten mich nach draußen und drückten mich mit dem Rücken gegen die Karosserie.

Mit wackeligen Knien scannte ich die Dunkelheit in meiner Umgebung. Die frische Luft schärfte den Blick und trieb den Pudding aus den Beinen.

Eine Hand drückte gegen meinen Brustkorb und hielt mich aufrecht. Ich packte den Unterarm, um mich abzustützen.

Langsam wurde alles klarer.

Vor mir stand der Kerl, der sich selbst Klein Süstedter genannt hatte.

Ich war geneigt, ihm das abzunehmen – so einen bekloppten Namen dachte sich niemand aus. Nicht mal zur Tarnung.

Er grinste schief und jetzt sah ich auch seine kräftigen gelben Zähne.

„Wir sind da, Hammer."

Ich sah mich um, denn ich hatte keine Ahnung, wo „da" sein sollte.

Da waren Bäume, da waren Vogelstimmen und das Rufen von Eulen. Ein Wald also. Das erklärte auch das Rumpeln des Wagens.

Aber ich hatte keine Ahnung, in welche Richtung wir gefahren waren oder wie lange. Das hier hätte der Stadtforst sein können oder der Ahrensberg. Vielleicht sogar die Göhrde oder noch Schlimmeres. Ich hasste Orientierungslosigkeit. Wenn ich nicht wusste, wo ich war, fühlte ich mich hilflos.

Der Klein Süstedter schien der Ansicht zu sein, dass es mir schon besser ging. Er packte mich, zog mich vom Auto weg und stieß mich nach vorne. Ich taumelte auf einen alten, hüfthohen Jägerzaun zu, der ein noch älteres Haus mit hohen Fenstern und spitzen Giebeln umgab. Das perfekte Spukschlösschen, inklusive kleinem Turm und verwildertem Garten.

„Willst du mich noch auf einen Drink mit reinnehmen, oder was?"

Der Klein Süstedter zündete sich eine Zigarette an und blies den Rauch durch die Nasenlöcher, während er grinsend den Kopf in den Nacken legte.

„So eine feudale Hütte liegt außerhalb meiner Preisklasse. Ich habe dir doch gesagt, dass dich jemand sprechen will, der was zu sagen hat. Na los, geh schon. Hier beißt keiner..."

Er lachte tief und kehlig.

Ich stieg über den Zaun hinweg. Meine Schritte klackten auf den nassen Gehwegplatten, die zum Eingangsportal des Landhauses führten.

Ich stieg die fünf schmalen Treppenstufen hoch und klingelte. Ein leiernder Gong drang aus dem Innern an mein Ohr.

Als sich die Tür schließlich öffnete, stand vor mir ein hochgewachsener, kräftiger Mann mit grauem Bart und kurzem, grauen Haar, dessen Gesicht im Halbdunkel verborgen blieb.

„Guten Abend, Holger Hammer. Ich habe Sie bereits erwartet. Kommen Sie rein. Ich freue mich, dass wir uns endlich einmal begegnen. Möchten Sie einen Drink?"

Vorsichtig betrat ich eine große Halle mit schweren, alten Möbeln. Ich konnte mein Gegenüber jetzt besser sehen: Hinter den Brillengläsern blitzten zwei helle, wache Augen. Die Hände steckten in den ausgebeulten Taschen einer Strickjacke.

„Irgendwoher kenne ich Sie..."

Das Lächeln wurde breiter. „Oh, ich wäre enttäuscht, wenn dem nicht so wäre. Ich war in Uelzen eine ziemlich bekannte Persönlichkeit. Doch das ist lange her. Aber reden wir nicht über mich. Sie untersuchen den Tod dieses Atomkraft-Gegners, habe ich recht?"

Er ging in einen großen Wohnraum mit Kamin und hohen Bücherregalen. Aus einer Mini-Bar schenkte er zwei Gläser Scotch ein.

Ein ausgezeichneter Tropfen. Doch wie zu Hause fühlte ich mich deswegen noch nicht. Die ganze Geschichte konnte sich immer noch als raffinierte Falle rausstellen. Andererseits hätte mich der Klein Süstedter auch gleich ausschalten können.

Es sei denn, jemand wollte vorher noch von mir wissen, was ich wusste.

Mein rätselhafter Gastgeber schien meine Gedanken zu lesen. Er legte den Kopf auf die Seite und grinste mich an.

„Ich sehe Misstrauen in Ihren Augen, Herr Hammer."

„Na ja, wenn ich bewusstlos geschlagen zu einem Gespräch gezerrt werde, ist das für ein heimeliges Grundgefühl nicht gerade förderlich."

Der Andere lachte leise. „Ja, der gute Klein Süstedter ist bisweilen ein bisschen direkt in seinen Umgangsformen. Das müssen Sie entschuldigen. Aber andererseits kann ich auch kein Risiko eingehen. Niemand darf jemals erfahren, dass wir miteinander gesprochen haben. Und auf gar keinen Fall darf ich mit den Ereignissen hier in Uelzen in Verbindung gebracht werden."

„Von welchen Ereignissen reden Sie denn? Ich dachte, es ginge um den Tod von Moritz Gratzki."

„Oh, es geht um sehr viel mehr, Herr Hammer. Das werden Sie schon noch erkennen. Aber eins nach dem anderen."

Er ging zu einem großen massiven Schreibtisch und zog eine Holzschatulle mit Zigarren heraus. Ich verzichtete, aber er steckte sich eine an und paffte genüsslich. Er wollte mich zappeln lassen.

„Was wissen Sie denn nun über Gratzki?"

Seine Augen funkelten, als er mir mein Glas abnahm und es noch einmal nachfüllte. „Ich weiß, dass er ein Mosaiksteinchen in einem großen Bild ist. Das fehlende Puzzleteil, durch das alles einen Sinn bekommt."

„Vielleicht drücken Sie sich mal ein bisschen klarer aus."

„Nein, das wäre zu einfach. Sie müssen selbst darauf kommen, Holger Hammer. Und dazu müssen Sie zurück gehen..."

„Wohin?"

Er blieb dicht vor mir stehen und sah zu mir herab. Der Kerl war fast einen Kopf größer als ich. „Tief, tief in die Vergangenheit. Sie haben die Teile, aber Sie wissen nicht, an welche Stelle des Puzzles sie gehören. Und ich bin hier, um Ihnen die Augen zu öffnen..."

Er nahm einen Schluck und freute sich offenbar über meine Ratlosigkeit. „Kommen Sie, Hammer. Ich zeige Ihnen etwas..."

Er nahm mir mein Glas wieder ab und stellte es zusammen mit seinem auf den Schreibtisch. Dann ging mein unheimlicher Gastgeber zum Kamin. Durch einen verborgenen Schalter öffnete sich eine geheime Tür in der Wand und gab den Weg auf eine Steintreppe frei, die in einen Keller führte...

„Haben Sie keine Angst, Hammer. Folgen Sie mir. Dort unten werden Sie alle ihre Antworten finden..."

*

Eigentlich hatte ich für einen einzigen Tag schon reichlich Dummheiten begangen und war unvorsichtig genug gewesen. Aber meine Neugier war stärker. Außerdem hatte ich nicht das Gefühl, dass von meinem mysteriösen Gastgeber eine Gefahr ausging. Er liebte das Versteckspiel und das Rätselraten. Aber er stand nicht auf der Schurkenseite.

Davon abgesehen hatte ich im Moment herzlich wenig andere Spuren, denen ich hätte nachgehen können. Ich folgte ihm also die steile Steintreppe nach unten in ein dunkles Kellergewölbe, das sich über die gesamte Grundfläche seines Anwesens zu erstrecken schien. Die niedrige Decke wurde an verschiedenen Stellen von Säulen gestützt. Außerdem war der schwach erleuchtete, unterirdische Saal vollgestellt mit Regalen, in denen sich unzählige Aktenberge türmten, die ebenfalls bis unter die Decke reichten.

Mein Gastgeber ging leicht gebückt zu einem freien Platz zwischen den Regalreihen und breitete die Arme aus wie ein Impresario im Zirkus.

„Willkommen in meinem dunklen Reich, Holger Hammer! Das hier ist das schwarze Herz von Uelzen. Hier ruhen die wahren und verborgenen Geschichten unserer Stadt. Über die Jahre gesammelt und dokumentiert. Hier sind die Antworten auf alle Fragen, die Sie sich jemals gestellt haben, Holger Hammer. Und sogar auf die, die Sie sich niemals zu stellen trauen würden."

Ich musste zugeben, ich war beeindruckt.

„Woher haben Sie den ganzen Kram?"

Er lachte leise.

„Wissen Sie, ich war früher einmal an exponierter Stelle in der Stadt tätig. Ich wusste über die wahren Vorgänge immer bescheid. Leider verbot es mir meine Position, darüber zu reden oder etwas zu ändern. Aber ich nahm mein Wissen mit. Denn mir war klar, dass es mir irgendwann einmal nützen würde. Und wenn nicht mir, dann jemandem der nach mir käme und in der Lage wäre, die Zeichen zu deuten."

„Wie ich, meinen Sie?“

„Das wird sich zeigen.“

Ich sah mich um, ging vorsichtig an den Regalreihen entlang. Irgendwie rechnete ich damit, jeden Moment von einem Monster aus dem Dunkeln angegriffen zu werden. Und wahrscheinlich ruhten zwischen diesen Aktendeckeln eine Menge Monster.

Ich streckte eine Hand aus und ließ sie langsam über die Papierrücken gleiten. Dieses Archiv war Segen und Fluch zugleich. Ich bezweifelte, dass irgendjemand irgendwann in der Lage sein würde, sich dieses Wissen zunutze zu machen. Der Berg war zu hoch, um ihn überqueren zu können. Nicht mal mit Sauerstoffflasche.

Ich sah zu meinem unheimlichen Gastgeber. Er lächelte zufrieden. Das schwache Licht warf tiefe Schatten in sein Gesicht.

„Sie erwarten jetzt aber nicht, dass ich den ganzen Mist lese, oder?“

Er lachte. „Oh nein, keine Sorge. Denn wenn Sie es täten, müsste ich Sie töten. Ich habe Sie hierhergebracht, um Ihnen zu zeigen, dass es unmöglich ist, die Gegenwart zu verstehen und die Zukunft zu beeinflussen, wenn wir die Vergangenheit nicht kennen. Das Damalige, das Jetzige und das Kommende sind untrennbar miteinander verwoben.“

„So was Ähnliches hat mein Geschichtslehrer auch immer gesagt. Aber ich verstehe nicht, was das mit dem Tod des Atomkraftgegners zu tun hat.“

Er kam näher, baute sich vor mir auf, wie ein unheilverkündender Monolith.

„Alles, Hammer. Alles, was in den letzten Jahren an Großem in Uelzen passiert ist, lief nur auf ein einziges Ereignis hinaus. Ein Ereignis, das unmittelbar bevorsteht und die Geschicke dieser Stadt und des ganzen Landkreises für immer verändern wird. Der Tod des jungen Mannes hat das Ende unserer Geschichte, wie wir sie bisher kannten, eingeläutet.“

Während seine Augen funkelten, musste in meinen ziemlich deutlich die Ratlosigkeit gestanden haben. Der Kerl packte meine Schultern.

„Erinnern Sie sich, Holger Hammer! Erinnern Sie sich an den Landratskandidaten Frank-Rüdiger Sackmann und seine Pläne zur Zerschlagung des Landkreises. Erinnern Sie sich an Ludger van Runkel und die Verschwörung *Freunde der Uhl*. Große Ereignisse, die nur die Vorboten waren...“

Obwohl das alles schon eine Ewigkeit her war, lief mir bei den Namen ein Schauer über den Rücken. Ich fühlte mich so... nackt!

„Diese Fälle sind längst aufgeklärt."

„Erkennen Sie die Zusammenhänge, Hammer. Suchen Sie nach einem gemeinsamen Nenner. Die Spur führt zurück."

Er ließ mich los, seufzte und wandte sich ab. Ich hatte das dumme Gefühl, gerade was Wichtiges verpasst zu haben, denn ich hatte noch immer keinen Schimmer, was der Kerl von mir wollte.

„Ich verstehe nicht, wie. Van Runkel ist tot. Sackmann auch. Und sein Mörder Fritz-Wilhelm Kübler sitzt im Knast. Sie können nichts mehr ausrichten."

Er wirbelte zu mir herum und seine Augen glühten förmlich. „Nein. SIE selbst nicht."

Seine Worte hingen wie eine schwere, düstere Gewitterwolke zwischen uns.

„Wollen Sie andeuten, dass Sie Hilfe hatten? Jemand, der im Hintergrund die Fäden gezogen hat? Aber wer? Und wieso?"

Der Unheimliche nickte traurig, ließ mich stehen und ging zur Treppe zurück. „Ich kann Ihnen nicht mehr sagen, Hammer. Den Rest des Weges müssen Sie alleine gehen. Nur eine Sache noch: Achten Sie auf die Frau..."

So langsam hatte ich von den kryptischen Phrasen echt die Schnauze voll. Ich lief hinterher und bemühte mich Schritt zu halten, während ich ihm die Stufen hinauf, zurück in die Bibliothek folgte.

„Welche Frau denn nun schon wieder?

„Bei allen großen Taten in der Geschichte des Verbrechens endet die Straße bei einer Frau. *Cherchez La Femme.*"

Wir hatten den Raum auf der anderen Seite wieder erreicht und die Tür zu dem Gewölbe schloss sich hinter uns. Er reichte mir mein Glas und ich war dankbar, den Rest des Inhalts runterstürzen zu können.

Ich war sicher, dass er noch was erklären würde, doch stattdessen grinste er nur und nahm meine Hand.

„Es hat mich gefreut, Sie kennenzulernen. Der Klein Süstedter wird Sie zurück nach Uelzen bringen."

Ich war fassungslos. „Wie, und das war es jetzt? Das können Sie nicht machen. Ich habe noch eine Menge Fragen. Sagen Sie mir wenigstens, wie ich mit Ihnen in Kontakt treten kann."

Er legte eine Hand auf meinen Rücken und schob mich regelrecht zur Tür. Widerstand war offenbar zwecklos.

„Gar nicht, wir werden uns nicht wiedersehen. Was ich für Sie tun konnte, habe ich getan. Aber ich werde Sie im Auge behalten. Viel Glück. Und denken Sie immer daran: *Cherchez La Femme*, Holger Hammer..."

Bevor ich noch etwas sagen konnte, stand ich schon wieder vor der Tür und sie schlug vor meiner Nase ins Schloss.

Ich kam mir vor wie ein Idiot.

Oder zumindest wie jemand, der gerade aus einem unheimlichen Traum erwacht war. Langsam drehte ich mich um und sah den Klein Süstedter, der an seinen Wagen gelehnt stand und mich angrinste. Langsam öffnete er die Tür.

„Taxi gefällig?"

Mir blieb nichts anderes übrig, als mich zu fügen. Ich ging zu dem Wagen und sah meinen Chauffeur misstrauisch an. „Geht's denn diesmal ohne Narkose?"

Sein Grinsen wurde noch ein bisschen breiter.

„Träum weiter", hörte ich noch, bevor mich seine Faust erneut in die Dunkelheit warf.

*

„Hammer? Hammer! Los, wachen Sie auf."

Ich brauchte einen Moment um zu begreifen, dass die Stimme nicht zu einem Türsteher im Jenseits gehörte, sondern ziemlich real war. Ich kannte sie sogar.

Und als sich der Nebel vor meinen Augen lichtete, erkannte ich sogar die Gestalt von Urte Kösicz vor mir. Und der Geruch kam mir auch bekannt vor.

Ein bisschen wie das abgestandene Bohnerwachs in meinem Treppenhaus. Ich wollte mich aufrichten, aber ein stechender Schmerz unter der Schädeldecke zwang mich zur Langsamkeit.

„Sind Sie versackt, oder was?", hörte ich die Stimme der Aktivistin. Sie nahm meinen Arm und zog mich langsam auf die Beine.

„So was Ähnliches, schätze ich."

Ich sah mich um. Das hier war tatsächlich der Flur vor meinem Büro.

Der Klein Süstedter hatte mich tatsächlich vor der Tür abgelegt – falls er existierte. Denn so langsam kamen mir Zweifel an den letzten Stunden.

Ich warf einen Blick auf meine Uhr. Fast Mitternacht.

Ich war mehrere Stunden weg gewesen. Und was hatte die Kösicz hier eigentlich zu suchen?

Zu viele Fragen.

Ich kramte den Schlüssel aus meiner Manteltasche und schloss die Tür auf. Ich musste einen klaren Kopf kriegen. Am besten mit einem Drink.

Urte Kösicz heftete sich ungefragt an meine Fersen. Also schenkte ich ihr auch ein Glas ein.

„Was um alles in der Welt machen Sie eigentlich um diese Zeit hier?"

Sie fläzte sich breitbeinig auf meinen Besucherstuhl und schlürfte den billigen Scotch.

„Das fragen Sie mal besser den schmierigen Staatssekretär. Der Penner hat mich heute zu sich bestellt, um mich über Björn-Ole auszuquetschen."

Noch etwas, das meinen Kopf anstrengte.

Konnte ich jetzt gar nicht gut gebrauchen. „Wieso das denn? Die haben das doch als Unfall abgetan."

Schulterzucken bei meinem Gegenüber.

„Dachte ich auch. Aber Röllke wollte wissen, ob Björn-Ole in irgendwas verwickelt sei. Ich habe ihm gesagt, dass wir Kernkraftgegner sind. Das muss ja wohl als Antwort reichen. Und dann wollte er was über Feinde wissen. Ich sagte: Außer Ihnen gab's da keinen. Da wurde er richtig sauer. Wollte Björn-Oles persönliche Sachen beschlagnahmen lassen. Ich sagte, er könne gerne vorbeikommen und danach suchen. Aber bei uns hat keiner was Persönliches. Es geht um die Sache, nicht um schnöden Besitz."

Ich merkte nur, dass ich nickte, auch wenn ich nicht zuhörte. Ich hatte eine ziemlich klare Vorstellung davon, welche Spur Röllke hier zu verfolgen versuchte. Er wollte den verdammten Stick. Er musste gewusst haben, dass Björn-Ole ihn hatte. Und da er bei dem Toten nicht gefunden wurde, grub er jetzt eben ein anderes Beet um. Wenn er feststellte, dass auch Urte eine Sackgasse war, würde ihn sein nächster Weg zu mir führen. Und ich freute mich schon darauf, ihn am Ziel mit Sekt überschütten zu können. Oder ich schlug ihm die verdammte Flasche einfach an den Schädel.

„Hammer?“

Ich zuckte zusammen, als ich merkte, dass ich Urte völlig vergessen hatte.

„Was ist denn los mit Ihnen?“

Ich stellte mein Glas ab und streckte mich. „Ich fürchte, heute nicht mehr viel. Habe einen ziemlich beschissenen Tag hinter mir.“

Der subtile Rauswurf schien ihr völlig zu entgehen.

„Wer nicht? Der verfluchte Röllke hat mir wertvolle Stunden gestohlen. Ich dachte aber, ich sage noch Bescheid, bevor ich wieder nach Hause fahre. Ist doch auch für Sie interessant, oder nicht?“

„Auf jeden Fall.“

„Ich meine, wonach sucht der Kerl eigentlich?“

„Ich habe keine Ahnung. Aber wir werden es bald rausfinden.“

Sie beugte sich ein Stück nach vorne. „Sie haben also eine Spur?“

Das war eine verdammt gute Frage.

Im Grunde genommen hatte ich noch immer einen Scheißdreck. Aber nach den letzten Stunden fühlte sich dieser Scheißdreck auf jeden Fall ein bisschen... gehaltvoller an. Was das Bild nicht besser machte.

„Ich bin sicher, dass diese Spur zu Röllke führt. Die Landesregierung plant irgendetwas mit Gorleben und wir sind ihnen dabei im Weg.“

Auch wenn es mir nicht gefiel, aber sie dachte in dieselbe Richtung wie ich. Und ein Motiv lieferte sie auch gleich mit. Für eine Kernkraftgegnerin keine Schwierigkeit. Denn es konnte nur ein einziges geben.

„Es gibt Kräfte, die alles tun würden, um Gorleben durchzusetzen. Ich bin sicher, dass der Eisberg nicht in Hannover endet. Seien Sie vorsichtig bei Ihren Recherchen.“

„Verlassen Sie sich drauf. Ich halte Sie auf dem Laufenden.“

Jetzt musste sogar Urte Kösicz einsehen, dass es Zeit war zu gehen. Um sicher zu sein, brachte ich sie noch zur Tür.

„Und was haben Sie vor? Kann ich vielleicht helfen?“

„Das glaube ich nicht. Ich mache eine Reise in die Vergangenheit.“

Ich schob die verwirrte Aktivistin nach draußen und schloss die Tür. Ich brauchte dringend ein paar Mützen voll Schlaf.

Die Worte des Fremden gingen mir nicht mehr aus dem Kopf.

Er hatte Sackmann ins Spiel gebracht.

Und van Runkel.

Fälle, die längst abgeschlossen waren.
Oder doch nicht?
Morgen wäre ich hoffentlich schlauer.

Kapitel 11

Cherchez La Femme... – das hatte der Fremde gesagt.

Kitty Cordes – das war der Name, der mir dabei einfiel.

Wie auch immer ich es drehte und wendete, ich landete bei ihr. Andererseits war das genau Röllkes Ziel gewesen. Die perfekte Ablenkung.

Der Fremde hatte auch gesagt, dass die Antwort in der Vergangenheit läge. Und auch Kitty war Teil meiner Vergangenheit.

Je länger ich darüber nachdachte, desto deutlicher wurde mir bewusst, dass ich keinerlei Antworten hatte, nur mehr Fragen.

Aber ich wusste jetzt wenigstens, wem ich sie stellen konnte.

Ich hatte überraschenderweise einigermaßen gut geschlafen. Und weil Samstag war, blieb ich sogar noch ein bisschen länger liegen, um mir einen Plan zurecht zu legen. Ich zeichnete in Gedanken einen Weg durch die Landschaft der Erinnerungen und zog mich dann an. Ausgerüstet mit einem frischen Hemd und einer geladenen Waffe, machte ich mich auf den Weg zu meiner ersten Station. Und die lag in der Stadthalle.

Ich hatte keine Mühe einen Parkplatz zu finden. Am Wochenende gab es nur bestimmte Leute, die sich hier aufhielten.

Doch genau genommen hielten sich in dem maroden Kasten sowieso immer nur diese „bestimmten Leute“ auf. Leute, auf deren Gesellschaft ich gut und gerne hätte verzichten können. Doch in diesem Fall waren sie mein Schlüssel zur Vergangenheit.

Ich hatte kaum den alten Volvo abgeschlossen und meinen Hosenbund hochgezogen, als mir schon das Empfangskomitee entgegen schlurfte.

Zwei baumlange Schützen in zu kurzen Uniformen flankierten einen runden, kleinen Kerl mit Walross-Schnauzer, dessen Schritt für seine Abzeichen und Orden noch erstaunlich fest und gerade war. Er grinste mich breit an, als er die behandschuhten Hände in die Hüften stemmte und sich breitbeinig vor mir aufbaute.

„Na so was, wenn das nicht mein Lieblings-Schnüffler ist.“

Ich tippte mir an den Hut.

„Ich würde ja so was Ähnliches sagen, Robbeler, aber niemand bei Verstand kann einen Lieblings-Schützen haben.“

Stadthauptmann Robbeler war seit einiger Zeit in der Kleinkaliber-Hierarchie aufgestiegen. Diverse Leber-Zirrhosen mussten seine Karriere offenbar beflügelt haben. Ich kannte ihn noch als Rottmeister oder sonst was aus dem Schützen-Almanach. Ein schmieriger Loden-Corleone, der eine Truppe fuselschlürfender Söldner anführte. Doch im Landräte-Skandal hatte er damals eine nicht unbedeutende Rolle gespielt – wenn auch nur im Hintergrund als Faktotum mit Gamsbart-Hut und ohne Gewissen.

„Immer noch die scharfe Zunge, was, Hammer? Was verschafft mir denn die Ehre? Wollen Sie etwa der Gilde beitreten? Männer mit Ihrer Treffsicherheit können wir immer gebrauchen."

„Wenn ich mir Ihre Schlumpf-Gorillas in Grün so ansehe, können Sie generell JEDEN Mann gebrauchen. Aber nein, danke. Sie können Ihre gemalte Beitrittserklärung stecken lassen. Ich bin wegen Ihrer... Kontakte hier. Und damit meine ich nicht die zum Getränke-Großhandel. Wir haben einen gemeinsamen Bekannten im Knast. Sie erinnern sich?"

Seine Schweinsaugen wurden sogar noch schmaler.

„Sie reden von Kübler?"

„Ich weiß, SIE haben sicher mehr Bekannte im Knast. Aber genau den meine ich."

Robbeler spuckte einen fetten Flatschen auf die Erde.

„Kübler interessiert mich nicht mehr. Er hat uns das Blaue vom Himmel versprochen, wenn er Landrat wäre. Aber ihm ging es nur um seine Rache an Sackmann. Wir haben auf ein totes Pferd gesetzt."

„Das kann wenigstens niemanden abwerfen. Für einen Schützen die sicherste Bank."

Er kam einen Schritt näher und ich konnte seinen Obstler-Atem riechen.

„Ich bin nicht sicher, dass ich weiß, worauf Sie hinauswollen, Hammer."

„Dann versuche ich mal, in einfachen Sätzen zu reden: Sie haben immer noch einen Draht zu Kübler, da bin ich sicher. Ihre Seilschaften sind nicht lang genug, um eine kappen zu können. Selbst wenn Kübler Sie enttäuscht hat: Er kann Ihnen immer noch nützlich sein, stimmt's? Also erzählen Sie mir nicht, dass Sie ihn fallengelassen haben."

Robbeler lachte heiser.

„Sie kleiner Fuchs, Sie."

„Passen Sie auf, dass ich nicht zum Wolf werde."

„Wieso? Ich kann auf alles schießen, wenn es sein muss."

„Ich bin artgeschützt."

„Nicht als Problem-Wolf."

„Selbst wenn, müssten Sie mich immer noch treffen. Und bis dahin schlage ich vor, wir lassen die Waidmann-Metaphorik im Märchenwald und konzentrieren uns wieder aufs eigentliche Thema: Ich will zu Kübler. Und Sie sollen dafür sorgen, dass er mich empfängt."

Robbeler massierte, was von seinem Kinn noch zu sehen war. „Und wieso sollte ich das wohl tun?"

„Weil Sie in Ihrem verkorksten Innern doch ein guter Mensch sind? Nein, halt, ich versuche es noch mal: Weil Sie Besucher vom Gesundheits- und Gewerbeaufsichtsamt hier noch weniger sehen wollen als mich. Oder möchten Sie gern der Verwaltung erklären, woher der Selbstgebrannte ohne Steuerbanderole in Ihrem Keller stammt?"

„Sie wissen gar nichts!"

„Aber ich kann riechen, Robbeler. Und allein Ihr Atem kostet mich mindestens zwei Dioptrien. Also, wie sieht es aus: Wer von uns soll als erster zum Telefon greifen?"

Er knurrte mich an und streckte einen wurstigen Finger nach mir aus. „Übertreiben Sie es nicht, Hammer. Ihre Arroganz könnte ihnen sonst noch im Halse stecken bleiben. Ich habe immer noch eine Menge Kontakte und die Schützen sind noch wer in Uelzen."

„Ach ja? Vielleicht bei der Verkehrspolizei. Hören Sie, Robbeler, ich will nicht mit Ihnen streiten. Tun Sie einfach mal was Sinnvolles in Ihrem Leben und verschaffen Sie mir diese Verabredung. Sonst finden wir ziemlich schnell heraus, wer hier wirklich die besseren Kontakte hat."

Er starrte mich an und mahlte mit den Zähnen.

„Ich werte das mal als Zustimmung. Sie wissen ja, wie Sie mich erreichen können."

Ich hatte mich schon wieder umgedreht, als ich noch einmal die bellende Stimme hinter mir hörte.

„Die Stunde der Schützen wird kommen, Hammer!"

Ich grinste. „Nein, Robbeler. Was Sie sagen wollten ist: Die Stunde der Schützen hat GESCHLAGEN. Kleiner Unterschied."

Ich zwinkerte ihm zu, dann verschwand ich endgültig und ging zu meinem Volvo zurück. Auch wenn Robbeler nur ein Schütze war, hatte ich diesmal keinen Zweifel, dass er das Richtige tun würde. Und bis es soweit war, hatte ich noch ein anderes Ziel vor Augen. Eins, das ich gerne umgangen wäre. Doch wenn der Unbekannte recht behielt und tatsächlich alle Fäden in der Vergangenheit zusammenliefen, dann musste ich auch in diesen sauren Apfel beißen.

Ich verließ das Stadthallengelände, bog rechts ab auf die Ebstorfer Straße und fuhr am Klinikum vorbei zu den protzigen Einfamilienhäusern in der Nähe des Stadtforstes.

Nichts hätte mich auf diesen Besuch vorbereiten können und ich hatte keine Ahnung, was mich erwartete.

Ich parkte den Wagen in der Nähe des Wildgatters und ging die letzten paar hundert Meter zu Fuß durch das verkehrsberuhigte Wohngebiet.

Das Haus, nach dem ich suchte, war zweistöckig und im Villenstil gebaut mit hohen Fenstern und weißen Kreuzen darin. Eine saubere, gepflegte und teure Fassade. So wie die ihres ehemaligen Besitzers.

Ich fühlte mich gar nicht wohl, als ich die Klingel betätigte und darauf wartete, dass jemand die Tür öffnete. Als es soweit war, stand eine hochgewachsene Frau vor mir. Dass sie einmal schön gewesen war, konnte ich jetzt immer noch sehen, auch wenn sie nur noch ein Schatten ihrer selbst war – und zwar meinetwegen.

Das Gesicht war aufgeschwemmt, unter den wässrigen Augen lagen Ringe und die Haare wirkten stumpf. Die Farbe wuchs heraus und ließ einen grauen Ansatz erkennen. Sie trug einen dünnen Hausmantel und musterte mich von oben bis unten.

„Na so was, Holger Hammer“, sagte sie mit einem Lächeln auf den Lippen.

„Der Mörder meines Mannes höchstpersönlich. Na los, kommen Sie doch rein.“

Ich musste den Kloß in meiner Kehle erst mal runterschlucken.

„Danke – Frau van Runkel.“

*

Ich hatte Lavinia van Runkel niemals persönlich kennengelernt. Damals, als ich gegen die *Freunde der Uhl* ermittelt hatte, war sie in einer Bevenser Entzugsklinik gewesen. Ihr Mann, der Mörder und Verschwörer Ludger van Runkel, hatte sie dort reingesteckt. Nicht zuletzt, damit er seiner Affäre mit meiner Auftraggeberin nachgehen konnte.

In einem letzten Showdown hatte ich ihn mit einer Kugel niedergestreckt. Ein Versehen. Und Notwehr. Die Beerdigung hatte ich mir geschenkt. Genauso wie meine Beileidsbekundung. Es war also das erste Mal, dass ich seiner Witwe gegenüberstand.

Eine Begegnung, auf die ich wie gesagt gerne verzichtet hätte. Hoffentlich zahlte sich mein Büßergang am Ende auch aus.

Lavinia van Runkel führte mich durch den gefliesten Flur in ein großes Wohnzimmer. Gegenüber der Tür zeigte eine breite Fensterfront in den Garten hinaus. Hier war lange nichts mehr gemacht worden. Und auch die Luft im Raum war stickig und verbraucht. Auf der weißen Leder-Garnitur lagen gebrauchte Klamotten rum, den Glastisch zierten leere Flaschen und Gläser. Die Frau ging Stück für Stück vor die Hunde. Und ich wurde das Gefühl nicht los, dass es meine Schuld war. Sie blieb vor der schmutzigen Terrassentür stehen und sah nach draußen.

„Nehmen Sie sich einen Drink, wenn Sie wollen", rief sie mir zu, ohne sich umzudrehen. „Irgendwo ist sicher noch was drin. Und ein sauberes Glas steht sicher auch noch rum."

„Vielen Dank", sagte ich nur und ließ meinen Blick durch den geschmackvoll eingerichteten Raum gleiten. An der Wand neben mir hing ein großer Fernseher, auf dem irgendeine Doku-Soap lief, der Ton war leise gestellt. Ich sah die hellen Flecken an der Wand, wo ehemals Bilder gehangen hatten, die jetzt verschwunden waren. Auf den kleinen Dekoartikeln lag der Staub.

„Was wollen Sie denn von mir, Hammer?"

Ich hörte das Klicken eines Feuerzeugs und der Geruch von Tabak stieg mir in die Nase. Ich hatte selber keine richtige Antwort auf die Frage.

„Ich würde gerne... über Ihren Mann reden, Frau van Runkel."

Jetzt drehte sie sich um. Das Lächeln auf ihren spröden Lippen hätte alles bedeuten können. „Wenn Sie wollen, dass ich mit Ihnen spreche, müssen Sie mich Lavinia nennen, Hammer. Den... anderen Namen höre ich nicht mehr gerne."

Ich nickte brav. „Na schön... Lavinia."

Sie setzte sich auf das Ledersofa, schlug die immer noch schönen Beine übereinander, die unter dem Bademantel zum Vorschein kamen, und musterte mich eingehend. Ich schien sie zu amüsieren.

„Wieso sollten Sie über ihn sprechen wollen, Hammer? Möchten Sie sich dafür entschuldigen, dass Sie ihn getötet haben?"

Ich konnte sie nicht ansehen. Sie hatte jedes Recht mich so zu behandeln. Ich bezweifelte, dass sie ihren Mann wirklich gekannt hatte. Sicher war er ziemlich gut darin gewesen, ihr den formvollendeten Gentleman vorzuspielen – so wie er es bei allen getan hatte. Und die meisten waren darauf reingefallen, allen voran die Frauen. Auch meine Auftraggeberin Collette...

„Hören Sie, Lavinia, was damals geschehen ist..."

„... war ein Segen für alle."

Ich sah sie an, nachdem sie meinen Satz so überraschend beendet hatte. Sie zuckte nur mit den Schultern, als sie meine Ratlosigkeit sah.

„Sie haben richtig gehört, Hammer. Und wenn Sie glauben, ich hätte nicht gewusst, was für ein Schwein Ludger war, dann ist das eine Beleidigung, weil es bedeutet, dass Sie mich für sehr, sehr dumm halten müssen."

„Nein, ich..."

„Vergessen Sie's, Hammer."

Sie winkte ab, gab mir nicht mal eine Chance mich zu erklären.

„Ich habe lange geschwiegen. Zu seinen dubiosen Geschäften. Zu seinen Allmachtsfantasien. Und zu seinen Affären sowieso. Ich habe alles hingenommen. Wenn Sie also jemanden suchen, der die Schuld trägt, dann suchen Sie auch bei mir. Ja, ich bin ehrlich: Ich habe gerne die Augen geschlossen, solange ich ein sorgenfreies, ruhiges Leben führen konnte. Es ging mir gut, ich hatte alles. Wurde zu Empfängen und Bällen eingeladen, war in zahlreichen Benefiz-Komitees und in Vorständen sozialer Vereine. Das perfekte Vorzeige-Frauchen..."

Sie sah in ihr Glas und stellte fest, dass es leer war. Dennoch schien sie darin ertrinken zu wollen.

„Doch irgendwann... wurde ich taub. Ich fühlte nichts mehr. Und nichts bedeutete mir noch etwas. Ich erkannte, dass ich etwas ganz anderes wollte: Liebe. Aufmerksamkeit. Ich wollte mich.... wertvoll fühlen. Doch da war ich bei Ludger an der falschen Adresse. Ich hatte mich selbst in meinen goldenen Käfig gesperrt und den Schlüssel weggeworfen."

Sie knallte das leere Glas auf den Tisch und zog kräftig an ihrer Zigarette.

„Ludger war ein kaltes Schwein. Frauen waren für ihn Trophäen. Und da mein Kopf offenbar schon an seiner Wand hing, brauchte er sich nicht mehr um mich bemühen. Da schwammen schließlich noch andere Fische im Teich. Also fing ich an zu trinken. Und je mehr ich trank, desto weniger repräsentativ wurde ich. Er hielt mich fern, schottete mich ab und ich trank mehr. Und irgendwann... sperrte er mich dann weg."

Sie lachte bitter.

Ich wollte diese tragische Geschichte gar nicht hören. Aber wahrscheinlich hatte sie niemanden, dem sie die sonst hätte erzählen können. In gewisser Weise war ich es ihr wohl auch schuldig.

Sie holte tief Luft und ihr Blick verlor sich in einer Welt, die nur sie sehen konnte.

„Ich glaube, insgeheim war er mir sogar dankbar dafür. So hatte er einen Grund mich aus dem Verkehr zu ziehen und sogar noch Mitleidskapital daraus zu schlagen. Der arme unverstandene Ludger, der sich für seine alkoholabhängige Frau bis zur Selbstaufgabe aufopferte. Eine bessere Masche gibt es bei Frauen wohl kaum."

Sie sah mich an und ihr Blick ging mir durch und durch.

„Aber wissen Sie was, Hammer? Ich bin am Leben. Er nicht. Auch noch nicht abschließend geklärt ist, wer von uns beiden nun besser dran ist. Langer Rede, kurzer Sinn: Ich habe keinen Grund, irgendeinen Groll gegen Sie zu hegen. Sicher, ich bin einsam. Aber das war ich vorher auch. Entspannen Sie sich also, Hammer. Nehmen Sie einen Drink mit mir und sagen Sie mir, was Sie von mir wollen. Viel kann es nicht mehr sein – sehen Sie mich an."

Sie breitete die Arme aus und lachte leise.

Auf den Drink hatte ich immer noch keine Lust.

„Es geht um die geschäftlichen Beziehungen Ihres Mannes, Frau van... Lavinia."

Sie zuckte die Schultern. „Genauso gut könnten Sie mich nach sämtlichen Namen seiner Geliebten fragen, die Antwort wäre die gleiche. Ludger hatte überall seine Finger drin – und das ist ganz wörtlich gemeint."

„Es geht mir speziell um seinen lokalen Club, die *Freunde der Uhl.* Wussten Sie etwas davon?"

Sie schien ernsthaft zu überlegen. Doch ich sollte besser vorsichtig sein, mich auf die Erinnerungen dieser Frau zu verlassen.

„Sie meinen diesen kleinen Spielkreis aus dem Puff im Gewerbegebiet?" Ein bisschen was in ihrem Gedächtnis schien doch noch zu funktionieren. „Genau den meine ich. Ihr Mann hatte einen elitären Club gegründet, dessen Mitglieder allesamt eine Menge in der Stadt zu sagen hatten. Sie wollten die Entwicklung Uelzens verhindern und postulierten den Stillstand als eigentlichen Wirtschaftsmotor. Dafür waren sie sogar auf Malta."

Etwas funkelte in ihren Augen. „Ja, ja genau. Malta. Diese Geschichte. Und die ganzen Fahrten nach Hannover..."

Ich wurde hellhörig. „Was hatte Hannover damit zu tun?"

„Ich habe keine Ahnung. Aber Ludger war ziemlich stolz auf seine Verbindungen zur Landesregierung. Eigentlich hatte ich nie etwas über seine Ziele und Pläne hören wollen, doch damit hat er sich ständig gebrüstet. Sagte, dass das Innenministerium nun endlich erkannt habe, welche Bedeutung Uelzen für ganz Niedersachsen hätte. Dass man auf ihn angewiesen sei, weil er der Wegbereiter für eine große Zukunft wäre."

Diese Worte klangen verdächtig nach einem anderen Bekannten von mir. Einem, der allerdings schon lange tot war. Eine Verbindung war zu unwahrscheinlich. Aber hatte der Unbekannte nicht genau davon gesprochen?

Einen Versuch war es wert.

„Sagt Ihnen der Name Frank-Rüdiger Sackmann etwas, Lavinia?"

Sie überlegte wieder und schüttelte dann den Kopf. „Wer soll das sein?"

„Ein LBU-Kandidat, der vor einigen Jahren Landrat werden wollte. Er wurde von seinem Gegenkandidaten der RVP getötet."

Und wieder das Flackern in ihren Augen.

Konnte es tatsächlich sein, dass ich einen Haupttreffer gezogen hatte?

„Natürlich, so ein aalglattes, junges Bürschlein! Sehr ehrgeizig, sehr konservativ – habe ich recht?"

„Das trifft den Nagel auf den Kopf. Kannte Ihr Mann ihn?"

„Ja, er war ein paar Mal hier. Und sie haben sich auch in dieser *Roten Lagune* getroffen."

Sackmann und van Runkel.

Nitro und Glycerin – eine tödliche Mischung. Doch jede Antwort, die ich bekam, warf neue Fragen auf.

„Wissen Sie vielleicht auch, in welcher Sache die beiden ihre Köpfe zusammengesteckt hatten?"

„Nein. Es hatte auch irgendwas mit Uelzen zu tun. Zukunftspläne, große Fantastereien."

Aber das passte nicht zusammen. Sackmann hatte mit Hilfe von Hannover an der Zerschlagung des Landkreises gearbeitet. Van Runkel hingegen war ein glühender Lokalpatriot, der Uelzen so erhalten wollte, wie es war. Da gab es kein gemeinsames Ziel.

Und beide hatten die Landesregierung hinter sich...

Plötzlich sah ich den tödlich getroffenen Ludger van Runkel wieder vor mir. In seinem Blut auf dem schmutzigen Betonboden des Fleischer-Kellers. Wie er mich mit blutigen Lippen angrinste und mir sagte, dass die *Freunde der Uhl* weit verbreitet wären. Sogar in Hannover.

Und Hannover hatte hier ein Gesicht bekommen...

„Sagen Sie, kannten Sie Ludgers Kontakt in der Landesregierung?"

Wieder Kopfschütteln. Aber ich hatte gelernt, dass das nichts zu bedeuten hatte.

„Ludger ist immer nur dorthin gefahren. Aber soweit ich weiß, war niemand jemals hier. Vielleicht hat er diese Anzugträger auch gleich in die *Rote Lagune* mitgenommen. Da waren sie alle wesentlich besser aufgehoben."

Inklusive Sackmann. Denn dort hatte er immerhin die schöne Florentine kennengelernt.

Meine Gedanken fuhren Karussell. Ich bekam die einzelnen Gondeln nicht mehr zu sehen, sie drehten sich viel zu schnell. Wer saß drin und hing mit wem zusammen?

Sackmann – van Runkel – Hannover – eine Art teuflische Dreifaltigkeit.

Und Röllke? Der Staatssekretär, der jetzt den Polizeichef gab? Das würde viel zu schön zusammenpassen, um wirklich wahr zu sein.

Aber die Hoffnung stirbt ja bekanntlich zuletzt.

„Sagt Ihnen der Name Enrico Röllke etwas?"

„Nein. Klingt nach Osten."

Ich zückte aus meiner Manteltasche ein Foto als Gedächtnisstütze. Doch auch als sie es sich ansah, leuchtete in ihren Augen kein Blick des Erkennens.

Das wäre auch zu viel Glück für einen Tag gewesen. „Ich danke Ihnen, Lavinia."

Ich wandte mich ab und merkte, wie sie mir Richtung Tür folgte. Dort blieben wir noch einen Moment stehen. Sie musterte mich erneut von oben bis unten.

„Ich habe mich oft gefragt, wie es wohl sein würde, Ihnen gegenüber zu stehen, Hammer."

„Und? Sind Sie enttäuscht?"

Sie hob die Schultern. „Vielleicht ein bisschen. Ich fühle... nichts. Sie haben mir meinen Mann genommen. Den ich gehasst habe. Aber noch mehr hasse ich, was er aus mir gemacht hat. Sehen Sie mich an, Hammer. Ich bin nichts mehr. Lebe von hinterlassenem Geld. Und niemand interessiert sich dafür, ob ich noch da bin oder nicht."

„Das ist nicht wahr, Lavinia. Sie allein entscheiden, wer oder was Sie sind. Sie waren jemand vor Ihrem Mann. Und Sie können jetzt auch jemand sein. Sie haben keinen Grund, sich zu verstecken. Ihnen stehen alle Möglichkeiten offen."

Sie senkte den Blick. „Sie haben recht. Und doch bleibt... die Angst vor dem Versagen. Aber ich danke Ihnen für Ihre tröstenden Worte, Hammer. Ich hoffe, Sie finden, wonach Sie suchen."

„Genau wie Sie."

Ich war schon durch die Tür und auch ziemlich froh darüber. Aber dann rief Sie mich noch einmal zurück.

„Diese Frau...", begann sie zögernd. „Die, mit der Ludger am Schluss zusammen war..."

„Collette Klötke."

„Wie... wie war sie so?"

„Sie war nett. Hübsch. Liebenswert. Ein bisschen naiv. Sie hatte es nicht verdient, was Ihr Mann ihr angetan hat."

„Nein. Das hat niemand. Danke, Hammer. Alles Gute."

Sie schloss die Tür ohne ein weiteres Wort.

Ich blieb noch einige Sekunden stehen. Die Begegnung mit Lavinia van Runkel war mir nahegegangen und ich fragte mich, was für ein Leben diese schöne, kluge Frau wohl hätte leben können, wenn sie nicht einer giftigen Krake wie Ludger van Runkel in die Tentakel gefallen wäre. Ein schmieriger, aalglatter Scheißkerl, der auch noch nach seinem Tod seine

Fäden spann. Das einzig Gute an schmierigen Scheißkerlen war, dass sie meist eine Spur aus Schleim hinterließen. Und ich war entschlossen, dieser Spur zu folgen.

Bis zum Ziel.

Kapitel 12

Ich hatte den Rest des Tages versucht, mir ein schlüssiges Bild aus meinen neuen Informationen zurechtzulegen. Manchmal ist sogar das verdammte Internet hilfreich. Stundenlang hatte ich hinter dem Bildschirm gehockt und versucht, noch mehr über Sackmann und van Runkel rauszufinden. Ich hatte auch den Nerd genervt, doch nicht mal ihm war es gelungen, noch mehr Informationen an die Oberfläche zu befördern.

Allerdings hatte ich auch den begründeten Verdacht, dass sich seine Arbeitsanstrengungen in Grenzen hielten, seit eine junge attraktive Frau in seiner unmittelbaren Nähe lebte. Das hätte ich vorher vielleicht bedenken sollen. So hatte ich ein Monster geschaffen...

Irgendwann hatte ich den Samstag an den Nagel gehängt und war was essen gegangen. Auf dem Rückweg zum Büro hatte dann endlich Robbeler angerufen.

Ich hatte ein Date in der JVA.

Also hatte ich mich früh schlafen gelegt und fühlte mich einigermaßen frisch, als ich am Sonntagmorgen duschte und mich anzog.

Der Weg in den Knast bedeutete für mich zwei Fliegen mit einer Klappe zu schlagen. Denn mir war etwas wieder eingefallen, über das ich nach dem Fall Sackmann gestolpert war.

Eigentlich kaum vorstellbar, dass ich es so lange vergessen hatte.

Ich konnte eine gewisse Aufregung nicht leugnen, als ich den alten Volvo vor dem ummauerten Backstein-Gebäude abstellte. Der Beamte am Empfang gab mir einen Besucherausweis und führte mich in den verglasten Warteraum. Da wurde ich eingesammelt und durch die endlosen Gänge geführt. Schon allein wegen der verwinkelten Bauweise war hier ein Ausbruch wohl unmöglich.

„Wissen Sie, dass Sie der erste Besuch für Kübler sind?", fragte der Uniformierte, während der mächtige Schlüsselbund an seinem Gürtel klirrte.

„Echt? Ich dachte, er hätte mehr Freunde hier."

Ein heiseres Lachen war die Antwort. „Die meisten hier interessieren sich nicht sonderlich für Politik. Aber Kübler ist auch ein ruhiger Kerl. Beschwert sich nie, will nichts. Sollten mehr Leute sein wie er."

„Lieber nicht."

„Ach übrigens: Die Chefin will Sie noch sehen, wenn Sie hier fertig sind, Hammer.“

„Das trifft sich gut. Ich sie nämlich auch.“

Wir hatten den Besucherraum erreicht. Der schwere Schlüssel dröhnte im Schloss. Das Scheppern hallte von den leeren Wänden wider.

„Ich bin hier draußen, wenn was ist.“

Er hielt mir die Tür auf.

Ein schmuckloses Quadrat mit Holztisch und zwei Stühlen. Kübler hockte unter dem kleinen vergitterten Fenster gegenüber der Tür. Um Hand- und Fußgelenkte lagen dicke Ketten.

Immerhin war er ein Mörder.

Sein Gesicht blieb unbewegt, als er mich sah. Wahrscheinlich hatte er genug Zeit gehabt, sich an den Gedanken an ein Treffen mit mir zu gewöhnen.

Er sah schlecht aus. Das Gesicht wirkte teigig und aufgedunsen, unter den Augen lagen Ringe und Tränensäcke. Er wirkte gebückt. Ein gebrochener Mann.

Ein Schatten seiner selbst.

Er lehnte sich zurück und legte den Kopf auf die Seite, als würde er ein abstraktes Gemälde begutachten.

„Wie kommt es, dass Sie mich im Gefängnis besuchen, Herr Hammer? Wollen Sie sich noch mal an Ihre alten Erfolge erinnern?“

„Nicht doch, Kübler. Ich habe Fragen, die den seligen Herrn Sackmann betreffen.“

Ein Lächeln stahl sich auf seine Lippen. „Ich habe mich schon gefragt, wann Sie endlich die fehlenden Puzzleteile holen kommen.“

„Dann wissen Sie also, um was es mir geht?“

Er schüttelte langsam den Kopf. „Immer mit der Ruhe, Holger Hammer. Quid pro Quo. Wenn sie etwas wollen, müssen sie auch etwas geben.“

„Was könnte ich Ihnen schon geben, Kübler, was Sie nicht schon hier hätten? Oder was Ihre Schützenfreunde Ihnen nicht besorgen können?“

Ein Ausdruck von Bitterkeit zuckte über sein Gesicht.

„Ich habe keine Freunde, Hammer. Nicht mal mehr bei den Schützen. Erst in Situationen wie diesen zeigt sich, was ein Mann seiner Umwelt wert ist. Ich hätte diesen Kreis groß machen können, verstehen Sie? Und wenn schon nicht das, dann doch wenigstens vor dem Untergang bewahren. Aber jetzt ist es zu spät. Sackmanns Vermächtnis wird sich am Ende doch noch erfüllen. Deswegen sind Sie doch hier, nicht wahr? Etwas ist geschehen, das Ihnen die dunklen Ecken der Vergangenheit gezeigt hat. Habe ich recht?"

„Was wissen Sie, Kübler?"

Er seufzte.

Er genoss die Macht, die er in diesem Moment hatte. Und ich konnte es ihm nicht mal verübeln. „Erst Sie, Hammer. Es ist sehr, sehr einsam hier, wissen Sie? In dieser Leere und in dieser Umgebung kann der Geist eines Mannes verkümmern, wenn er keine Nahrung findet."

„Und womit wollen Sie gefüttert werden, Kübler?"

Er beugte sich vor und sein Blick war fest. Er zeigte, dass seine Forderungen nicht verhandelbar waren.

„Ich will eine Zelle mit Ausblick, einen Walkman, um Musik zu hören und einen Block mit Wachsmalstiften, damit ich meine künstlerische Ader ausleben kann."

Von mir aus hätte er das Taj Mahal zum Übernachten fordern können. Ich hätte ihm wahrscheinlich alles zugesichert, um an meine Informationen zu kommen.

„Ich werde sehen, was ich tun kann. Aber mein Einfluss ist nicht unbegrenzt."

Er musterte mich schon wieder so komisch. „Sie sind ein Mann, dem Integrität etwas bedeutet, Hammer. Genau wie mir. Ihr Wort soll mir reichen."

Das war einfacher, als ich gedacht hatte.

„Also, dann reden wir mal, Kübler. Sie haben damals angedeutet, dass Sackmann mit Hilfe der Landesregierung den Landkreis Uelzen zerschlagen wollte..."

Er lachte und schüttelte dabei den Kopf, wie ein Lehrer dessen Schüler etwas unglaublich Dummes gesagt hatte. Vielleicht war das aber auch nur Effekthascherei. Schließlich hatte er schon lange darauf gewartet, seine Geschichte erzählen zu können.

„Ich habe nichts ANGEDEUTET, Hammer. Ich habe es explizit betont. Immer wieder. Aber damals wollte mir ja niemand zuhören."

„Das ist jetzt anders. Ich bin ganz Ohr..."

„Das Innenministerium hat Sackmann bei der Landratswahl unterstützt. Hannover hat einen Großteil der Kosten für den Wahlkampf übernommen. Und nicht nur das. Das MI hat auch noch für andere Extravaganzen geradegestanden."

Er grinste mich an und ich musste mich beherrschen, nicht über den Tisch zu springen und ihm meine Faust ins Gesicht zu schlagen. Wir wussten beide, wen er damit meinte: Florentine. Die schöne Tänzerin, die Sackmann aus der *Roten Lagune* geholt hatte, um sie zu seiner Frau zu machen. Dafür hatte er der verblichenen Puffmutter Bärbel Blue ein Vermögen zahlen müssen. So also schloss sich ein weiterer Kreis.

Ich schluckte Wut und Schmerz runter. Ich musste mich auf den Fall konzentrieren. Nichts durfte mir entgehen. Kübler war der beste Ansatz, den ich im Moment hatte. Eigentlich auch der einzige.

„Und als Gegenleistung?"

„Bei einem Wahlsieg sollte er Hannover helfen, Uelzen aufzulösen. So einfach war das."

„Aber warum?"

Kübler verdrehte die Augen, als wäre ich ein begriffsstutziger Idiot.

„Um die Schulden loszuwerden natürlich. Der größte Posten in einem kommunalen Haushalt ist immer noch das eigene Personal. Ein Teil des Kreises sollte nach Lüneburg und der Rest nach Lüchow-Dannenberg. Nur so konnte der Kreis auf finanziell feste Füße gestellt werden: Indem er gänzlich abgeschafft würde."

„Und der Zukunftsvertrag? Die Entschuldungshilfe damals?"

Kübler winkte ab. „Eine Nebelkerze, um die Kritiker ruhig zu stellen. Warten bis Gras über die Sache gewachsen ist und dann einen neuen Anlauf nehmen. Sie sehen doch selbst, wie es gekommen ist. Diese dummen kleinen Lokalpolitiker haben nie gelernt, mit Geld umzugehen. Kaum sind die Schulden weg, muss wieder mehr ausgegeben werden, als da ist. So als würden Schulden und leere Kassen zum guten Ton gehören. Aber ich sage Ihnen was, Hammer: Jammern ist das einzige, was diese Leute wirklich gut können. Und über was ließe sich besser jammern, als über einen Schuldenberg? Also muss schnell wieder einer her. Keiner arbeitet mit Weitsicht oder Augenmaß. Keiner will in die Zukunft sehen. Nach dem Wahlkampf ist vor dem Wahlkampf. Also müssen große Geschenke her, um sich bei den Wählern anzubiedern. Und da niemand mit dem eigenen Geld geradestehen muss, wird es rausgeschmissen, als gäbe es kein Morgen mehr. Auf Dauer hilft wahrscheinlich wirklich nur eins: Der Schlange den Kopf abzuschlagen. Und diese Steuergelderverbrecher abzuschaffen."

Er hatte sich in Rage geredet, sein Atem ging schnell und er schüttelte langsam den Kopf.

„Damals war ich ein Idealist, Hammer. Ich habe wirklich geglaubt, den Kreis retten zu können. Doch heute weiß ich es besser. Ich fühle mich sogar von den eigenen Leuten verraten. Jeder will der Schnellste auf der Überholspur sein. Wenn die Verwaltung bei einem Minus von fünf Millionen drei einspart, dann kommen sofort die Politheuschrecken und wollen die gesparten Millionen neu investieren. Die sind zu blöd, um zu begreifen, dass sie ein eingespartes Minus nicht auf der Haben-Seite verbuchen können. So funktioniert Lokalpolitik heute. Im Grunde kann ich mich glücklich schätzen, hier zu sitzen und zum Nichtstun verdammt zu sein. Das dort draußen ist keine Welt mehr für mich."

„Mir kommen gleich die Tränen. Also sollte Uelzen ein für alle Male dem Erdboden gleichgemacht werden, um das Millionengrab zuzuschütten?"

Kübler nickte müde. Er nahm die Brille ab und rieb sich die Augen. „Ja, aber ich glaube, das war nicht der einzige Grund."

Ich wurde hellhörig. „Was noch?"

Er zuckte mit den Schultern.

„Es gab nur vage Vermutungen und Gerüchte. Etwas über Pläne der Landesregierung, die etwas Großes mit dem teilfusionierten Kreis Lüchow-Dannenberg vorhatte."

„Was soll das denn gewesen sein?"

„Ich habe keine Ahnung. So gut waren meine Kontakte am Ende dann doch nicht."

„Und wissen Sie noch, mit wem Kübler im Innenministerium zusammengearbeitet hat?"

Kübler massierte sich den Nacken, „Ich weiß nicht. Die sind doch alle gleich: Zombies im Zweireiher, ohne Gefühl für strukturelle Besonderheiten in ihrem Land."

„Geht es nicht vielleicht doch ein bisschen genauer?"

Er seufzte. „Ein Staatssekretär, glaube ich. Ich habe ihn ein- oder zweimal gesehen. Aber ich habe auch seinen Namen vergessen."

Ich hatte etwas, mit dem ich Kübler auf die Sprünge helfen konnte. Das Foto meines Lieblingsbeamten. Ich hielt es Kübler unter die Nase. Und diesmal hatte ich mehr Glück, als bei Lavinia van Runkel... „Ist er das? Sein Name ist Enrico Röllke."

Küblers Miene hellte sich auf. „Ja! Ja, ganz genau das ist er. Und ich erinnere mich jetzt auch wieder an den Namen! Röllke, das war es."

Ich hatte, was ich wollte und stand wieder auf. „Danke, Kübler. Sie haben mir sehr geholfen."

„Und denken Sie an meine Wachsmalstifte", rief er mir noch nach, während ich schon an der Tür klopfte, um wieder rauszukommen.

Als der Wachmann mir öffnete, drehte ich mich noch einmal um und tippte gegen meinen Hut.

„Ja, ja. Quid pro Quo – habe ich nicht vergessen."

Der Unbekannte hatte nicht gelogen: Alles hing zusammen. Röllke hatte Sackmann gekannt und mit ihm an der Zerschlagung von Uelzen gearbeitet. Eine Verbindung zu den *Freunden der Uhl* hatte ich zwar noch nicht, doch auch hier lag eine Seilschaft schon auf der Hand. Aber was hatte das mit dem toten Moritz Gratzki zu tun?

Ich dachte darüber nach, während mich der Wachmann durch die Gänge ins Treppenhaus führte. Wir stiegen einige Stufen hinauf in den Verwaltungstrakt.

„Und haben Sie gefunden, wonach Sie gesucht haben?"

Ich schreckte aus meinen Gedanken hoch und sah den Wachmann irritiert an.

„Zumindest zum Teil. Aber Ostern ist ja noch nicht vorbei. Das eine oder andere Ei werde ich sicher noch entdecken."

Er grinste. „Na, dann gehen Sie mal gleich zum Chefhasen."

Wir hatten das Büro der JVA-Leitung erreicht. An der Vorzimmertür übernahm die Sekretärin und brachte mich in den angrenzenden Raum.

Martina Köhler hatte die Haare kurz und musterte mich über den Rand ihrer Brille.

„Herr Hammer. Schön, dass Sie mal wieder vorbeischauen. Wir haben uns lange nicht gesehen."

„Ja, sorry, Frau Köhler. Die letzten Lieferungen für Ihr Haus sind irgendwie irreparabel beschädigt worden."

Sie lächelte und lehnte sich zurück, während sie auf einen Besucherstuhl deutete.

„Nehmen Sie Platz. Ich habe gehört, Sie wollten unseren Freund Kübler sprechen?"

„Ganz recht. Wieso interessiert Sie das so? Haben Sie mich deshalb zu sich zitiert?"

„Oh, ich habe Sie nicht her zitiert", versicherte sie schnell. Etwas zu schnell... „Ich wollte nur mal hören, was er... so zu sagen hat..."

„Der Mann ist Ex-Politiker ohne Wählerschaft. Wie kommen Sie darauf, dass er irgendetwas zu sagen hätte?"

„Nun, es muss ja einen Grund haben, dass Sie ihn sehen wollten, oder?"

Irgendetwas stimmte hier nicht. Ich beugte mich ein bisschen vor und setzte meinen berüchtigten Laserblick auf.

„Jetzt mal Spaß beiseite, Frau Köhler: Wir kennen uns schon zu lange, als dass wir noch unsere Intelligenz beleidigen könnten. Also: Was wollen Sie wirklich wissen?"

Sie schluckte und um ihre Mundwinkel zuckte es verdächtig. Ich hatte sie erwischt. Und sie wusste, dass jeder Muskel in ihrem Gesicht sie verriet. Schließlich seufzte sie und senkte den Blick.

„Na schön, Hammer. Ich bin angehalten, das Niedersächsische Innenministerium über jeden Besuch von Kübler zu unterrichten. War bisher gar kein Problem, denn Sie waren der erste heute."

„Das verstehe ich nicht. Wieso sollen Sie das? Und warum bei Kübler?"

Sie hob die Hände zur Abwehr. „Ich habe keine Ahnung. Vielleicht fürchten die in Hannover, dass Kübler irgendetwas weiß, von dem sie nicht wollen, dass er es rumerzählt."

„Was könnte das wohl sein?"

Das breite Grinsen kam mir automatisch auf die Lippen, ohne dass ich es gewollt hätte.

„Ich weiß es nicht, Hammer. Und es interessiert mich auch nicht. So, ich schätze, damit wäre unser Gespräch dann wohl beendet, nicht wahr? Ich nehme nicht an, dass Sie mir verraten werden, worum es bei der Unterhaltung ging. Jetzt, wo Sie wissen, dass ich es melden muss..."

Ich witterte die Chance auf einen Deal. Und auf einen fetten Köder.

„Kommt drauf an, meine Liebe. Ich könnte unter Umständen vergessen, dass Sie hier versuchen, ihre Gefangenen auszuspionieren.

Und ich gebe Ihnen etwas zum Petzen. Dazu müsste ich aber sicher sein, dass Ihr Lokalpatriotismus größer ist, als die Hörigkeit gegenüber Hannover."

Dunkle Schatten legten sich auf ihr Gesicht. „Ich glaube nicht, dass mir gefällt, was Sie andeuten."

„Kann ich mir denken. Aber jetzt mal unter uns Betschwestern, Frau Köhler: Wenn Hannover Sie auf einen Knasti ansetzt, dann stinkt da doch was, finden Sie nicht? Und es stinkt schon eine ganze Weile. Wissen Sie, ich wollte Sie auch sehen. Es geht um Florentine Sackmann, erinnern Sie sich noch?"

Die Art, wie sie schluckte, machte jede weitere Antwort überflüssig.

„Dachte ich mir. Sie und Kübler sind über den toten Sackmann eng miteinander verbunden. Ich habe nie an Florentines Selbstmord geglaubt. Und ich erinnere mich daran, dass Sie mir damals nicht sagen wollten, wer sie zuletzt besucht hat."

„Diese Information war vertraulich", erklärte Martina Köhler kühl.

„So vertraulich wie das Gespräch eines Inhaftierten mit seinem persönlichen Besuch."

Sie stand auf und ging unruhig hinter ihrem Schreibtisch auf und ab. „Ich kann Ihnen diese Information nicht geben."

Ich schlug mir auf die Schenkel. „Na schön, dann gehe ich jetzt wieder. Ich bin sicher, Hannover ist über meinen Besuch hier bereits im Bilde und erwartet demnächst einen Bericht von Ihnen. Würde zu gerne wissen, was Sie denen erzählen. Aber das ist ja auch Ihre Sache."

Ich machte mich auf den Weg zur Tür in der sicheren Gewissheit, nicht weit zu kommen. Ich sollte recht behalten.

„Warten Sie, Hammer!"

Wir starrten uns eine Weile an. Dann setzte sich die Köhler in Bewegung und schloss einen großen Aktenschrank neben ihrem Schreibtisch auf. Sie kramte, blätterte und zog schließlich einen Hefter heraus, den sie auf ihren Schreibtisch fallen ließ. Sie wandte sich ab, zum Fenster und drehte mir den Rücken zu.

„Ich habe Ihnen diesbezüglich nichts zu sagen, Hammer."

Meine Hände zitterten als ich den schmalen Hefter aufschlug. Ich sah Florentines Erkennungsfoto, das nichts mehr von der Frau hatte, die ich kannte.

Und nach all dieser Zeit versetzte mir ihr Anblick immer noch einen Stich ins Herz. Ich blätterte schnell weiter zum Ende. Ein letzter Besucher war eingetragen. Unmittelbar vor ihrem plötzlichen Ableben.

Natürlich war sein Besuch vertraulich gewesen. Und er hatte alle Möglichkeiten gehabt, seine Spuren zu verwischen. Schließlich war er Beamter des Niedersächsischen Innenministeriums. Genauer gesagt sogar Staatssekretär: Enrico Röllke.

Ich klappte den Deckel wieder zu und spürte, wie sich meine Kehle zusammenzog und mein Kopf heiß wurde.

Mit einer plötzlichen Bewegung drehte sich Martina Köhler wieder um. Ihre Lippen waren eine schmale, harte Linie.

„Ihr Zug, Hammer."

Meine eigene Stimme klang fremd für mich.

„Es ging bei meinem Besuch natürlich um Sackmann. Kübler hatte damals angedeutet, dass Sackmann aus Hannover gelenkt wurde. Er sollte die Zerschlagung des Landkreises Uelzen vorbereiten. Ich wollte wissen, wer sein Strippenzieher war."

Die Gefängnis-Chefin nickte. „Gut. Vielen Dank."

„Einen Moment. Das ist noch nicht alles. Hannover soll wissen, dass ich die Wahrheit herausgefunden habe."

„Hammer, nicht. Ich brauche diese Information nicht. Sie bringen sich damit in große Gefahr."

„Ich weiß. Das ist der Plan. Melden Sie Hannover, dass Fritz-Wilhelm Kübler den Staatssekretär Enrico Röllke identifiziert hat. Falls Sie die Schreibweise klären wollen, sehen Sie einfach in Ihren Akten nach."

Die Angst leuchtete in Martina Köhlers Augen. „Das ist kein Spiel, Hammer."

„Doch – aber ein tödliches. Geben Sie das nach Hannover durch. Dann sehen wir weiter."

Ich ging ein weiteres Mal zur Tür.

„Hammer – das habe ich nicht gewollt."

Ich grinste schief. „Aber ich."

Dann schloss ich die Tür zwischen uns.

*

Ich war mir nicht ganz sicher, ob Martina Köhler sich nicht absichtlich in die Karten hatte gucken lassen. Vielleicht wollte sie sogar von mir erpresst werden, um einen Grund zu haben, mir eine wichtige Information zu geben. Sie hatte sehr bereitwillig von ihrem Überwachungsauftrag erzählt und kannte mich gut genug, um zu wissen, dass ich auf so etwas ansprang.

Auch wenn es gar nicht danach aussah: Ich war der Gewinner dieser Begegnung. Ich hatte endlich den Beweis, dass Röllke tief in der Scheiße steckte. Und Martina Köhler würde dafür sorgen, dass dieses Wissen an der richtigen Stelle landete. Wenn das Röllke nicht aus der Reserve lockte, dann war ich langsam auch mit meinem Latein am Ende.

Mein Hass auf den Schmierlappen wuchs immer weiter. Ich fuhr eine Weile ziellos durch die Gegend, um wieder einen halbwegs klaren Kopf zu bekommen.

Jedenfalls dachte ich, dass ich kein Ziel hätte.

Bis ich meinen Wagen am Eingang des Friedhofs stoppte.

War ich überrascht?

Wahrscheinlich nicht.

Ich fand das Grab, ohne mich zu verlaufen.

Seit der Beerdigung war ich nicht mehr hier gewesen. Und offenbar auch kein anderer. Das Gras wucherte hoch um den schmucklosen Stein, in den nur die Initialen gemeißelt waren. Keine Widmung, kein Wort der Erinnerung.

Die Welt hatte sie vergessen.

Vielleicht zu Recht...

Aber ich nicht.

Ich hockte mich auf den kalten, feuchten Boden und sah ihr Gesicht vor mir. Nicht das aus der Knast-Akte. Sondern das zarte, verführerische mit den blutroten Lippen.

Florentine Sackmann hatte manipuliert und morden lassen. Eine Schwarze Witwe wie aus dem Lehrbuch. Und doch hatte ich mich nie von ihr lösen können.

Wie von Kitty.

Was ist es, das uns zu diesen Menschen hinzieht?

Eines der großen Geheimnisse der Schöpfung. Oder nur des verqueren, unberechenbaren, menschlichen Herzens.

Doch am Ende, wenn wir die Zeche zusammenzählen, war auch Florentine nur ein Opfer. Eine korrumpierte Unschuld. Eingekauft und gefügig gemacht von einem Rattenfänger wie Frank-Rüdiger Sackmann. Natürlich versuchte ich, sie zu entschuldigen. Aber sie war nicht als die geboren worden, die sie war, als sie starb.

Sie hatte Hoffnungen gehabt, Träume.

Vielleicht sogar ein Herz.

Den Knast hatte sie verdient. Etwas anderes konnte ich auch gar nicht annehmen. Schließlich hatte ich sie dorthin gebracht. Doch ein anderer hatte ihren letzten Richter gespielt. Hatte befunden, dass sie nicht mehr leben durfte. Nicht wegen ihrer eigenen Schuld. Sondern wegen der Angst dieses Richters vor Entdeckung.

Enrico Röllke hatte sie getötet. Darin bestand für mich nicht mehr der geringste Zweifel. Und er hatte es aus Angst getan. Angst davor, dass sie seine eigenen Machenschaften aufdecken könnte. Seine Verstrickungen in die Verschwörung zur Zerschlagung Uelzens.

Aber ich war entschlossen, Florentine zu rächen. Das hatte ich ihr schon damals an ihrem Grab versprochen. Und dieses Versprechen erneuerte ich jetzt. Ich hatte lange darauf warten müssen. Jetzt war die Zeit gekommen.

Enrico Röllkes Stunde hatte geschlagen.

Und diesmal war ich sein Richter.

Ich erhob mich und warf einen letzten Blick auf den kalten, nackten Stein.

Ich hoffte, dass ich auch nach all der Zeit noch etwas tun konnte, um ihrer Seele Frieden zu geben.

*

Als ich irgendwann in mein zugiges Büro zurückkehrte, war die Sonne schon untergegangen. Mein Ausflug in die Vergangenheit hatte sich gelohnt. Sie war lebendiger, als ich gedacht hätte. Und sie hatte immer noch eine Menge zu erzählen.

In Gedanken war ich noch bei blassen Schemen, die hinter dem Nebel der zurückliegenden Jahre umhergeisterten. Bei kalten Toten in Uelzener Friedhofserde und zerschossenen Träumen desillusionierter Idealisten, als ich meine Bürotür aufschloss.

Mit Schrecken stellte ich fest, dass ich offenbar immer noch in der Welt der Toten unterwegs war. Denn die Gestalt hinter meinem Schreibtisch kam geradewegs aus dem Jenseits.

Die schlanke, hochgewachsene Frau hatte ihre geraden, langen Beine auf der Tischplatte gekreuzt und sich bequem in meinem Schreibtischstuhl zurückgelehnt.

Das matte Licht der kleinen Lampe warf zahlreiche Schatten auf ihr ebenmäßiges, weißes Gesicht, in dem die kalten blauen Katzenaugen leuchteten.

Ihre blutroten, vollen Lippen, zwischen denen eine Zigarettenspitze ruhte, zogen sich zu einem leichten Lächeln auseinander.

Das Lächeln des Tigers...

Doch all das war es nicht, was meine Knie weich werden ließ. Eigentlich hätte diese Frau sechs Fuß tief unter der Erde liegen müssen – wenn es denn nach ihrem vermeintlichen Tod eine Leiche gegeben hätte.

Ihre sinnlichen Lippen öffneten sich und ließen langsam den Rauch der Zigarette in die Luft steigen, bevor ihre samtene Stimme wie das Gurren einer Taube erklang. „Hallo – Hammer..."

„Mein Gott", hörte ich mich selbst wie in Trance sagen. „Ich kann es nicht glauben: Bärbel Blue!"

*

Keine Ahnung, wie lange ich in meiner eigenen Bürotür gestanden hatte und sie anstarrte wie einen Geist. Schlagartig gingen mir die Ereignisse von damals noch einmal durch den Kopf.

Bärbel Blues Edelbordell, die *Rote Lagune*, war Haupttreffpunkt der *Freunde der Uhl* gewesen, die Verschwörer-Gruppe, die es sich zum Ziel gemacht hatte, Uelzen durch den Erhalt des Status Quo in den Ruin zu treiben. Natürlich hatte es Ludger van Runkel anders ausgedrückt und anders verkauft. Aber das war ein Etikettenschwindel.

Bärbel Blue hatte immer behauptet, mit der ganzen Angelegenheit nichts zu tun zu haben. Bereitwillig hatte sie mir erzählt, was sie wusste und einen Tag später war ihr Schuppen bis auf die Grundmauern abgefackelt. Mit ihr.

So jedenfalls die offizielle Version.

Tatsache blieb aber auch, dass die verkohlte Leiche mit ihren Kleiderfetzen nicht mehr eindeutig identifiziert werden konnte. Wolter war wieder den Weg des geringsten Widerstands gegangen und hatte das Offensichtliche zur Tatsache erklärt.

Jeder hatte es hingenommen.

Sogar ich.

Und jetzt saß die totgeglaubte Bärbel Blue wahrhaftig vor mir. Noch gespannter als auf das „wie" ihres Überlebens war ich aber auf den Grund ihres Hierseins.

„Ich hätte schwören können, dass sie tot sind, Bärbel Blue."

Sie schwang die langen Beine von der Tischplatte und stützte ihre Ellenbogen auf, während sie mich wissend anlächelte. „Bärbel Blue ist auch tot. Ich heiße jetzt Gabi Green. Aber davon abgesehen bin ich noch sehr, sehr lebendig, Hammer..."

„Das kann ich sehen. Aber ich verstehe nicht, wie sie die Explosion in der *Roten Lagune* überleben konnten."

„Ich musste sie gar nicht überleben, denn ich war überhaupt nicht im Haus. Mir war klar, dass mich die *Freunde der Uhl* zum Schweigen bringen würden, wenn ich anfange zu reden. Also habe ich Vorkehrungen getroffen. Ich habe eines meiner Mädchen gebeten, die Stellung zu halten, während ich mich aus dem Staub gemacht habe. Ich wusste, dass sie gerne mit meinen Sachen spielt und meine Klamotten anzieht. War vielleicht kein netter Zug von mir, aber sie wissen doch: Im Zweifelsfall ist einem das Höschen näher als der Spitzen-BH..."

„Doch nicht etwa Svetlana?"

Bärbel Blue lachte. „Sie meinen als Strafe dafür, dass sie mit Ihnen über den Brandstifter Yuri gesprochen hat? Nicht doch, Hammer. Ich bin nicht nachtragend. Und wie ich damals schon sagte: Mich ging diese ganze Verschwörung einen Dreck an. Nein, Svetlana ist in Sicherheit – soweit das in der Ukraine möglich ist."

„Und jetzt sind Sie zurück in Uelzen?"

„Um Gottes willen! Ich habe ganz von vorne angefangen. Ich habe nämlich noch immer mächtige Freunde im Landkreis. Freunde, die für meine Verschwiegenheit nur zu gerne bereit waren, mir wieder auf die Beine zu helfen. Ich habe ein neues Etablissement. In Bad Bevensen. Sie glauben gar nicht, wie sehr jemand wie ich vom demografischen Wandel und dem Gesundheitstourismus profitiert. Es heißt *Die Lila Laterne*. Sie sollten mal vorbeikommen..."

„Danke, aber ich glaube nicht, dass Sie etwas haben, das ICH will."

Sie schälte sich förmlich aus meinem Bürostuhl und kam auf mich zu.

„Oh, ich habe ALLES, was Sie wollen. Und sogar die Dinge von denen Sie noch gar nicht wissen, dass sie sie wollen. Zum Beispiel haben wir einen gemeinsamen Freund..."

„Wer kann das wohl sein? Der Amtsarzt? Der Ordnungsamtsleiter?"

Ich hatte mich an den Gedanken gewöhnt, dass Bärbel Blue – oder wie immer sie sich jetzt auch nannte – noch am Leben war und meine Fassung wiedergefunden. Ich schob mir eine Selbstgedrehte zwischen die Lippen, die Bärbel anzündete. Ihre Augen funkelten im Widerschein der Feuerzeugflamme.

„Der Klein Süstedter... Er meinte, Sie hätten vielleicht ein paar Fragen, die ich Ihnen beantworten kann. Also, besuchen Sie mich doch mal, dann reden wir..."

„Und wieso nicht jetzt?"

„Zu gefährlich. Und außerdem habe ich keine Zeit. Bei meinem Kundenstamm in einer Stadt wie Bevensen kann ich es mir nicht leisten, lange weg zu bleiben. Wer weiß, wer bei meiner Rückkehr noch am Leben ist. Aber ich freue mich auf Ihren Besuch."

Ich sah ihr nach, wie sie mit wiegenden Hüften mein Büro verließ. Der Gedanke an ein Bordell in Bevensen war alles andere als aufregend. Aber unter den gegebenen Umständen schien sich ein gelegentlicher Abstecher zur *Lila Laterne* sogar zu lohnen.

Immerhin hatte Bärbel Blue dafür ihre Tarnung aufgegeben.

Und sie kannte den Klein Süstedter. Und damit auch sicher den großen Unbekannten mit dem Kellerarchiv. Eine äußerst spannende Verbindung. Und vielleicht sogar der Schlüssel zu den Antworten, die ich noch immer so dringend brauchte.

Kapitel 13

Ich hatte mal wieder nicht viel geschlafen, als am Morgen das Telefon schrillte. Die meiste Zeit der Nacht hatte ich damit verbracht, die Dinge, die ich erfahren hatte, in einen brauchbaren und verständlichen Zusammenhang zu bringen.

Es gab ein teuflisches Dreieck mit Sackmann, van Runkel und Enrico Röllke an der Spitze. Zwei waren tot. Genauso wie all jene, die ihnen in die Quere gekommen waren: Die Widerständler Björn-Ole und Moritz sowie die Opfer und Helfershelfer aus den alten Fällen.

Und das alles nur, um Uelzen zu zerschlagen oder in die Bedeutungslosigkeit zu stürzen? Was war so wichtig an dieser verfluchten, kleinen Stadt, dass Menschen bereit waren, ihre Seele und ihr Leben dafür zu verkaufen?

Die Worte Küblers hatten mir noch lange im Kopf herum gespukt. Er hatte davon gesprochen, dass die Landesregierung etwas mit dem teilfusionierten Kreis vorhatte. Aber was? Und wieso reichte dafür nicht Lüchow-Dannenberg aus, wie es jetzt war?

All diese Dinge hatten dafür gesorgt, dass ich kaum Schlaf bekommen hatte.

Und die Gesichter von Florentine Sackmann und Kitty Cordes, die immer wieder aus den Nebelschwaden aufgetaucht waren, und die ich nicht mal in einer guten Flasche Johnny W. ersäufen konnte.

Also geschah es mir ganz recht, dass mein Schädel zu platzen drohte, als mich das Telefon hochschrecken ließ.

Alles fühlte sich an, wie ein gewöhnlicher Montagmorgen.

Und sogar meine Stimme klang danach.

„Holger? Alles in Ordnung?“

Kitty klang ehrlich besorgt. Mir wäre es am liebsten gewesen, sie hätte gar nicht geklungen. Aber auch das passte zu einem Montag.

„Was willst du?“, schnauzte ich so gut es ging.

Ihre Stimme klang fast entschuldigend. „Ich rufe im Auftrag von Rico an.“

„Ah, Rico! Nennen Mitarbeiter in Hannover ihre Bosse jetzt schon beim Kosenamen?“ Ich hasste mich dafür, dass ich so aufbrausend war.

Kitty seufzte. „Ach, Holger. Können wir diese Feindseligkeiten nicht einfach hinter uns lassen? Im Moment mache ich nur meinen Job."

„Genau wie damals. Bei dir ist immer alles nur ein Job, richtig?"

Schweigen. Ich war ein verdammter Idiot.

„Herr Röllke möchte dich sehen. Gleich am Nachmittag unmittelbar nach der Kundgebung."

„Was denn für eine Kundgebung?"

„In der Innenstadt. Ab elf Uhr demonstriert die Bürgerinitiative *Gor-leben statt Gor-sterben* in den Marktstraßen und zieht dann zum Hammersteinplatz. Wir sollen die Strecke sichern. Ab 15 Uhr sind wir wieder im Büro. Herr Röllke sagt, dass es dringend ist. Ich hoffe, du kannst es einrichten."

„Für Rico kriege ich doch alles hin. Wir sehen uns."

Ich legte auf und steckte meinen Schädel unter den Wasserhahn, bevor mich noch so ein Anruf aus der Fassung bringen konnte. Ich war gespannt, was Röllke zu erzählen hatte. Doch im Moment interessierte mich diese Kundgebung sogar fast noch mehr.

Ich zog mir also was Sauberes an und schleppte mich in ein Café für ein Frühstück. Nach der richtigen Dosis Kaffee war ich bereit für das Treiben auf dem Herzogenplatz. Hier formierten sich Urte Kösicz und ihre Mitstreiter bereits. Sören-Malte plärrte Unverständliches in ein Mikrofon und ein paar Arbeitskreise pinselten an den letzten Transparenten herum.

Als die Kösicz mich sah, grinste sie breit und stemmte die Fäuste in die Hüften.

„Hammer, wie schön! Wollen sie sich uns anschließen? Wir können prominente Unterstützung immer gebrauchen."

„Sorry, aber ich bin absolut unpolitisch. Wogegen richtet sich ihr Ärger denn gerade? Im Moment passiert doch gar nichts in Gorleben wegen der Endlagersuche."

„Eben drum. Es gibt eine neue Veränderungssperre für den Salzstock. Das bedeutet, dass im Lager nichts gemacht werden darf, was eine eventuelle spätere Atommüllendlagerung unmöglich machen würde. Die Regierung sagt, das ist, um die Chancengleichheit aufrecht zu erhalten. Was natürlich Blödsinn ist."

„Sondern?"

„Die wollen die bisherigen Vorteile Gorlebens nutzen, um es am Ende doch durchzudrücken, Gleichzeitig protestieren wir dagegen, dass die

Fässer mit Müll immer noch vor sich hin rosten und niemand was für die Sicherheit tut."

„Sie wollen also, dass Gorleben nicht besser dasteht als andere Standorte und gleichzeitig das Lager sicherer für den Müll machen?"

„Unsere Forderung ist, dass Gorleben endgültig aufgegeben wird."

Ich verstand den ganzen Mist nicht. Aber ich wusste, dass Logik und Idealismus nicht gut zusammenpassten. Urte Kösicz sah über meinen Kopf hinweg zu dem Polizeiaufgebot. Da waren mehrere Busse und Mannschaftswagen mit gut gesicherten Beamten. Schutzwesten, Schilde und Helme mit Visieren.

Urte sog die frische Luft tief in ihre Lungen.

„Ich liebe den Geruch von Tränengas am Morgen. Das ist fast wie in der guten, alten Castor-Zeit."

„Vermissen Sie die Atommülltransporte etwa?"

Sie schlug mir lachend auf die Schulter. „Unsinn. Aber ich vermisse die direkte Konfrontation. Der Widerstand ist unpersönlich geworden, nicht mehr greifbar. So viel läuft nur noch über Klagen, Eingebungen, Einsprüche und Stellungnahmen. Aber das hier – das ist echt. Das ist Mann gegen Mann, Gut gegen Böse, David gegen Goliath."

Für mich sah es eher nach Tom gegen Jerry aus, aber ich behielt meine Meinung für mich. Von Röllke war weit und breit nichts zu sehen. Dabei hätte er doch eigentlich in einer schwarzen Limousine von laufenden Bodyguards flankiert durch die Marktstraßen cruisen müssen. Aber vielleicht behielt er das Geschehen auch von einem sicheren Beobachtungsposten aus im Auge.

Es kam Bewegung in die Gruppe und die Parolen von Sören-Malte wurden noch ein bisschen lauter und noch ein bisschen unverständlicher.

Unter dem Geplärre von Trillerpfeifen und Sprechchören startete der Tross die Veerßer Straße hinunter. Ich ging ein Stück mit, bog am Alten Rathaus aber in die Gudesstraße ab, während die anderen die Lüneburger Straße hinunterzogen, um dann über den Schnellenmarkt und die Hutmacherstraße weiter zum Hammersteinplatz zu marschieren. Ich kürzte den Weg also ab und war als Erster auf dem ehemaligen Hauptparkplatz der Innenstadt.

Vor einiger Zeit wäre es noch ein Ding der Unmöglichkeit gewesen, die Fläche für eine Kundgebung abzusperren. Jedenfalls nicht ohne, dass wütende Dauerparker aus den Glas-Containern Müllbarrikaden errichtet hätten. Doch dann hatte sich die Stadt irgendwann entschlossen die goldene Kuh zu melken und den Platz gebührenpflichtig zu machen. Seitdem stellte keiner mehr sein Auto dort ab.

Als ich ankam, war Richtung Ratsteich schon eine Bühne aufgebaut worden und verschiedene Getränkestände. Fehlte eigentlich nur noch das Kinderkarussell.

Sogar ein Clown war da: Ich erkannte die fliederfarbene Krawatte von Enrico Röllke links von der Bühne. Er hatte die Hände in den Manteltaschen vergraben und guckte grimmig, während Kitty neben ihm im kurzen Röckchen von einem Bein aufs andere trat und dabei telefonierte. Ein paar Bullen patrouillierten ebenfalls, doch die Aktivisten blieben ruhig. Noch war kein Publikum in der Nähe, das es zu beeindrucken galt.

Ich zündete mir eine Kippe an und stellte mich zwischen die Container, wobei ich mein Lieblingspärchen beobachtete. Fast wie in alten Zeiten...

Ich versuchte, mir ihre Rolle in diesem Spiel auszumalen. Bei Röllke war es nicht schwer: Er war der Schurke. Aber auch seine Motive verstand ich nicht.

Ich wusste nur, dass sie mit Kitty zu tun hatten.

Cherchez La Femme...

Und meine alte Flamme? Meine Nemesis in Netzstrumpfhosen? Die so unschuldig tat? Und immer wieder beteuerte, dass sie sich geändert habe?

Wie war sie überhaupt ins Ministerium gekommen?

Nein, ich war weit davon entfernt, alle Antworten zu haben.

Meine Kernkraftgegner hingegen waren gar nicht mehr weit entfernt. Ich hörte schon das Trillerpfeifen- und Trommelkonzert, während sich der alternative Karnevalszug durch die Gudesstraße auf uns zuschob.

Ich rückte ein bisschen näher an Kitty und Röllke ran, damit ich auch noch was sehen konnte, wenn es hier voll würde.

Aber sie bemerkten mich nicht.

Waren eben zu sehr mit sich selbst beschäftigt...

„Auf Spurensuche?"

Ich zuckte zusammen und verfluchte mich für meine Unaufmerksamkeit. Die Anwesenheit von Kitty Cordes wurde immer mehr zu einem echten Gesundheitsrisiko für mich.

Neben mir stand meine junge Auftraggeberin und lächelte. Ich hingegen fand ihre Anwesenheit gar nicht witzig.

„Verdammt, Mirabelle, was tun Sie hier?“

„Warum? Ich habe von der Kundgebung gehört und bin hergekommen. Ich wollte die Leute kennenlernen, mit denen Moritz seine Zeit verbracht hat.“

„Ich glaube, Sie verkennen die Lage, meine Liebe. Da hinten steht Staatssekretär Röllke, der höchstwahrscheinlich hinter der Ermordung ihres Bruders steckt. Und gleich taucht auch noch die Bürgerinitiative auf, für die Moritz sterben musste. Mehr Explosivität kann es für Sie nicht geben. Sie sollten auf der Stelle hier verschwinden, bevor die Luft brennt.“

Mirabelle warf trotzig den Kopf in den Nacken. „Ich habe keine Angst.“

„Sollten sie aber. Ihr Bruder wurde zwischen diesen Fronten aufgerieben, vergessen Sie das nicht.“

„Aber ich bin nicht mein Bruder. Ich habe nichts mit den beiden Seiten zu schaffen.“

„Mag sein. Aber wissen DIE das auch?“

Was immer Mirabelle erwiderte, es ging im Konzert der Parolen und Trillerpfeifen unter, das sich vom Ratsteich her auf den Hammersteinplatz zwängte.

Die Demonstranten fächerten auseinander und Sören-Malte stieg mit seinem Megaphon auf die Bühne.

Ich erblickte Urte Kösicz, die mich offenbar auch gesehen hatte. Winkend bahnte sie sich einen Weg durch die Menge, direkt auf mich zu.

„Da sind Sie ja wieder, Hammer. Offenbar kommen Sie nicht von uns los.“

Ich deutete auf Mirabelle und stellte die beiden Frauen einander vor. Ein Schatten legte sich über Urtes Gesicht und sie streckte die Hand aus.

„Freut mich, Sie endlich kennenzulernen, Mirabelle. Wenn auch unter diesen traurigen Umständen. Moritz hat uns allen viel bedeutet und sein Tod ist ein schwerer Verlust für uns.“

Mirabelle nickte. „Danke. Ich weiß, dass ihm seine Arbeit bei Ihnen sehr wichtig war.“

„Vielleicht haben wir ja noch Gelegenheit, uns etwas ausführlicher zu unterhalten.“

Sie wollte sich abwenden, als Rico Röllke neben uns auftauchte. Auf seinen Lippen lag ein abschätzendes Lächeln.

„Ich hoffe, ich störe nicht bei Ihrer konspirativen Unterhaltung?“

Ich grinste ihn unverhohlen an. „Aber nicht doch, Herr Staatssekretär. Wir sind es doch gewohnt, dass das Innenministerium mithört."

Ich sah, wie seine Augen Mirabelle fixierten. Sicher hätte er eine Menge dafür gegeben, in ihren Kopf zu gucken. Auch wenn er dort nichts gefunden hätte, was für ihn von Interesse hätte sein können.

„Sie müssen Frau Gratzki sein."

Mirabelle nickte.

„Mein Beileid zum Verlust Ihres Bruders. Was für ein tragischer und sinnloser Tod."

Niemand von uns sagte etwas, aber die Stimmung war zum Zerreißen gespannt. Ich fragte mich, was Röllke getan hätte, wenn er jetzt mit Mirabelle alleine gewesen wäre. Vorstellen wollte ich es mir lieber nicht.

Es war ausgerechnet Urte Kösicz, die uns aus dem Schweigen erlöste.

„Na, ich geh dann mal zur Bühne. Was ist mit Ihnen, Röllke? Bestimmt wollen Sie mitkommen, um sicher zu gehen, dass ich auf dem Weg dorthin keine Revolution anzettele, nicht wahr?"

Er ließ Mirabelle nicht aus den Augen.

„Hat mich gefreut, Sie kennenzulernen, Frau Gratzki. Wenn ich noch irgendwas für Sie tun kann – Sie finden mich im Polizeikommissariat." Er nickte ihr knapp zu, dann sah er mich an. „Bis später, Hammer. 15 Uhr. Lassen Sie mich nicht warten."

Er verschwand mit Urte Kösicz in der Menge und ich hörte mich selber aufatmen. In Mirabelles Augen stand die Angst.

„Hat er Moritz umgebracht?"

„Ich weiß es nicht. Aber er hatte auf jeden Fall was damit zu tun. Kommen Sie, Mirabelle. Ich bringe Sie jetzt weg von hier. In Sicherheit. Falls es so etwas im Kreis Uelzen noch gibt..."

*

Ich war froh, als ich wusste, dass Mirabelle wieder in einem Taxi nach Tätendorf saß. Ich rief den Nerd an und schärfte ihm ein, dass er das Mädchen unter gar keinen Umständen aus den Augen lassen durfte. Schon gar nicht jetzt, nach der Begegnung mit Röllke. Er hatte sie angesehen, wie ein Tiger, der auf eine Gazelle lauert.

So langsam zeigte der Mann sein wahres Gesicht.

Eine Schönheit war er wirklich nicht.

Aber ein Beweis dafür, dass seine Luft dünner wurde. Der Stick mit den Daten war immer noch verschwunden. Und bestimmt hatte Hannover ihn darüber in Kenntnis gesetzt, dass ich ihm auf der Spur war. Nicht mehr lange, und er würde einen Fehler machen.

Vielleicht schon heute.

Mit dieser Hoffnung steuerte ich am Nachmittag das verwinkelte und abbruchreife Kommissariat in der Lüneburger Straße an. Ich musste nicht mal warten, sondern wurde sofort zu seinem Büro gebracht.

Dort hockte er hinter seinem Schreibtisch. Ohne Jackett, mit hochgekrempelten Ärmeln und geöffnetem Schlips. In der Hand ein Glas mit einer verheißungsvollen goldgelben Flüssigkeit darin. Ich war ehrlich überrascht.

„Sie lassen sich gehen, Herr Staatssekretär."

Er verzog das Gesicht zu einem schiefen Grinsen. „Drauf geschissen, Hammer. Nach diesem Tag habe ich einfach die Schnauze voll. Wollen Sie auch einen?"

Er wartete gar nicht erst meine Antwort ab, sondern schenkte ein zweites Glas ein.

„Wissen Sie was? Manchmal glaube ich, diese ganzen beschissenen Bürgerinitiativen sind nur gegründet worden, um die Landesregierung zu ärgern. Wie lästiges Ungeziefer sitzen Sie einem im Pelz."

„Und darum sind SIE jetzt der Kammerjäger?"

Er starrte mich einen Moment an, dann schob er das Glas über die Tischplatte. Ich nahm es lieber schnell, bevor es noch an meinem Kopf landen konnte.

„Und was ist mit Ihnen, Hammer? Sind Sie auch nur hier, um mich zu ärgern?"

„Sagen Sie es mir. SIE haben MICH doch hierher zitiert."

Er seufzte, stand auf und stellte sich mit dem Rücken zu mir ans Fenster.

„Ich frage mich, wie Sie hier leben können, Hammer. In dieser komischen kleinen Stadt inmitten eines völlig bedeutungslosen Landkreises. Ich jedenfalls will so schnell wie möglich wieder von hier weg."

„Wüsste nicht, wer Sie aufhalten sollte, Röllke. Ich würde Ihnen sogar noch die Baustellen raussuchen, damit es schneller geht."

„Ja, ich weiß, dass Sie mich loswerden wollen, Hammer. Aber so schnell wird das nicht gehen. Erst will ich noch wiederhaben, was mir gehört."

Wie aufs Stichwort ging die Tür auf und Kitty kam mit einem Stapel Kopien herein. Sie sah uns irritiert an, lächelte und ging an Röllkes Seite um den Schreibtisch herum, um die Unterlagen abzulegen.

„Tut mir leid, ich wollte nicht stören. Ich lasse die Herren dann mal alleine."

Röllkes Hand schnellte vor und packte Kittys Arm. Ich musste mich zusammenreißen, um nicht über den Tisch zu springen.

„Nicht doch, Kitty. Bleib bei uns", sagte er mit schmeichelnder Stimme. „Herr Hammer und ich wollten uns gerade über den Unterschied zwischen *mein* und *dein* unterhalten. Ich bin sicher, das wird auch für DICH eine interessante Unterhaltung."

Kitty schluckte. Sie hatte Angst.

Eine Seite von ihrem Boss, die sie noch nicht kannte?

„Glauben Sie mir, Röllke. Ich besitze nichts, was Sie haben wollen würden."

„Ach ja? Sie wissen doch noch gar nicht, worum es geht. Oder können Sie es sich schon denken?"

Er ließ Kitty demonstrativ los.

„Es ist ein USB-Stick", presste er zwischen den geschlossenen Lippen hervor. „Sagt Ihnen das was?"

„Digitales Speichermedium mit begrenzter Kapazität."

Er schob Kitty grob beiseite und kam hinter dem Schreibtisch auf mich zu. Der Scotch musste ihm zu Kopf gestiegen sein.

„Verarschen Sie mich nicht, Hammer. Sie wissen genau, worum es geht. Ich will diesen Stick zurück. Ich weiß, dass Sie ihn von einem Antiatomaktivisten haben."

Ich behielt mein Pokerface, auch wenn die Neuigkeiten durchaus interessant waren. Bisher war ich davon ausgegangen, dass Moritz Gratzki die Daten zusammengestellt hatte. Tatsächlich aber schienen sie von der Landesregierung zu kommen. Eine ganz neue Perspektive. Ich ließ Röllke nicht aus den Augen. Ich wusste, dass der Typ kurz vor der Explosion stand. Dieses Schauspiel wollte ich mir auf keinen Fall entgehen lassen.

„Sie meinen den Aktivisten, der starb, als ich ihn traf? Hatte dieser... Stick vielleicht was damit zu tun?"

Röllke zitterte und ich konnte seinen Atem riechen.

„Was wollen Sie andeuten, Hammer?"

„Ich frage mich nur, wieso der Mann sterben musste. Und woher Sie wussten, dass er einen Stick bei sich hatte."

„Wir haben den Verbleib bis zu ihm zurückverfolgt. Es handelt sich um sensible, geheime Daten aus dem Innenministerium. Leider starb der Mann, bevor wir sie sicherstellen konnten."

„Und wie kommen Sie dabei auf mich? Nur wer dabei war, als er starb, konnte wissen, dass er sich mit mir treffen wollte."

Seine Mundwinkel zuckten. „Falsch. Wir haben seine Sachen durchsucht. Da war auch ein Kalender. Er hatte es sich aufgeschrieben. Und weil wir die Daten nicht bei der Leiche finden konnten, gehen wir davon aus, dass SIE sie haben."

„Falsch kombiniert. Ich habe den Mann getroffen, das ist richtig. Aber er hat mir nichts gegeben. Tut mir leid, dass ich Ihnen nicht weiterhelfen kann."

Röllke streckte seinen Zeigefinger gefährlich dicht unter meine Nase. „Lügen Sie mich nicht an, Hammer. Ich kann Sie für lange Zeit wegen Behinderung der Staatsgewalt in den Knast schicken, wenn Sie nicht die Wahrheit sagen."

Bevor ich ihm meinen rostigen Dolch noch tiefer in die Rippen bohren konnte, sprang Kitty in den Ring.

„Rico, bitte. Ich bin sicher, Holger sagt die Wahrheit."

Er wirbelte herum und stieß sie wütend beiseite. Kitty taumelte und prallte gegen einen Schrank.

„Halt du dich da raus, verstanden?"

Seine Stimme überschlug sich und ich musste mich mächtig zurückhalten, um ihm nicht die Schnauze zu polieren. Aber meine Position war einfach zu gut, als dass ich sie jetzt für Kitty aufs Spiel gesetzt hätte. Stattdessen machte ich mir Röllkes Ausraster zunutze.

„Hören Sie ruhig auf sie, Röllke. Kitty kennt mich ziemlich gut."

Er bebte. Er wurde rot. Er presste die Kiefer zusammen. Aber er musste mich vom Haken lassen. Er hatte rein gar nichts gegen mich in der Hand.

Er schnaufte noch ein paar Mal, dann strich er sein Hemd glatt.

„Wie Sie meinen. Aber dieses Gespräch werden wir fortsetzen."

„Oh, das hoffe ich doch. Und vielleicht unterhalten wir uns dann auch mal über Frank-Rüdiger Sackmann."

Schlagartig wurde er leichenblass und der Kiefer klappte runter.

„Ihrer Reaktion entnehme ich, dass Sie sich noch sehr gut erinnern können. Oder sind es mehr die Treffen in dem Bordell *Rote Lagune*, die Ihnen im Gedächtnis geblieben sind, Röllke?"

„Sie bewegen sich hier auf sehr dünnem Eis, Hammer."

„Meinen Sie? Nun, wenigstens bewege ich mich noch. Ihr Arsch hingegen geht auf Grundeis, Röllke. Sie können also mit dem Versteckspiel aufhören. Ich weiß, dass Sie mit Sackmann an der Zerschlagung Uelzens gearbeitet haben. Eine Marionette im Kreishaus zu bezahlen, ist eine Sache, Röllke. Und in Ihrer Welt wahrscheinlich völlig normal. Sich aber an Brandstiftungen und Morden zu beteiligen, steht auf einem anderen Blatt."

Seine Augen wurden groß und er lachte hysterisch. „Als nächstes wollen Sie mich wahrscheinlich noch für die Präsidentschaftswahl in Amerika verantwortlich machen."

„Nein, dazu sind Sie nicht clever genug. Aber dafür bin ich mir sicher, dass Sie mit den *Freunden der Uhl* unter einer Decke steckten. Ich habe zwar noch keine Beweise, aber die Woche hat ja auch gerade erst angefangen, richtig?"

„Ich warne Sie, Hammer, wenn..."

„Ich wüsste nicht, wovor Sie mich warnen sollten, Röllke. Etwa vor der Wahrheit? Denn die ist die einzige, die Ihnen gefährlich werden kann."

Er zitterte und Schweiß glänzte auf seiner Stirn.

Ich stand vor einer Entscheidung. Ich könnte weiter bohren, und riskieren ihn zu verlieren. Oder ich ließ ihn jetzt mit seiner Angst allein, bis er von selbst einknickte. In jedem Fall wäre Kitty der Blitzableiter. Aber warum eigentlich nicht? So konnte sie sehen, wie der Kerl wirklich war und mir vielleicht doch noch nützlich werden.

Warum sollte ich sie besser behandeln als sie mich?

Mein Telefon nahm mir die Entscheidung ab.

Röllke erschrak noch mehr als ich.

„Entschuldigen Sie mich bitte, aber ich muss ungestört telefonieren. Kitty? Ich ruf dich an."

Ich verließ das Büro wieder und sah auf dem Display, dass es der Nerd war.

Ich wartete noch, bis ich weit genug von Röllkes Büro weg war.

„Was gibt's?"

„Eigentlich nichts. Ich wollte nur sagen, dass Mirabelle wieder heile angekommen ist. Tut mir leid, dass sie abgehauen war. Ich konnte es nicht verhindern. Du weißt ja, ich verlasse die Scheune aus Prinzip nicht."

„Kein Problem. Aber passt auf euch auf. In der nächsten Zeit ist es wahrscheinlich besser, wenn ihr beide im Haus bleibt."

„Verdammt, ich wusste doch, dass wir in Gefahr sind! Scheiße, Hammer, diese Scheune war das beste Versteck der Welt. Und jetzt hast du es kompromittiert, indem du Mirabelle hergebracht hast."

„Schluss mit der Schnappatmung, Nerd. Ich passe schon auf euch auf. Und wenn alles gut geht, wird am Ende auch keiner übrigbleiben, der euch was tun kann."

Seine Stimme überschlug sich. „Wenn alles gut geht? Was soll das denn nun schon wieder heißen?"

„Reg dich ab. In ein paar Tagen ist alles vorbei. Versprochen."

Ich beendete das Gespräch, bevor er noch anfangen konnte zu weinen.

Mittlerweile hatte ich das Polizeigebäude wieder verlassen und zündete mir erstmal eine Zigarette an. Natürlich hatte ich auch den Nerd beruhigen wollen. Aber ich war tatsächlich davon überzeugt, dass die ganze Geschichte bald zu Ende sein würde.

Enrico Röllke verlor die Nerven. Entweder würde ihn Hannover aus dem Verkehr ziehen oder ich. Ich sah noch einmal die brüchige Fassade hinauf und fragte mich, wie es wohl Kitty gerade ging. Ich wollte jetzt nicht in ihrer Haut stecken. Doch ich durfte auch nicht an sie denken. Der Stein war endlich ins Rollen geraten und ich musste dafür sorgen, dass er das Tal erreichte. Hier gab es für mich im Moment nichts mehr zu tun.

Aber ein Sprichwort sagt, wenn sich eine Tür schließt, geht irgendwo ein Fenster auf. Dieses Fenster gehörte zum Büro von Bordellchefin Bärbel Blue, die sich jetzt Gabi Green nannte. Und auch wenn mir der Gedanke ein bisschen Unbehagen bereitete, war ich entschlossen durch dieses Fenster einzusteigen – ungeachtet der Überraschungen, die mich dahinter noch erwarten würden...

Kapitel 14

Nachdem ich mich ausgeschlafen hatte, war ich mehr als bereit, einen weiteren Nagel in den Sarg von Staatssekretär Enrico Röllke zu schlagen. Und den holte ich mir nicht aus dem Baumarkt, sondern aus dem Edelbordell *Die Lila Laterne* in Bad Bevensen.

Die gepflegte Villa im Jugendstil lag außerhalb der Stadt am Waldrand, Richtung Medingen. Sie war von einem kleinen parkähnlichen Garten mit hohen Bäumen und einem Gitterzaun umgeben. In der Einfahrt standen mehrere teure Wagen und ein Kleinbus. Vermutlich der Shuttle Service, was in einer Stadt wie Bad Bevensen keine dumme Idee war.

Ein feudales, kleines Unternehmen. Für eine Frau, die erst vor Kurzem gestorben war, eine beachtliche Leistung. Ihre Kontakte mussten besser sein, als ich mir hätte vorstellen können. Es war sicher nicht nur spannend, zu wissen, wer hier ein und aus ging, sondern bestimmt auch äußerst nützlich...

Das hatte sich auch Bärbel Blue, auch bekannt als Gabi Green, gedacht. Die schlanken, unauffälligen Kameras waren für das ungeübte Auge so gut wie unsichtbar. Aber ich entdeckte sie sofort. Schließlich wusste ich, worauf ich achten musste...

Es war noch später Vormittag als ich ankam. Daher rechnete ich nicht mit viel Betrieb.

Nachdem der melodische Gong im Haus erklungen war, dauerte es auch gar nicht lange, bis mir eine leicht bekleidete Osteuropäerin in einem knappen Seiden-Bademantel die Tür öffnete und sich mit verführerischem Lächeln im Rahmen räkelte.

„Hallo, mein Hübscher. Lust auf ein zweites Frühstück?"

„Ich hatte nicht mal ein erstes. Nein, ich will zur Chefin – Bär... Gabi Green."

Das Lächeln wurde eine Spur kühler. „Sie ist beschäftigt. Und wenn es um GEZ oder Steuern geht, dann..."

Ich hielt ihr meine Karte hin. „Geht es nicht. Ich glaube, sie erwartet mich. Es wäre also nett, wenn Sie mal nachsehen könnten, WIE beschäftigt sie tatsächlich ist."

Ich durfte die geräumige Halle mit den zahlreichen Säulen und Aktgemälden betreten. Ich ließ mich auf einem schmalen Sofa mit Goldbeinen nieder, während die halbnackte Empfangsdame mit wiegenden Hüften die geschwungene Treppe in den ersten Stock hinaufstolzierte und auf der angrenzenden Galerie verschwand.

Ich hätte mir zu gerne eine Selbstgedrehte angesteckt, aber ich beherrschte mich. Irgendwie schien profaner Zigarettenrauch nicht hierher zu gehören. Ich kam mir ja schon selber reichlich deplatziert vor in meinem alten Trench. Gott sei Dank dauerte es nicht lange, bis meine hübsche Türsteherin wieder auftauchte. Aber diesmal machte sie sich nicht die Mühe, wieder runter zu kommen. Oder zu lächeln.

„Kommse rauf", rief sie einfach nur und hatte ihren osteuropäischen Akzent gegen einen rheinländischen ausgetauscht. Sie hatte wohl gesehen, dass ich die Maskerade nicht wert war. Als ich die Galerie erreichte, deutete sie nur mit dem Kopf nach rechts. Die weiße Tür am Ende des Ganges stand offen.

Dahinter lag das Büro von Bärbel Blue. Mit reichlich Stuck und hohen Fenstern. Sie selbst saß hinter einem opulenten, reich verzierten und ebenfalls weißen Schreibtisch.

Ich pfiff anerkennend.

„Dagegen war die Behausung von Madame Pompadour wahrscheinlich eine Sozialwohnung."

„Sie war ja auch nicht so erfolgreich wie ich."

Bärbel Blue stand hinter der Tischplatte, gekleidet in ein elegantes, graues Kostüm, das mehr nach Frankfurter Börse aussah. Noch eine Überraschung.

Sie musste meinen Blick bemerkt haben, breitete die Arme aus und drehte sich um ihre eigene Achse. „Na, was sagen Sie, Hammer? Der neue Business-Look. Ich habe mich vollständig auf Administration und Logistik verlegt. Wir alle werden ja älter."

„Sie verstehen es wirklich, sich neu zu erfinden."

Sie wies auf einen Stuhl vor dem Schreibtisch. „Ich nehme das als Kompliment. Na los, setzen Sie sich, Hammer. Endlich ein Lächeln mit echten Zähnen. Sie glauben gar nicht, wie sehr Sie den Altersdurchschnitt hier drücken..."

Ich nahm auf dem gepolsterten Stuhl Platz und ließ mir einen Drink einschenken. „Beschweren Sie sich nicht. War doch Ihre Entscheidung, nach Bevensen zu gehen."

„Ich beschwere mich gar nicht. Sie glauben gar nicht, was ich alles spare, seit ich sämtliches Sex-Spielzeug in Sanitätshäusern kaufen kann."

Wir stießen an, auch wenn es sich komisch anfühlte. Zum einen konnte ich mich immer noch nicht an den Gedanken gewöhnen, dass sie noch am Leben war.

Und zum anderen schien ihre Rolle gänzlich anders zu sein, als ich gedacht hatte. Wer war diese Frau also wirklich?

Sie lehnte sich zurück, die Beine übereinandergeschlagen und musterte mich über den Rand ihres Glases hinweg.

„Sie haben sich gar nicht verändert seit unserer letzten Begegnung, Hammer."

„Sie schon. Ist eine Menge passiert. Hätte niemals damit gerechnet, Sie wiederzusehen."

Sie zuckte mit den Schultern. „Ich hatte eben Glück."

Ich konnte mir ein Lachen nicht verkneifen. „Glück? Nein, das war wohl deutlich mehr. Was ist Ihr Geheimnis, Bärbel? Oder Gabi..."

„Sehen Sie sich um, Hammer. Ich kenne eine Menge Leute. Und ich kann Geheimnisse bewahren. Darum bin ich immer noch am Leben. Im Vergleich zu Typen wie Canasta-Klaus. Lassen wir es einfach dabei bewenden."

„Na schön. Dann verraten Sie mir wenigstens, weshalb ich hier bin. Um was geht es?"

„Um die *Freunde der Uhl*. Sie erinnern sich? Sie haben den Laden immerhin hochgehen lassen."

„Ich erinnere mich klar und deutlich. Und wissen Sie was? Mein jetziger Fall hat mein Gedächtnis sogar noch aufgefrischt. Aber ich bin mir fast sicher, dass das nichts Neues für Sie ist."

Sie lehnte sich zurück und lächelte wissend. „Natürlich nicht. Die Vergangenheit holt jeden irgendwann mal ein. Und Sie haben damals ja auch nicht alle Eulen-Freunde erwischt. Mindestens einer ist davongekommen."

„Sowas habe ich mir fast gedacht."

„Ich hatte ihn auch eigentlich schon vergessen. Er war nur ein einziges Mal bei den Treffen mit dabei. Ein hohes Tier. Aus Hannover glaube ich. Er hat die *Freunde der Uhl* unterstützt. Nicht nur bei der Gründung dieses Verschwörer-Clubs. Auch bei der Finanzierung. Sprengstoff ist teuer."

Instinktiv zückte ich Röllkes Foto und hielt es Bärbel Blue unter die Nase. Sie wirkte fast ein bisschen enttäuscht.

„Oh, Sie kennen ihn schon."

„Allerdings. Ich brauchte nur noch einen Beweis."

„Für den werde ich wohl kaum gut sein. Diese Information ist bestenfalls... inoffiziell. Sie wissen, wer der Typ ist?"

„Ärger im Anzug."

„Trifft es ziemlich gut. Damit wäre meine Aufgabe erfüllt."

„Welche Aufgabe denn?"

„Sie mit Informationen zu versorgen. Ein gemeinsamer Freund meinte, es könnte nützlich sein, wenn Sie die Verbindungen zwischen Hannover und den *Freunden der Uhl* kennen. Sie wissen, wen ich meine?"

„Den Mann im Wald."

„Sie sind immer noch ein Genie im Kombinieren, Hammer."

Sie zückte ein Kärtchen aus ihrer Kostümtasche. „Hier ist noch ein kleines Geschenk für Sie."

Auf dem festen Stück Papier stand nur eine Telefonnummer. In schön geschwungener, eleganter Schrift.

„Eine Hostess für einsame Stunden?"

„Ein Informant für schwierige Fragen. Das ist die Nummer des Klein Süstedters. Sie können ihn benutzen. Er hilft Ihnen."

„Die letzten Male, als er mir geholfen hat, war ich für mehrere Stunden bewusstlos."

„Nun, dann wissen Sie ja jetzt, wie gut er in seinem Job ist. Er hat Anweisungen, Ihnen zu helfen, wann immer Sie es für nötig halten. Er ist Ihr Joker."

Ich winkte mit der Karte.

„Auch wenn ich nicht glaube, dass ich ihn einsetzen werde: Vielen Dank."

Ich leerte mein Glas und stand auf.

„Viel Glück, Hammer – und vergessen Sie dieses Treffen am besten ganz schnell wieder."

Ich grinste. „Ich werde sehen, was sich machen lässt. Aber versprechen kann ich nichts."

Als ich das Büro wieder verließ, war niemand da, der mich zur Tür brachte. Aber so schwer war es auch nicht, den Weg zu finden.

Ich hatte genau das bekommen, was ich wollte.

Ein besseres Kompliment hätte ich einem Etablissement wie dem von Bärbel Blue gar nicht machen können. Sie hatte mir den letzten Puzzlestein geliefert.

Der Kreis hatte sich geschlossen: Röllke – Sackmann – van Runkel.

Alles was der saubere Herr Staatssekretär in den letzten Jahren getan hatte, war gegen Uelzen gerichtet: Erst die geplante Zerschlagung des Landkreises, dann die Zerstörung der städtischen Wirtschaft durch den Erhalt des etablierten Einzelhandels. Aber was hatte Röllke gegen Uelzen? Und woher zum Teufel sollte ich Beweise für diese Verschwörung bekommen? Im Moment fiel mir nur eine einzige Person ein, die mir helfen könnte. Und so sehr ich mich auch dagegen wehrte, es führte kein Weg an ihr vorbei: Meine alte Feindin und Ex-Geliebte Kitty Cordes...

*

Die Sonne über Uelzen ging bereits wieder unter, als ich mich der Wohnung von Kitty in der Achterstraße näherte.

Den Rest des Tages hatte ich am Schreibtisch verbracht und versucht, mir ein schlüssiges Bild zu machen. Am liebsten hätte ich Kitty nie wiedergesehen, doch wenn ich den Fall lösen wollte, musste ich mit ihr zusammenarbeiten.

Mit ihr allein sein...

Ich zitterte, als ich vor der Tür stand. Vielleicht hatte ich ja Glück und sie war gar nicht zu Hause. Ich drückte hastig den Klingelknopf und wandte mich schon wieder um, als ich den Summer hörte. Im Treppenhaus roch es feucht und muffig. Sie hatte eine kleine Wohnung im ersten Stock und erwartete mich an der Tür.

Mit nassen Haaren, die ihr ins Gesicht hingen und im Bademantel.

Ihr freies Auge leuchtete.

„Holger, na so was... Ich habe gerade geduscht und bin noch... ganz nass... Komm doch rein..."

„Ich habe keine Zeit für Geplänkel oder Blicke auf deinen durchsichtigen, weißen Bademantel aus Satin. Ich bin hier, um über deinen Boss zu reden."

Sie ließ mich in die Wohnung und ich ging durch den schmalen, dunklen Korridor in ein ebenso kleines Wohnzimmer mit Schlafcouch, Röhrenfernseher und Nachtspeicherofen.

„Tut mir leid“, hörte ich Kittys Stimme hinter mir. „Ich weiß, es ist nicht gerade komfortabel. Aber die Spesen des Innenministeriums geben nicht viel her. Ich habe es möbliert gemietet. Ist ja wahrscheinlich eh nicht für lange.“

„Oh, packt Rico wieder seine Sachen?“

„Vielleicht hat er das sogar schon. Ich weiß es nicht. Er war heute nicht im Büro.“

Ich drehte mich um und war sofort ganz Ohr. „Na, so was! Er wird doch nicht etwa krank sein?“

Sie schob sich eine Haarsträhne aus dem Gesicht und senkte sofort den Blick. Aber der Schatten war mir nicht entgangen. Mit zwei Schritten war ich bei Kitty und hob ihr Kinn hoch. Das Veilchen war dick und violett.

Sie schluckte nur.

Sie musste auch gar nichts sagen. Wir wussten beide, woher es kam. Und ich spürte die Wut in mir aufsteigen. Doch sie richtete sich nicht allein gegen Röllke. Ich trug an dem blauen Auge mindestens genauso viel Schuld.

„Dieses verfluchte Schwein. Es tut mir leid, Kitty.“

Sie wandte sich schnell ab und zog eine Zigarette aus der Packung auf dem gekachelten Couchtisch.

„Ist schon gut. Ich weiß, dass du Rico provozieren wolltest. Es ist dir gelungen.“

„Aber ich wollte nicht, dass er...“

Sie lächelte schwach. „Ich sagte doch, Holger: Es ist schon gut. Er war so wütend, als du aus dem Büro verschwunden warst, er musste sich wohl abreagieren. So habe ich ihn noch nie gesehen...“

„Und leider gibt es noch mehr Seiten an „Rico“, die du nicht kennst. Der saubere Herr Staatssekretär war an zwei der größten Verschwörungen der letzten Jahre in diesem Landkreis beteiligt. Und ich muss wissen, was in diesen Unterlagen stand, die auf dem Daten-Stick waren.“

Sie sah mich fragend an. „Unterlagen? Dann kanntest du doch den Inhalt des Sticks?“

„Ja, ich war in seinem Besitz. Und ich war auch dabei, als der Mann, der ihn mir gegeben hatte, ermordet wurde. Also, ich frage dich noch mal: Was waren das für Daten, für die zwei Menschen ihr Leben lassen mussten?"

Sie senkte den Blick. Ich hatte sie.

„Ich weiß es wirklich nicht, Holger. Nur, dass sie etwas mit der Zukunft Uelzens zu tun hatten. Rico hat mir nie etwas darüber erzählt. Auch nicht darüber, warum wir hier sind."

Aus irgendeinem Grund glaubte ich ihr sogar. Und dennoch blieb Kitty weiterhin der Schlüssel zu allem.

Ich ließ mich auf das durchgesessene Sofa fallen.

„Wie genau bist du eigentlich zum Innenministerium gekommen?"

Sie lachte leise und setzte sich auf die Lehne eines Sessels. „Das Ministerium ist zu MIR gekommen. Es war vor ungefähr einem Jahr. Sie haben mich über das Profil eines Online-Netzwerks gefunden und geschrieben, ob ich mir nicht vorstellen könnte, in vertrauensvoller Position in der Regierung zu arbeiten. Sie suchten eine persönliche Mitarbeiterin für einen Staatssekretär."

„Vor einem Jahr sagst du?"

Schulterzucken. „Ja, so ungefähr."

Ein Jahr war es jetzt auch her, dass ich die *Freunde der Uhl* und Ludger van Runkel zu Fall gebracht hatte. Ich bin kein Typ, der sich allzu wichtig nimmt. Aber Kittys Rekrutierung fiel genau in die Zeit, in der ich Röllke zum zweiten Mal ans Bein gepisst hatte. Ich hatte von Anfang an das Gefühl gehabt, dass Kittys Auftauchen hier kein Zufall war. Sie mussten sie gezielt ausfindig gemacht haben, um mich beim nächsten Coup abzulenken oder sogar auszuschalten. Typen wie die kamen an jede Information heran.

Ich spürte Kittys Blick auf mir. Sie schien mir in den Kopf zu gucken. Genau wie früher...

„Du glaubst, sie haben mich nur benutzt, um an dich heranzukommen?"

„Der Schluss liegt nahe. Wie gesagt, Dein Boss steht im Zentrum der zwei größten Verschwörungen der letzten Jahren, die miteinander zu tun haben. Beide Male konnte ich das Schlimmste verhindern. Ich war auf jeden Fall auf seinem Radar. Er brauchte eine Waffe gegen mich. Da hat er sich... die wirkungsvollste ausgesucht."

In ihre Augen trat schon wieder dieses Funkeln. Ich hasste es.

„Ist es wirklich so, Holger? Habe ich noch immer diese Wirkung auf dich?“

Ich sprang ein bisschen zu schnell von ihrem Sofa hoch und begann durch den Raum zu tigern. „Quatsch. Aber das wissen die ja nicht. Die haben unsere Vergangenheit durchleuchtet. Das ist wahrscheinlich alles.“

Ich hörte sie seufzen. „Ich wusste nichts davon, Holger. Das musst du mir glauben. Ich hatte ja nicht mal eine Ahnung, dass du noch immer in Uelzen bist. Ich war mir sicher, dass du nach damals...“

„Glaub mir, das wollte ich auch. Aber die Dinge haben sich nun mal... anders entwickelt.“

„Das sehe ich. Aber Privatdetektiv passt zu dir.“

„Findest du? Heute liefere ich die Schurken ans Messer.“

„Mit Schurken meinst du sicher mich...“

„Wem der Schuh passt.“

Sie stand auf, kam auf mich zu. Ein bisschen zu nahe.

„Als wir in Uelzen ankamen, wurden all die alten Erinnerungen wieder wach. Und als ich dich gesehen habe, Holger... da war... es war wie früher...“

Auf der Liste von Sätzen, die ich nie wieder hören wollte, stand DER ganz schön weit oben.

„Nein, nichts ist wie früher, Kitty. Weder du noch ich.“

Ich konnte ihre nasse Haut riechen und ihren Atem auf meiner Haut spüren.

Langsam legten sich ihre Arme um meinen Hals wie zwei kalte, glatte Würgeschlangen. Und doch konnte ich mich nicht von ihnen befreien.

„Bitte, sag so was nicht, Holger. Ich war damals in den falschen Kreisen. Du hast Conny Göpelmann doch selbst kennengelernt. Und die Dinge zu denen er fähig war.“

„Das stimmt. Und ich habe die Dinge gesehen, zu denen DU fähig warst.“

„Ich weiß, dass ich viel falsch gemacht habe. Aber ich habe mich geändert. Ich würde es dir gerne beweisen... wenn du mir eine Chance gibst.“

Ihre Lippen berührten meine und ich war nicht in der Lage es zu verhindern.

Eine Ewigkeit schien vergangen zu sein, bis ich die Kraft fand, sie von mir zu schieben. „Nun, ich habe mich nicht geändert, Kitty. Ich jage die Schurken. Und dein Boss ist einer davon.“

Sie drehte sich um und schlang ihre Arme um ihre Schultern.

„Aber ich kann dir nicht helfen, Holger. Ich weiß doch gar nichts.“

Meine Kiefer schmerzten vom Zusammenpressen. Ich spürte noch immer den Kuss.

Und die Wut auf Kitty.

Und die Angst um sie.

Aber ich brauchte sie.

„Irgendetwas MUSST du wissen, Kitty.“ Ich fasste ihre Schultern und spürte, wie sie unter der Berührung erzitterte.

Benutzte ich sie wirklich nur?

„Sollen noch mehr Menschen sterben? Du hast mal zu mir gesagt, dass du das Richtige tun willst, Kitty. Jetzt wäre der beste Zeitpunkt dafür.“

Sie schluchzte leise. „Diese Daten auf dem Stick... Ich bin sicher, dass Rico eine Kopie hat.“

Es war ein Reflex, dass ich sie heftig zu mir umdrehte und festhielt.

„Was? Wieso will er sie dann wiederhaben?“

„Weil sie nicht in falsche Hände geraten dürfen. Gestern, als du weg warst, habe ich versucht, mehr über die Sache in Erfahrung zu bringen. Ich habe ihn gefragt, was denn so wichtig an den Unterlagen sei. Ob er die Informationen nicht noch woanders herbekommen könnte. Er meinte, dass es gar nicht darum ginge. Dass die Unterlagen noch existieren würden. Aber niemand dürfe sie in die Finger bekommen. Er hat geflucht, auch über sich selbst. Dass er so dumm gewesen war, eine Kopie davon zu machen.“

„Aber wieso hat er sie dann gemacht?“

„Das weiß ich nicht. Ich weiß gar nichts, was ihn angeht. Er ist wie ein Fremder für mich. Seit... seit gestern.“

„Dabei habt ihr doch so... vertraut gewirkt.“

Ich hatte das nicht sagen wollen. Es war einfach so passiert. Wie immer irgendwas passiert, wenn Kitty in der Nähe ist.

Ihre Augen wurden groß. „Glaubst du etwa, zwischen uns wäre was gelaufen? Holger, bitte, das stimmt nicht. Du kannst viel von mir denken und mir vieles vorwerfen, aber das ist nicht wahr. Zwischen Enrico und mir ist nie...“

Ich legte einen Finger auf ihre Lippen. „Hör schon auf. Es ist mir egal."

„Ist es das wirklich?"

Sie sah mich viel zu lange an.

„Das alles spielt keine Rolle. Ich muss irgendwie an diese Daten herankommen. Dieser Stick war der Schlüssel zu allem. Er erklärt, wieso Röllke den ganzen Zauber hier in Uelzen veranstaltet hat. Und höchstwahrscheinlich ist er auch der Grund, weshalb Moritz Gratzki sterben musste. Wo kann Röllke die Unterlagen haben? Im Büro?"

Kitty überlegte kurz, dann schüttelte sie den Kopf. „Dann schon eher in seiner Wohnung."

„Und wo ist die?"

Sie sah mich an. In ihren Augen tobte ein Kampf.

„Warte hier."

Sie verschwand und ich war froh, dass ich einen Moment alleine war. Mit zitternden und feuchten Fingern zündete ich mir eine Zigarette an. Ich konnte keinen klaren Gedanken fassen. Nicht wenn es um Kitty ging. Also konzentrierte ich mich auf das, was jetzt wirklich wichtig war. Die Unterlagen.

Ich zuckte zusammen, als ich die Bewegung im Türrahmen sah. Kitty war schon wieder da. Angezogen und mit einer Jacke über dem Arm.

„Was ist los?"

„Ich bringe dich zu Ricos Wohnung."

In der ausgestreckten Hand hielt sie einen Schlüssel.

„Bevor du etwas sagst, Holger: Ich habe ihn noch nie benutzt. Heute wird das erste Mal sein. Und ich tue es nur für dich."

Wir verließen ihre Wohnung und gingen schweigend zu meinem Wagen, den ich in der Ringstraße stehen hatte.

Gemeinsam machten wir uns auf den Weg.

Und während ich hoffte, meinen Wagen zu den Antworten zu lenken, reisten meine Gedanken einmal mehr zurück in die Vergangenheit.

Kapitel 15

Vergangenheit

Mit einer Leiche auf dem Boden und einer schluchzenden Frau im Arm stand ich im Wohnzimmer des Einfamilienhauses in Molzen und hatte nicht den blassesten Schimmer, was ich jetzt machen sollte. Mein Instinkt sagte nur ein einziges Wort: Flucht. Doch damit meinte ich nicht mich. Nein, ich wollte Kitty in Sicherheit bringen. Der Rest schien keine Rolle zu spielen.

Ich spürte, wie sie sich ängstlich und zitternd an meinen Ärmel klammerte. Und ich hörte ihr Schluchzen.

„Oh Holger, was soll ich denn jetzt nur machen?"

Ich sah ihr fest in die Augen. Für mich gab es darauf nur eine einzige Antwort.

„Du musst von hier verschwinden, bevor die Polizei auftaucht."

„Was? Aber wieso? Ich meine, ich kann doch nicht einfach..."

Ich packte ihre Schultern.

„Tu jetzt, was ich dir sage. Ich werde nicht zulassen, dass du wegen dieses Schweins ins Gefängnis gehst."

Sie schüttelte fassungslos den Kopf. „Aber was hast du denn jetzt vor, Holger?"

„Das weiß ich noch nicht. Aber du musst jetzt gehen."

„Wo soll ich denn hin?"

„Keine Ahnung. Schlag dich irgendwie zurück nach Hamborg durch. Mach schon!"

Ich schob sie zur Terrassentür, als ein Geräusch uns lähmte. Ich kannte es nur zu gut. Schließlich hatte ich es oft genug in meinem Leben gehört – das nervenzerfetzende Dröhnen sich nähernder Polizeisirenen...

Kitty wehrte sich. Ich musste sie förmlich durch die offene Terrassentür schieben, damit sie ging. Erst als sie zwischen den Hecken und Sträuchern verschwunden war, machte ich mir Gedanken darüber, wie es jetzt weitergehen sollte. Ich packte ihre Waffe, wischte die Fingerabdrücke weg und warf ein paar Sachen im Wohnzimmer um, damit es nach einem Kampf aussah. Natürlich fasste ich nichts an. Und kaum war die letzte Vase zu Bruch gegangen, flog auch schon die Tür auf und ein Typ im Trenchcoat flankiert von zwei Uniformierten stand vor mir.

Sein Kopf war hochrot, das runde Gesicht angespannt. Um seinen Schädel lag ein schmaler Haarkranz. Breitbeinig stand er in der Tür, die Waffe im Anschlag und bellte mich an.

„Keine Bewegung! Und die Hände dahin, wo ich sie sehen kann!"

Brav hob ich die Arme und spielte den Erleichterten.

„Herr Wachtmeister! Gott sei Dank sind Sie endlich da!"

Er stapfte wütend auf mich zu und blieb dicht vor mir stehen.

„Ich bin kein beschissener Wachtmeister, Sie Hirni! Mein Name ist Walter Wolter. KOMMISSAR Walter Wolter von der Polizei Uelzen."

„Äh... ja, trotzdem gut, dass sie hier sind. Ich glaube, der Mann dort wurde umgebracht."

Wolter warf einen Blick über meine Schulter auf die Leiche am Boden.

„Das sehe ich auch. Und ich sehe, dass es Gerald Schlattner ist. Kulturdezernent der Stadt. Aber wer zum Teufel sind SIE?"

„Mein Name ist Holger Hammer. Ich arbeite für Konrad Göpelmann. Die beiden verhandeln wegen eines ziemlich großen kulturellen Coups in Uelzen. Schlattner hatte mich angerufen, ich sollte ihm Unterlagen bringen. Ich hatte gerade meinen Wagen abgestellt, als ich einen Schuss hörte. Ich habe geklingelt und als niemand aufmachte, brach ich die Tür auf. Ich habe Schlattner genauso gefunden. Ich wollte Sie auch gerade anrufen, aber jemand muss mir zuvorgekommen sein..."

Die kleinen Schweinsaugen des Bullen schienen mich durchbohren zu wollen. Seine Lippen verzogen sich zu einem schiefen Grinsen.

„Schöne Geschichte, Hammer. Aber ich schlage vor, wir setzen unsere Unterhaltung auf dem Revier fort."

Eine Einladung, auf die ich gerne verzichtet hätte. Eigentlich dachte ich, dass die Bullen in Uelzen vielleicht dankbar für eine einfache Lösung wären – wo Mord doch sicher etwas war, womit sie nicht allzu oft zu tun hatten.

„Muss das denn sein? Ich habe wirklich noch einiges zu tun..."

Er packte mich am Arm und zerrte mich zur Tür.

„Das einzige, was Sie jetzt zu tun haben, ist mir ein paar plausible Antworten zu liefern. Los jetzt, mitkommen. Sonst werde ich noch RICHTIG ungemütlich."

*

Ich schätze, es gibt nur wenige Dinge, die schlimmer sind als eine Nacht auf dem Polizeirevier Uelzen. Doch genau die hatte ich hinter mir, als der seltsame Bulle namens Walter Wolter endlich einsah, dass er keine stichhaltigen Beweise gegen mich in der Hand hatte, um mir den Mord an Kulturdezernent Schlattner nachzuweisen. Es blieb ihm also schließlich nichts anderes übrig, als mich gehen zu lassen.

Bis dahin war ich schon ziemlich im Arsch. Und was noch schlimmer war: Ich hatte keine Kippen mehr.

Der massige Wolter zog mich vom Verhörstuhl hoch und schleifte mich Richtung Tür.

„Also schön, Hammer. Sie können verschwinden. Aber diese Sache ist erst erledigt, wenn sie vorbei ist. Mit anderen Worten: Das hier ist nicht das Ende."

Ich schaffte noch ein müdes Lächeln.

„Ist das Ihre Art, um ein zweites Date zu bitten?"

„Es ist meine Art, Ihnen klar zu machen, dass Ihr Arsch in Uelzen bleibt, bis ich ihn selber mit einem Tritt aus dem Landkreis befördere."

„Ich merke schon, ihr seid ein richtig liebenswertes Völkchen hier."

„Ihre große Klappe wird Ihnen noch vergehen. Ich kenne Typen, wie Sie, Hammer: Söldner, Schläger, Tagelöhner und Tunichtgute."

„Ja, ich wette, davon gibt es hier eine Menge."

„Ich werde Sie im Auge behalten."

„Dann passen Sie mal auf, dass Sie sich keine Bindehautentzündung holen. Wir sehen uns – Herr Wachtmeister."

„Worauf Sie ihren Arsch verwetten können."

Ich verließ das Büro in Begleitung eines Uniformierten. Anders ist es für einen Ortsfremden übrigens auch gar nicht möglich aus den verwinkelten Anbauten rauszukommen. Ich streckte mich und sah mich auf dem Parkplatz hinter dem Kommissariat um. Ich hatte mich schon darauf eingestellt, acht bis neun Stunden auf einen Bus warten zu müssen, als ich die Limousine entdeckte, die hier so gar nichts zu suchen hatte.

Noch überraschter war ich allerdings, als die Fahrertür aufging und ich ein bekanntes Gesicht sah. Kurz darauf wurde mir die Tür zum Fond aufgehalten. Mein Chauffeur grinste mir breit entgegen.

„Siehst so aus, als könntest du eine Mitfahrgelegenheit gebrauchen, Hammer."

„Marvin! Was machst du hier?"

„Göpelmann hat mich geschickt, um dich abzuholen. Los, steig ein."

Das ließ ich mir nach der letzten Nacht nicht zweimal sagen. Ich fiel auf die weichen Ledersitze. Auf dem kleinen ausklappbaren Tischchen an Marvins Rückenlehne lag eine Packung Zigaretten. Daneben stand eine Flasche Scotch.

Meine Henkersmahlzeit?

Ich hatte keine Ahnung, was in den letzten 24 Stunden passiert war.

Wo steckte Kitty?

Was wusste Göpelmann und wie reagierte er? Eine Menge Unbekannte in der Gleichung. Und so sehr das Söldner-Frühstück mich auch lockte – ich ließ es erst mal liegen, bis ich wusste, woran ich hier war.

Marvin fuhr an und rollte auf die Lüneburger Straße. Sein Blick traf mich im Rückspiegel.

„Warst die ganze Nacht auf dem Revier, was?"

„War fast wie Urlaub."

„Ich habe gehört, was passiert ist. Was hast du den Bullen gesagt?"

Darum ging es also: Marvin sollte rausfinden, ob ich irgendwen verpfiffen hatte. Wahrscheinlich hing unsere Route nicht unwesentlich von meinen Antworten ab.

Aber ich hatte schließlich nur deshalb bis hierhin überlebt, weil ich ein passabler Pokerspieler war.

„Dass ich für Göpelmann arbeite und den Mittelsmann beim Musicaldeal abgeben sollte. Dachte mir, ein bisschen Wahrheit könnte nichts schaden."

„Was noch?"

„Nur, dass Schlattner mich angerufen und zu sich bestellt hat. Als ich ankam, war er bereits tot. Die Bullen haben die Mordwaffe, aber keine Fingerabdrücke."

Marvin nickte. Das hörte er offenbar gerne.

„Dann hast du Kitty tatsächlich aus der Sache rausgehalten. Du hast meiner Schwester damit das Leben gerettet. Das werde ich dir nicht vergessen, Hammer. Ehrlich. Und ich wette, Göpelmann wird es dir auch hoch anrechnen."

Da war ich zwar noch nicht so sicher, ließ mich aber gerne überraschen.

„Wie geht es Kitty? Ist sie in Sicherheit?"

„Davon kannst du dich gleich selber überzeugen. Ich bringe dich zu ihr. Sie meinte, ihr beide hättet einiges zu besprechen."

Das waren in der Tat Neuigkeiten. Einerseits war ich froh, das zu hören. Aber ein leichtes Misstrauen blieb trotzdem.

*

Marvin brachte mich zu einer Hütte im Wald hinter Göpelmanns Hof. Der Wagen holperte über den unbefestigten Boden und rollte dann langsam aus. Das Blockhaus war gepflegt, hatte sogar eine Terrasse mit Vordach. Hier versteckte sich Kitty also nach dem Mord an Kulturdezernent Schlattner. Vorsichtig zog ich die Tür auf.

Ich stieg aus und warf noch einen Blick durch das geöffnete Fahrerfenster.

„Du kommst nicht mit, Marvin?"

Er schüttelte den Kopf und steckte sich eine Zigarette an. „Geh nur. Ich bin sicher, ihr beide wollt einen Moment allein sein."

Er grinste mich an und zwinkerte. „Lasst euch so viel Zeit, wie ihr wollt."

Der Unterton in seiner Stimme gefiel mir gar nicht. Ich ließ ihn im Wagen zurück, ging zur Hütte und zog vorsichtig die Tür auf.

Ich stand in einem geräumigen Zimmer mit Tisch, Stühlen, einer Spüle und einem breiten Bett. Alles war da.

Vor den Fenstern hingen dicke Gardinen und schluckten den größten Teil des Tageslichts. Kittys Gestalt, die in einer der hinteren Ecken stand, sah ich erst, als ich ihre schwache, ängstliche Stimme hörte.

„Holger? Bist du das?"

„Ja. Marvin hat mich hergebracht."

Sie war mit ein paar Schritten bei mir und schlang mir die Arme um den Hals.

„Ich bin so froh, dich zu sehen. Gott, ich bin fast umgekommen vor Angst um dich! Was hat die Polizei gesagt?"

Ich schob sie sanft von mir. Gott sei Dank hatte ich die Packung Zigaretten aus dem Wagen mitgenommen und zündete uns beiden eine an.

„Gar nichts. Sie haben mich eine Nacht lang angebohrt und dann laufen lassen. Sie haben nichts in der Hand. Weder gegen dich noch gegen mich."

Ich hörte ihren tiefen Seufzer und sah wie sich ihr Körper entspannte. Sie zog kräftig an der Zigarette und ging unruhig in dem Zimmer auf und ab.

Wahrscheinlich konnte auch sie nicht glauben, dass die ganze Sache tatsächlich so einfach gewesen sein sollte.

Schließlich blieb sie abrupt stehen, drückte die Zigarette in der Spüle aus und kam wieder auf mich zu. Sie nahm mir die Kippe ab und schnippte sie achtlos zu ihrer eigenen, bevor sie ihre Hände auf meine Brust legte. Langsam glitten sie höher und um meinen Hals wie zwei tödliche Schlingpflanzen. Kittys Lippen waren geöffnet.

Feucht und glänzend.

Ihre Augen groß und leuchtend.

„Ich finde keine Worte, um dir zu danken. Was du für mich getan hast... das hat noch nie ein Mensch für mich getan."

„Ist schon in Ordnung. Schlattner hatte es verdient."

Ein Schatten legte sich auf ihr Gesicht.

„Ja, die Frage ist nur, ob Conny das genauso sieht. Mit Schlattner hat er seinen wichtigsten Partner für das Musical-Projekt verloren. Und seinen Draht ins Rathaus. Er wird wütend sein. Furchtbar wütend. Darum hat Marvin mich hier versteckt, nachdem ich ihn angerufen hatte. Ich traue mich nicht nach Hause, Holger. Du weißt nicht, wozu Conny fähig ist..."

Ich strich mit einem Finger über ihre Wange.

„Er wird dir nichts tun, Kitty. Genauso wenig wie Schlattner. Ich habe doch gesagt, ich passe auf dich auf."

Es gab gar keine andere Möglichkeit mehr, als dass unsere Lippen sich trafen. Eine heiße Welle zog meinen Rücken hinauf und überspülte mein Gehirn.

Nichts war mehr wichtig.

Nichts zählte mehr.

Nur noch Kittys Mund. Sie schlang ihre Arme fester um meinen Hals und zog mich zum Bett. Als ihre Beine nachgaben und sie langsam nach hinten kippte, folgte ich ihr.

Willenlos wie Treibholz im Ozean.

Ich fiel mit ihr.

Ins Unendliche.

*

„Ich wünschte, wir könnten für immer hierbleiben."

Ich konnte mich nicht an Kitty satt sehen. Wie sie unter der Decke lag, auf der Seite, mit einer Hand abgestützt. Ihre nackten Schultern ein einziges Versprechen.

Ich hasste es, aufzustehen und mich anzuziehen.

Doch eine Stunde im Rausch hatte genügen müssen.

Für den Moment.

Marvin hatte lange genug gewartet. Genau wie der Rest des „richtigen Lebens" draußen vor der Tür. Ich knöpfte mein Hemd zu, ich schloss meinen Gürtel. Und ich hasste den traurigen vorwurfsvollen Blick, mit dem Kitty mich dabei beobachtete.

„Wieso musst du so verdammt vernünftig sein, Hammer?"

„Glaub mir, das bin ich nicht. Und ich werde es dir beweisen, wenn ich zurück bin. Doch jetzt muss ich die Dinge wieder geraderücken."

Ich setzte mich zu ihr auf die Bettkante. Sie schlang ihre Arme um meinen Hals und die Decke rutschte runter. Ich spürte ihre erhitzte, feuchte Haut zwischen meinen Fingern.

Die Stimme dicht an meinem Ohr war ein heiseres Flüstern.

„Oh, Holger. Du bist meine Rettung. Aber wieso tust du nur all diese Dinge für mich?"

„Wenn ich das nur wüsste, Kitty Cordes. Ich schätze, ich habe eine Schwäche für dich."

Sie sah mich an, bedeckte mein Gesicht mit ihren Küssen.

„Oh Holger, ich empfinde genauso. Da ist diese tiefe Verbindung zwischen uns. Sie war vom ersten Moment an da. Ich habe es so deutlich gespürt, wie kaum etwas anderes in meinem Leben zuvor. Aber da draußen können wir nicht zusammen sein..."

„Wegen Göpelmann?"

„Er würde mich niemals freigeben. Genau wie Rocco vorher. Ich sitze in der Falle, Holger. Erst die Sache mit Schlattner und jetzt wird Conny Wiedergutmachung fordern. Ich weiß nicht mehr ein noch aus, Holger. Wir können nur noch weglaufen."

„Und wohin? Das hier ist Uelzen. Da gibt es kein Entkommen."

„Aber was soll dann aus uns werden?"

Ich strich ihr über die Wange. Ich mochte die Rolle des Retters. War mal eine willkommene Abwechslung.

„Beruhige dich, Darling. Ich werde mit Göpelmann reden. Ich werde ihm klarmachen, dass Schlattner den Tod verdient hat. Und ich werde ihm sagen, dass du nichts mehr für ihn tun kannst. Schlattner ist tot, aber Göpelmann hat immer noch das Geld, das du ihm verschafft hast. Damit muss er einen neuen Anfang wagen. Ohne dich."

Sie schüttelte den Kopf.

„Oh Holger! Ich wünschte, es wäre wirklich so einfach wie du sagst."

„Vertrau mir. Ich werde mich um alles kümmern."

„Ich weiß nicht, was ich sagen soll..."

„Dann sag gar nichts. Warte hier auf mich. Bis sich die Wogen geglättet haben. Dann komme ich dich holen. Und wir beide... können ein neues Leben beginnen."

Wir küssten uns.

Ein letztes Mal.

Ich stand auf und ging zur Tür.

Ich drehte mich noch einmal um, sog ihren Anblick in mich auf. Etwas sagte mir, dass dieser Moment nie wiederkehren würde.

Kitty lächelte. Als wäre sie voller Zuversicht.

„Ich werde tun, was du gesagt hast. Pass auf dich auf, Holger."

Ich ließ Kitty in der Hütte zurück und ging zum Wagen. Marvin lehnte an der Karosserie, die Beine übereinandergeschlagen.

Er rauchte.

Er grinste.

„Und wohin soll es jetzt gehen, Partner?"

„Zurück zu Göpelmann. Aber ich werde laufen. Ich schätze, ein bisschen frische Luft ist jetzt genau das Richtige."

„Brauchst du Hilfe bei Göpelmann?"

Ich schüttelte den Kopf, obwohl ich es besser wusste.

„Nein. Kein Grund, dass du dich auch noch in die Schusslinie begibst. Pass auf Kitty auf. Ich bin zurück, sobald ich kann."

Ich ließ Marvin stehen und machte mich auf den Weg durch den Wald zu Göpelmanns Hof. Es war an der Zeit, für klare Verhältnisse zu sorgen und die schöne Kitty für immer zu befreien. Es war Zeit, nur ein einziges Mal zum Helden zu werden...

*

Mit einem ziemlich lauten Krachen zerschlug das Glas an der Wand.

Wie ich erwartet hatte, war Konrad Göpelmann über die Vorgänge um Schlattners Tod bereits bestens im Bilde. Und natürlich gefielen ihm die Wendungen ganz und gar nicht. Wie ein Tiger im Käfig stapfte er durch das geräumige Wohnzimmer. Seine Augen zuckten unruhig hin und her. Ich versuchte, entspannt zu wirken, hatte die Hände in den Manteltaschen in sicherer Nähe zu meiner Wumme. Der Kerl war unberechenbar.

Er schäumte. Er sah seine Träume platzen.

„So eine verdammte Scheiße! Ich möchte wissen, wer dem verfluchten Schlattner das Licht ausgeblasen hat! Alle meine Pläne sind für'n Arsch! Sein Tod wirft mich um Monate, wenn nicht Jahre zurück. Es wird eine Ewigkeit dauern, bis ich einen neuen Verbündeten im Rathaus habe! Ich habe bereits Verträge für das Musical unterschrieben! Das wird mich ein Vermögen kosten, ohne dass das Ding überhaupt auf die Bühne geht. Scheiße noch mal, Hammer, was ist da passiert?“

Ich zuckte mit den Schultern und schob mir eine Kippe zwischen die Lippen.

„Ich habe keine Ahnung, Boss. Wie gesagt, als ich nach Schlattners Anruf hinkam, war er schon tot.“

Er war stehen geblieben, sah sich gehetzt um. Wahrscheinlich wollte er noch was werfen.

„Jetzt habe ich zu allem Überfluss auch noch die Bullen im Genick. Dass die jetzt bei mir rumschnüffeln, kann ich überhaupt nicht gebrauchen.“

Ich konnte ihm nicht helfen. Davon abgesehen, hatte ich auch gar keine Lust dazu.

„Tut mir leid, dass ich Sie da mit reingezogen habe. Aber mir ist so schnell nichts Besseres eingefallen.“

Er seufzte und nickte.

„Ja, schon gut. Nicht so wild. Wenn die Typen mir sonst schon nichts nachweisen können, werden sie auch nichts finden, wenn ich unschuldig bin. Trotzdem. Es kommt schon wieder alles auf einmal. Kitty ist auch verschwunden.“

Es war ihm also aufgefallen.

„Kitty? Wo kann sie denn sein?“

Er fuchtelte mit den Armen herum. „Was weiß ich! Das Miststück hat sich aus dem Staub gemacht! Schon seit gestern Abend ist sie wie vom Erdboden verschluckt und geht auch nicht an ihr beschissenes Handy. Aber sie hat ihre Sachen hiergelassen. Also wird sie zurückkommen. Und dann nehme ich sie mir vor.“

Ich spürte, wie sich meine Muskeln anspannten und sich meine Finger in den Manteltaschen zu Fäusten ballten.

„Darf ich fragen, wie Sie das meinen?“

Er baute sich vor mir auf und starrte mich aus funkelnden Augen an. Auf seinen Lippen lag ein fieses Grinsen.

„Ich kann mir nicht vorstellen, dass Sie das WIRKLICH wissen wollen, Hammer. Jetzt gucken Sie mich nicht so entgeistert an, Mann! Sie kennen doch die Frauen. Und als Mann wissen Sie, dass man sie bei Zeiten mal wieder in die Spur drücken muss. Sonst werden sie übermütig...“

„Wie Sie meinen, Boss.“

Er machte abrupt auf dem Absatz kehrt.

„Aber Kitty ist nicht Ihr Problem. Sie werden sich um Schlattner und seinen Mörder kümmern. Finden Sie heraus, wer ihn umgelegt hat. Wer immer es war, er könnte es auch auf mich abgesehen haben.“

„Das verstehe ich nicht.“

„Vielleicht jemand, der mir schaden wollte und von dem Deal wusste. Jemand, der... verdammt... Rocco!“

Endlich dämmerte ihm das Offensichtliche. Ich spielte den Unschuldigen.

„Wer?“

Jetzt stand Panik in seinen Augen.

„Rocco, ein großer Fisch aus dem Heidekreis. Kitty hat für ihn gearbeitet. Und sie hat ihn mit meiner Hilfe... nun sagen wir... etwas erleichtert. Wenn er der Spur gefolgt ist, hat ihn das zu Schlattner gebracht. Und vielleicht auch zurück zu Kitty. Machen Sie sich sofort an die Arbeit, Hammer. Finden Sie Schlattners Mörder und bringen Sie ihn zu mir. Tot oder lebendig.“

Ich ließ meinen unbeherrschten Chef allein zurück und ging zu meinem Wagen. Schlattners Mörder brauchte ich genauso wenig zu finden, wie Kitty. Schließlich waren beide ein und dieselbe Person und ich wusste, wo sie sich versteckte. Was ich jetzt brauchte war eine neue, falsche Fährte. Eine, die Göpelmann von Kitty ablenkte und ihn am besten in seine ewige Verdammnis führte. Und ich hatte schon eine Idee, wo ich diese Fährte finden könnte...

*

Ich brauchte einen Sündenbock, einen Strohmann, der Kittys Rolle bei Schlattners Ermordung einnehmen konnte. Irgendein armes Schwein, um das es nicht schade war. In diesem Landkreis gab es sicher genug davon. Ich selber kannte mich in der Uelzener Unterwelt nicht aus, doch ich kannte jemanden, DER sich auskannte. Der Mann namens Hanstedter.

Ich musste nicht lange nach ihm suchen, sondern fand ihn auf Anhieb in der Kneipe, wo ich ihn zuletzt gesehen hatte. Und wo ich die unangenehme Unterredung mit Dolly Döbler führen musste. Er saß eingesunken auf einem Hocker am Tresen, den Hut in den Nacken geschoben. Als er mich sah, richtete er sich auf und sah mich überrascht an.

„Verdammt, Hammer, wie hast du mich gefunden?"

„Ich habe einfach den letzten Ort aufgesucht, an dem wir uns getroffen haben. Wohnst du etwa hier?"

„Nennen wir es mein Büro. Aber es trifft sich gut, dass du hier auftauchst. Du wolltest doch was über diesen schmierigen Schlattner erfahren. Ich habe da eine Information, die eine Menge Geld wert sein dürfte."

„Lass' hören."

„Er ist tot."

„Nicht nur, dass ich auch die Zeitung lesen kann, ich war sogar dabei."

Er schlug mit der Faust auf den Tresen.

„So ein Mist. Dann gibt's dafür wohl keine Kohle. Aber hätte ich mir ja auch denken können, dass da, wo ein Typ wie du auftaucht, der Ärger nicht weit ist."

„Auch das ist nichts Neues. Aber du kannst etwas anderes für mich tun: Finde jemanden, der als Schlattners Mörder in Frage kommt."

Der Hanstedter kicherte leise.

„Willst du die Liste alphabetisch oder nach Wohnorten sortiert? Der Kerl war nicht nur städtischer Beamter, sondern auch noch Kulturdezernent. Es wäre einfacher, du würdest nach jemandem suchen, der NICHT in Frage kommt."

„Mach dich an die Arbeit, du bist meine einzige Chance. Ich muss jemandem damit das Leben retten."

Er musterte mich wie ein exotisches Insekt.

„Na, wer hätte gedacht, dass in dir ein Held steckt? Aber ich habe etwas, womit du dir das Warten auf ein Ergebnis versüßen kannst. Dolly will dich sehen."

Das konnte ich jetzt gar nicht gebrauchen.

„Vielleicht will ich SIE aber nicht sehen."

„Du wirst doch einer schönen Frau nichts abschlagen wollen. Sie ist draußen im Hof. Komm, ich bring dich hin."

Ich folgte dem Hanstedter durch den Tanzsaal und den Flur dahinter, den ich schon kannte. Vor der Garderobentür gingen wir durch eine andere auf der linken Seite und kamen in einen kleinen Innenhof. Ein paar Gehwegplatten führten über das kleine Rasen-Viereck zu einer großen Kastanie unter der eine Holzbank stand. Dahinter wurde der Hof von einer niedrigen Mauer begrenzt. Ich hörte Motorengeräusche auf der anderen Seite.

Auf der Bank hockte Dolly, die Beine übereinandergeschlagen und rauchte.

Der Hanstedter klopfte mir auf die Schulter. „Ich melde mich bei dir, wenn ich was über Schlattners Mörder habe."

„Tu das. Und sieh' zu, dass es diesmal was Brauchbares ist."

Ich wartete, bis er verschwunden war, dann ging ich zu der Nachtclub-Tänzerin. Ich hatte keine Lust auf dieses Gespräch. Sie stahl mir nur wertvolle Zeit mit ihren Eifersuchts-Geschichten und ihren Verschwörungs-Theorien. Aber so wie es aussah, saß ich hier eh eine Weile fest.

Sie sah mich erwartungsvoll an, als ich vor ihr stehen blieb.

„Frau Döbler? Ich habe gehört, Sie wollten mich sprechen."

„Warum denn so förmlich, Holger? Wo wir doch demnächst so viel Zeit miteinander verbringen werden. Ich werde nämlich zu Konrad zurückkehren."

Das alte Lied also...

„Davon hat er gar nichts gesagt..."

Sie trat ihre Zigarette aus, erhob sich und baute sich demonstrativ vor mir auf, die Arme verschränkt.

„Weil er es noch nicht weiß. Aber er wird mich mit offenen Armen empfangen. Schlattner ist tot, seine Musical-Pläne drohen wie ein Kartenhaus in sich zusammenzustürzen. Und ich bin die einzige, die ihm Halt geben kann."

„Er hat immer noch Kitty."

Dolly lachte laut – etwas zu laut.

„Oh, da wäre ich mir nicht so sicher, Holger. Ich habe Ihnen doch gesagt, dass ich von einem mehr als dunklen Fleck in ihrer Vergangenheit weiß. Nun, jetzt sehe ich endlich klarer. Und nicht nur das. Ich habe auch Beweise. Beweise, die Kitty Cordes ein für alle Male aus Konrads Leben und dieser Stadt treiben werden. Setzen Sie sich, Holger. Ich habe Ihnen eine Menge zu erzählen."

Was Göpelmanns Ex-Geliebte Dolly Döbler da andeutete, gefiel mir gar nicht. Ich blieb einfach stehen und wartete, was weiter passierte. Mit einer gehörigen Portion Theatralik zog sie einen Umschlag aus ihrer Handtasche.

„Hier, Holger. Nehmen Sie diese Unterlagen und sehen Sie sie sich in aller Ruhe an. Dann werden Sie verstehen, warum Konrad die Schlange rausschmeißen muss. Und ich werde in seine Arme zurückkehren."

„Dolly, ich weiß ehrlich gesagt nicht..."

Ein Schuss zerriss die Stille und schnitt mir das Wort ab. Ich warf mich instinktiv zu Boden. Fieberhaft sah ich mich um, doch er schien aus dem Nichts gekommen zu sein. Es war zwecklos, den Schützen zu suchen. Also richtete sich meine Aufmerksamkeit auf Dolly, die von der Bank gerutscht war. Unter ihr breitete sich eine immer größer werdende Blutlache aus. Die Kugel hatte sie zwischen den Schulterblättern erwischt.

Sie röchelte, zuckte und hob ihre Hände.

Ich brauchte einen Moment, um zu begreifen, was geschehen war.

„Holger... Holger... der Umschlag...

Ich musste sie irgendwie beruhigen, auch wenn es nicht so aussah, als würde es noch Rettung geben."

„Keine Sorge, Dolly. Sie dürfen jetzt nicht reden. Ich werde die Polizei und einen Krankenwagen rufen."

„Nein, Holger, dazu ist es zu spät. Sie müssen die Unterlagen nehmen und zu Konrad bringen. Retten Sie IHN, nicht mich."

„Ich verstehe nicht. Wissen Sie etwa, wer ihnen das angetan hat?"

„Ich habe einen Verdacht. Sehen Sie in den Umschlag, dann werden Sie begreifen. Und jetzt verschwinden Sie. Wenn wir zusammen gesehen wurden, ist Konrad in Gefahr. Gehen Sie zu ihm und sagen Sie ihm, dass ich ihn geliebt habe..."

Ihr Blick wurde starr, das Röcheln erstarb.

Dann kippte ihr Kopf auf die Seite. Ich starrte auf die Leiche und hatte keine Ahnung, was ich jetzt tun sollte. Dieser Angriff war viel zu überraschend gekommen.

Ich zuckte zusammen und wirbelte herum, als die Tür zum Hof hinter mir aufflog. Ich sah in das entsetzte Gesicht des Hanstedters.

„Scheiße, Hammer! Was ist passiert?"

Erst seine Stimme riss mich wieder in die Wirklichkeit zurück.

„Mord, Hanstedter! Jemand hat auf Dolly geschossen!"

Er kam näher, auf seinem Gesicht ein ungläubiger Ausdruck. „Was? Wer?"

„Keine Ahnung. Er hat von der Mauer dort geschossen."

„Ich werde sehen, ob ich ihn schnappen kann."

Mit ein paar schnellen Sätzen hatte der Hanstedter die niedrige Mauer hinter der Kastanie erreicht und war mit einem Hechtsprung auf der anderen Seite verschwunden. So viel Wendigkeit hätte ich ihm gar nicht zugetraut.

Für mich gab es hier nichts mehr zu tun.

Dolly Döbler war tot. Mit zitternden Fingern riss ich den Umschlag auf und sah mir die Unterlagen und die Fotos an. Ich konnte nicht glauben, was ich da sah. Nein, ich WOLLTE es nicht glauben. Doch Dolly hatte Recht behalten. Das hier änderte alles. Ich sprang auf und wollte zu meinem Wagen rennen, doch eine Gestalt versperrte mir den Weg. Hochgewachsen stand sie in der Türöffnung zur Kneipe, eine Waffe in der rechten Hand, den Lauf auf mich gerichtet. Eine Gestalt, die ich nur zu gut kannte. Schließlich war sie der Grund, weswegen ich in Uelzen war.

Auf Roccos Lippen lag ein teuflisches Grinsen.

„Hammer. Schön, Sie wiederzusehen."

Den Kerl konnte ich jetzt gar nicht gebrauchen. Hatte er etwa geschossen? Das war mehr als unwahrscheinlich.

„Rocco. Was tun Sie hier? Ich wollte Sie doch anrufen..."

Er drängte mich mit der Waffe am Bauch zurück. „Haben Sie aber nicht. Also habe ich mich ein bisschen umgehört und erfahren, dass sie das ausgeflogene Vögelchen Kitty schon eingefangen haben. Und zwar bei meinem alten Kumpel Conny Göpelmann. Und jetzt stehen Sie sogar auf seiner Gehaltsliste."

Er schüttelte traurig den Kopf und schnalzte mit der Zunge. „Hammer, Hammer, Sie sind wirklich ein umtriebiger Bursche, den man keinen Augenblick aus den Augen lassen kann."

„Hören Sie, Rocco, ich kann Ihnen das alles erklären..."

„Etwa so wie die tote Schlampe da drüben? Mann, Mann, Mann. Wo Sie sind, brennt die Luft, wie? Aber ist mir auch scheißegal. Ich will nur wiederhaben, was rechtmäßig mir gehört: Kitty Cordes und 200.000 Euro. Und Sie werden jetzt beides mit mir zusammen abholen."

Er drückte mir den Lauf noch fester in den Bauch. „Habe ich mich klar und deutlich ausgedrückt, Holger Hammer?"

„Überdeutlich."

„Sehr schön. Dann bringen Sie mich jetzt zu ihrem neuen Boss. Und anschließend rechnen wir beide ab. Heute ist Zahltag, Holger Hammer. Und bei mir werden keine Deckel gemacht."

Kapitel 16

„Wir sind da."

Ich stoppte den Wagen und sah mich um. Ich war Kittys Anweisungen stur gefolgt und hatte gar nicht mitbekommen, wo wir waren. Ein Mehrparteienhaus mit Mietwohnungen in Kirchweyhe. Wortlos stiegen wir aus. Ich sah mich immer wieder um. Nicht nur auf der Suche nach Röllke, sondern vor allem auch um sicher zu gehen, dass niemand unterwegs war, der uns später identifizieren konnte.

Währenddessen klingelte Kitty. Mehrmals.

Keine Reaktion.

„Wie ich schon sagte: Er ist verschwunden."

Ich drückte gegen die Tür – unverschlossen.

„Welche Etage?"

„Erste."

„Du kennst dich gut aus."

„Hör schon auf damit, Holger."

Wir stiegen so leise wie möglich die gefliesten Treppenstufen hoch und verzichteten auf Licht im Treppenhaus. „Und? Wo hast du den Schlüssel? An einer Kette um deinen Hals?"

Kitty sah mich wütend an und drückte ihn in meine Hand.

Ich schloss schnell auf, ging rasch durch die Räume mit Fenstern und ließ die Rollläden runter. Jetzt hatten wir Ruhe und konnten auch Licht einschalten.

Von Röllke natürlich keine Spur. Die wenigen Möbel sahen nach Standard aus. Wahrscheinlich waren sie schon drin gewesen. Der Rest sparsam: Im Bad ein paar Toiletten-Artikel, eine Handvoll Anzüge im Kleiderschrank. Auf dem Nachttisch ein paar Sachbücher.

Im Wohnzimmer eine Fernsehzeitung. Da hatten Ausstellungsflächen in Möbelhäusern schon mehr Charakter.

„Wonach suchen wir?"

Kitty sah sich hilflos um. „Ich weiß es nicht. Wo immer Rico ist, er hat nicht viel mitgenommen."

„Wieso? Hast du seine Unterhosen gezählt?"

Sie ging nicht auf meine Bemerkung ein. Damit hatte sie wahrscheinlich recht.

„Seine beiden Koffer sind noch da. Klamotten auch."

„Was ist mit Unterlagen? Wo sind die Dateien?"

Kitty seufzte. „Vielleicht auf seinem Laptop."

„Dann hat er also doch etwas mitgenommen."

Sie riss die Schubladen auf, begann den Inhalt zu durchwühlen. Sie entwickelte einen größeren Ehrgeiz, als ich. Wollte sie mir etwas beweisen?

Ich begann ihr zu helfen.

„Wieso ist er abgehauen? Gab es Ärger?"

Kitty seufzte. „Ich habe keine Ahnung. Er hat nichts gesagt. Ist einfach nicht zur Arbeit gekommen. Ich habe versucht, ihn anzurufen. Nichts. Seit gestern..."

„Ich weiß, dass es meine Schuld ist, dass er dich geschlagen hat."

„Das habe ich nicht gesagt."

„Musst du auch nicht. Ich habe ihn provoziert. Und ich habe es bewusst getan."

Kitty schwieg. Wir suchten weiter, auch wenn wir beide ahnten, dass es zu nichts führen würde. Jedenfalls bis zu dem Zeitpunkt, als ein Buch vom Nachttisch fiel. Ich versuchte noch, es aufzufangen, aber es rutschte mir zwischen den Fingern durch.

Gott sei Dank...

Die Seiten schlugen auf und aus dem ausgehöhlten Fach fiel ein schmaler, schwarzer Stab. Der Wälzer war eine Attrappe, der Inhalt ausgeschnitten um Platz zu schaffen. Platz für das kleine Teil, das jetzt auf dem Parkettboden lag und mein Herz gleich schneller schlagen ließ.

„Ich glaube, ich habe hier was, Kitty."

Sie kam zu mir mit großen Augen. „Ein USB-Stick... Denkst du...?"

„Ich habe keine Ahnung."

„Warte."

Sie kramte ein Tablet aus ihrer Handtasche hervor und schaltete es ein. Meine Finger zitterten, als ich den Datenträger einführte. Doch als ich die Verschlüsselung sah, legte sich meine Aufregung ganz schnell wieder. Genau wie das letzte Mal. Und obwohl der Nerd es da schon vergeigt hatte, war er immer noch meine einzige Chance.

Ich brauchte sein Telefon nicht lange klingeln lassen.

„Was gibt's, Hammer?"

„Du erinnerst dich noch an den USB-Stick, dessen Daten du verloren hast?“

Er schnaufte wütend. „Ich habe sie nicht verloren, Hammer! Das war eine üble Verschlüsselung. Und noch mal würde ich auch nicht darauf reinfallen.“

„Genau das wollte ich hören, Nerd. Denn du kriegst eine zweite Chance. Ich habe hier noch einen Stick. Aber ich brauche den Zugang sofort.“

Ein schweres Seufzen am anderen Ende der Leitung. Doch das gehörte nun mal zu seiner Show. „Ist das Teil an deinem Rechner angeschlossen?“

„Nein. Am Tablet einer Bekannten.“

„Dann gib sie mir.“

Ich wollte das Telefon schon weiterreichen, als ich stutzig wurde.

„Einen Moment mal. Heißt das etwa, du hättest auf MEINEN Rechner Zugriff?“

„Lass uns das später klären. Ich dachte, du hast es eilig.“

Ich gab Kitty das Telefon und sie besprachen zusammen irgendwelchen Nerdkram. Kitty musste eine Software installieren und dann konnte der Nerd seine Zauberkunststückchen machen. Mir dauerte das alles viel zu lange und mein Körper schrie nach einem Drink und einer Selbstgedrehten. Ich ging zwischendurch in die Küche, die zur Straße und dem Parkplatz lag. Ich löschte das Licht und zog die Rollläden ein Stück hoch.

Es war vollkommen ruhig da unten. Mehrere Laternen tauchten den Gehweg und die umliegenden Bäume in milchiges Licht. Es herrschte Totenstille.

Wo steckte Röllke?

„Holger?“

Ich fuhr zusammen und hätte fast laut los geschrien.

Kitty stand in der Tür und hielt mir mein Telefon hin. „Wir haben es.“

Ich war verwirrt. Wie lange hatte ich da gestanden?

Ich eilte zu ihr, das Tablet war noch an und auf dem Bildschirm waren die Dokumente zu sehen. Dokumente, für die zwei Menschen gestorben waren. Der Nerd hatte den Inhalt gleich kopiert und Kitty streckte mir den Stick entgegen. Ich hatte keinen Blick dafür. Ich starrte auf die Dateien.

Da waren Protokolle, Gutachten, Memos, Anträge, Gesprächsnotizen, Auszüge aus Kalendern. Dazu Zeitpläne, Analysen von Wirtschafts- und Bevölkerungsstrukturen. Es ging um Kosten, um Umwelt und um

Risikoabwägungen. Eine Fülle von Daten in kryptischem „Beamtendeutsch" verfasst. Ich warf einen Seitenblick zu Kitty, deren Augen immer größer wurden.

„Was zum Henker ist das?"

Als sie den Kopf hob, war ihr Gesicht kreidebleich.

„Lass uns verschwinden, Holger."

„Wieso und wohin?"

„Dir das jetzt alles zu erklären, würde zu lange dauern. Können wir in dein Büro?"

Ich war zwar nicht glücklich darüber, so abgespeist zu werden, musste aber im Stillen einräumen, dass Kitty wahrscheinlich recht hatte. Also verwischte ich unsere Spuren, und schob den Stick in sein Versteck zurück, während sie weiter die Unterlagen las. Danach machten wir uns ebenso lautlos und unbemerkt aus dem Staub, wie wir gekommen waren. Sie hockte neben mir im Auto auf dem Beifahrersitz und ich trat aufs Gas. Immer wieder warf ich einen Blick auf ihren kleinen Computer, doch ich konnte mit dem Kauderwelsch nichts anfangen. Jedenfalls nicht in dieser Oberflächlichkeit.

Endlich waren wir in der Bahnhofstraße und liefen die Treppenstufen zu meinem Büro hinauf. Sie legte den Computer beiseite und zündete uns eine Zigarette an, während ich zwei Gläser Scotch füllte. Dass eins davon für mich sein sollte, ignorierte sie.

„Würdest du mir jetzt bitte mal erklären, was hier vor sich geht?"

Sie ging in meinem Büro auf und ab – mehr als nervös.

Irgendwann blieb sie stehen, starrte mich an, wie einen Geist.

„Gorleben", sagte sie nur und ihre Stimme klang, als würde sie dieses Wort und seinen Sinn selber nicht verstehen.

Damit hatten wir was gemeinsam.

Sie schüttelte leicht den Kopf, als müsste sie sich aus einem Traum aufwecken.

„Es geht um Gorleben in diesen Unterlagen. Die Bundesregierung hat offenbar schon vor einigen Jahren im Geheimen beschlossen, das Zwischenlager aufzugeben und auch aus dem Suchverfahren für ein Endlager herauszunehmen. Es war Ricos Aufgabe, einen neuen Standort zu finden. Offenbar haben er und das Innenministerium sich maßgeblich dafür eingesetzt, dass ein Endlager in Niedersachsen bleiben soll."

Mir rauchte der Schädel.

„Aber wieso das? Jeder Politiker kämpft doch dafür, dass der Kelch an seinem Land vorübergeht."

„In der Öffentlichkeit, ja. Aber jeder Politiker weiß auch, dass mit einem Atommüllendlager riesige Ausgleichszahlungen und Arbeitsplätze verbunden sind. Strukturell kann so ein Standort also ein Gewinn sein."

Nicht nur, dass es befremdlich war, Kitty solche Phrasen dreschen zu hören, ich hatte auch Mühe ihr zu folgen.

„Und was war Röllkes Interesse an der Sache? Wieso hat er sich dafür so stark gemacht? Die Karriere?"

Kitty zuckte mit den Schultern. „Ich vermute es. Er wirkte schon immer sehr ehrgeizig auf mich."

Sie ging zurück zu ihrem Tablet und öffnete ein paar weitere Dokumente.

„Rico sollte jedenfalls einen Ersatz für Gorleben suchen, für den die Endlagerkommission dann die Kriterien anpasste. Am Ende sollte dieser neue Standort alternativlos sein. Das eigentliche Verfahren würde beschleunigt, so dass große Bausteine wie Öffentlichkeitsbeteiligung und Umweltuntersuchungen lediglich als Nebelkerzen dienen sollten."

Ich konnte noch immer nicht fassen, was ich da hörte. „Und dieser Endlager-Standort sollte tatsächlich Uelzen sein?"

„Die Unterlagen scheinen eindeutig. Es gibt Wirtschaftlichkeitsberechnungen und Risikoanalysen. Als eines der stärksten Argumente wird hier ein relativ niedriges Bildungsniveau aufgeführt, das laut Untersuchung dafür sorgen soll, dass eine Protestbewegung ausgeschlossen werden kann. Die Menschen, so das Ergebnis, sind es gewohnt, die Dinge zwar zu beklagen, sie im Endeffekt aber hinzunehmen. Die Untersuchung spricht von einem verschwindend geringen politischen Interesse. Außerdem wird die mangelnde Infrastruktur angeführt, mit der es möglich sei, Lokalpolitiker zur Zusammenarbeit zu bringen. Ein Atommüllendlager würde schließlich auch eine Verbesserung von Straßen- und Schienenverkehr mit sich bringen, was bei kommunalen Entscheidungsträgern so sei, wie die berühmte Möhre vor des Esels Nase."

„Und das steht da so drin?"

Kitty lächelte. „Jedenfalls sinngemäß. Rico führt in seinen Berichten aus, dass Uelzen der am besten geeignete Standort sei. Weit genug vom

Wendland entfernt, um der dortigen Protestbewegung die Aufgabe Gorlebens noch als ihren Sieg verkaufen zu können und nah genug, um von den bisherigen Arbeiten im Salzstock zu profitieren. Außerdem werde Uelzen über kurz oder lang in einer wirtschaftlichen Krise stecken, die eine Akzeptanz unausweichlich macht."

Ab hier konnte ich wieder folgen: Da war Sackmann, der den Kreis zerschlagen wollte, um mögliche zivile Proteste zu zerreißen und Uelzen zu tilgen. Wo immer das neue Lager dann hinkäme: Niemand würde den Standort als sein Territorium anerkennen. Egal ob Lüneburg, Celle, Gifhorn, Soltau oder Lüchow-Dannenberg: Für die alteingesessenen Kommunen stand das Lager nicht in ihrem Kreis, sondern im „alten Uelzen" und gehörte somit niemandem. Ein perfider, psychologischer Schachzug.

Und van Runkel? Er sollte durch das Verhindern jeglichen Wettbewerbs Uelzen wirtschaftlich das Genick brechen: das Marktcenter an die Wand fahren und neue, attraktive Einkaufsmöglichkeiten im Keim ersticken.

Und das ausgerechnet durch den glühendsten aller Lokalpatrioten!

Van Runkel hatte das böse Spiel der Landesregierung sicher nicht durchschaut, sonst hätte er sich dem mit allem was er hatte widersetzt. So aber wurde der größte Verfechter Uelzens zu dessen Totengräber.

Ich konnte mir ein Grinsen nicht verkneifen und wünschte mir, der Drecksack hätte noch erfahren, wie er zum Verräter an der Stadt wurde, die er so geliebt hatte.

Röllke hatte überall seine Finger mit drin. Wie eine verfluchte Spinne wob er sein Netz, und die Opfer blieben darin kleben.

Und das alles nur für die persönliche Bereicherung.

Doch irgendetwas fehlte noch...

Kitty riss mich aus meinen Gedanken. Sie hatte sich auf meine Couch fallen lassen und hockte da wie ein Häufchen Elend.

Fast hätte sie mir leidgetan.

„Ich wusste zwar, dass man Politikern nicht trauen darf, aber dass Rico ein komplett anderer Mensch ist, als ich dachte, das hätte ich nicht für möglich gehalten."

„Ach nein?"

Meine Stimme klang bewusst ironisch und die Botschaft kam an.

„Ich weiß, du denkst, dass ich dir damals auch nur etwas vorgemacht habe."

„Das denke ich nicht, Kitty, das lässt sich sogar beweisen. Wir können gerne einen Abstecher zum Friedhof machen. Da sind die Fakten buchstäblich in Stein gemeißelt."

Sie sprang hoch und drehte mir den Rücken zu.

„Hör schon auf damit, Holger! Wieso musst du es mir immer wieder unter die Nase reiben?"

„Vielleicht damit du erkennst, was du damals getan hast."

Als sie mir ihr Gesicht wieder zudrehte, glänzten Tränen in ihren Augen. „Glaubst du, das weiß ich nicht? Und glaubst du nicht, dass ich jeden Tag dafür bezahlt hätte? Aber ich habe nicht nur gelogen. Was zwischen uns war, damals... das war echt. Das.... in der Hütte... weißt du noch?"

Ich zündete mir schnell eine weitere Zigarette an. „Ich versuche, es zu vergessen."

„Ich kann es nicht. Ich denke immer wieder daran."

Ich wusste, dass ich dieses Fass aufgemacht hatte. Und jetzt tat es mir leid. Es hatte überhaupt keinen Sinn, im Moment in der Vergangenheit zu graben.

„Das bringt doch jetzt nichts. Konzentrieren wir uns wieder auf die eigentlichen Probleme. Auf deinen Boss."

Sie nickte hastig und wischte sich die Tränen aus den Augen.

„Wir müssen ihn finden."

„Nein, Kitty. Nicht WIR. Ich muss ihn finden."

„Aber Holger! Wo willst du denn suchen?"

„Keine Ahnung. Aber wenn du die Wahrheit gesagt hast, dann hast du auch keinen Schimmer."

„Nein, das stimmt. Aber Rico ist gefährlich. Wenn er tatsächlich das Gefühl hat, mit dem Rücken zur Wand zu stehen, dann ist er unberechenbar."

„Ein Grund mehr, dich aus der Schusslinie zu halten."

„Aber vielleicht könnte ich noch einen Zugang zu ihm finden."

„Ja, genau. Dein Veilchen ist die beste Referenz."

Ich hatte sie verletzt, aber das war mir egal. Wenn Kitty ein falsches Spiel spielte, brauchte ich sie nicht noch als Neben-Kriegsschauplatz. Und wenn nicht, wäre sie mir auch keine Hilfe, sondern nur ein Klotz am Bein. Außerdem hatte ich mit Rico Röllke noch ein paar Rechnungen offen. Und die beglich ich besser ohne Zeugen.

Kitty merkte wohl, dass meine Antwort nicht verhandelbar war.

„Und was willst du jetzt tun?"

Ich deutete auf das Tablet. „Das Teil bleibt hier. Ich werde mir die Sachen noch mal genauer ansehen."

„Du traust mir also immer noch nicht."

„Vielleicht weil ich immer noch keinen Grund dazu habe. Du versteckst dich. Am besten packst du deinen Kram in der Achterstraße zusammen und siedelst in irgendein Hotel um. Groß ist die Auswahl eh nicht. Ich habe das Gefühl, dass die ganze Geschichte ziemlich bald vorbei sein wird. Halt bis dahin einfach still. Wenn Röllkes Machenschaften gänzlich auffliegen, wird Hannover den Schaden begrenzen wollen. Und jeder, der dann auffällig ist, geht mit dem Schmierlappen unter. Ich würde an deiner Stelle mein Glück also nicht herausfordern."

Kitty nickte brav. Den Kopf hielt sie gesenkt.

„Ich werde tun, was du sagst."

„Ja, das wäre doch mal eine willkommene Abwechslung."

Sie kam auf mich zu.

Ziemlich dicht.

So dicht, dass ich schon wieder ihren Atem auf meinem Gesicht spüren konnte. „Ich habe immer getan, was du gesagt hast, Holger. Und ich hätte es auch weiterhin getan, wenn du mich nicht weggeschickt hättest, damals."

Ich machte einen Schritt zurück. „Weggeschickt? Ich habe dich laufen lassen, Kitty. Das ist ein Unterschied. Du wärst im Gefängnis gelandet für alles, was du getan hast."

„Aber ich habe im richtigen Moment die richtige Entscheidung getroffen. Zählt das denn gar nicht?"

Darauf hatte ich in der Tat keine Antwort.

„Wenn du ehrlich zu dir wärst, Holger, dann müsstest du dir eingestehen, dass ich nicht so schlecht bin, wie du mich gerne hättest. Damit deine heile, kleine Welt in Ordnung bleibt."

„Oh, glaub mir, Kitty, meine Welt ist alles andere als in Ordnung."

„Wie auch immer. Auf jeden Fall sind die Rollen klar verteilt. Du bist das unschuldige Opfer und ich die Böse, die dich nur benutzt hat. Ist dir denn nie der Gedanke gekommen, dass auch ICH benutzt worden bin? Dass ich damals in einer Falle steckte, aus der es für mich kein Entkommen gab? Und trotzdem habe ich richtig gehandelt. Denn sonst wärst auch du heute tot. Vielleicht hast du mir das Leben gerettet, indem du mich hast laufen lassen. Aber was das angeht, sind wir, glaube ich, quitt."

Ich konnte sie nicht länger ansehen.

Ja, verdammt, sie hatte recht.

Und sie hatte auch damit recht, dass mir das nicht passte. Ich musste Kitty von mir fernhalten, egal wie. Auch wenn es bedeutete, dass ich um sie herum eine große Lüge aufgebaut hatte. Sie war einfach zu gefährlich für mich. Und nur diese Mauer bot halbwegs Schutz. Doch sogar die begann schon bedenklich zu wanken.

Kitty seufzte, wandte sich ab und nahm ihre Sachen.

„Ich gehe jetzt, Holger. Ich lasse dich wissen, wenn ich einen Unterschlupf gefunden habe. Ich werde dort warten, bis ich von dir höre. Du wirst keinen Ärger meinetwegen haben."

Sie ging zur Tür und etwas in mir wollte sie aufhalten.

Wollte sie in die Arme nehmen und das wieder zurückholen, was damals in der Hütte begonnen hatte. Damals... bevor sich die Ereignisse überschlugen.

Aber ich ließ sie zur Tür gehen.

Sie drehte sich noch einmal um.

Ihr Lächeln war schwach, müde.

„Pass auf dich auf, Holger. Ich will dich nicht noch einmal verlieren."

Ich verzichtete darauf, ihr zu sagen, dass sie mich nie gehabt hatte.

Stattdessen ließ ich sie gehen.

Vom Fenster aus sah ich sie die Bahnhofstraße hinunter verschwinden und es versetzte mir einen verdammten Stich ins Herz. Aber sie war ja nicht verschwunden, so wie damals. Sie war immer noch in Uelzen. Und das war irgendwie... ein tröstlicher Gedanke.

Ich riss mich von der Dunkelheit draußen los und nahm mir wieder den kleinen Taschencomputer vor. Aus meiner Schreibtischschublade zog ich noch eine volle Flasche Scotch und einen Beutel Tabak raus.

Ich musste diese verfluchten Unterlagen studieren. Ich glaubte zwar nicht, dass Kitty mich angelogen hatte, aber irgendwo musste mehr da drinstehen, als das, was wir bisher erfahren hatten. Das Gefühl, dass etwas fehlte, hielt sich noch immer.

Und ich hörte wieder die Stimme des Unbekannten in meinem Kopf.

Cherchez La Femme...

Ich öffnete das erste Dokument und zündete mir eine Selbstgedrehte an.

Vor mir lag eine verdammt lange Nacht.

Kapitel 17

Als der Schwall kalten Wassers auf mein Gesicht schlug, hatte ich für einen Moment das Gefühl, mein Herz würde stehen bleiben.

Ich schoss hoch wie eine Rakete und saß senkrecht auf der alten Couch. So schnell war ich noch nie hochgekommen. Als klar war, dass ich unmöglich träumen konnte, begriff ich auch, dass das Gesicht vor mir echt sein musste. Auch wenn ich keinen Schimmer hatte, was es in meinem Büro suchte. Ich wischte mir die Flüssigkeit aus den Augen und schwang die Beine vom Sofa. Das alles ging mir viel zu schnell und mein Schädel dröhnte, während sich die Bilder verschwommen drehten.

Meine eigene Stimme klang fremd.

„Was zum Teufel..."

Das Gesicht grinste. „Nicht ganz, Hammer. Aber ich bringe Sie in seine Küche, wenn Sie mir nicht ein paar Fragen beantworten."

Ich schob mich hoch und sah mir mein Gegenüber näher an.

Ein Kerl, schwer zu schätzendes Alter. Dunkelblonde Fönwelle, Dressman-Fresse und Anzug. Aber der passte wenigstens.

„Und wer sind Sie dann? Der Hilfskoch?"

Er zündete sich mit einem Streichholz einen Zigarillo an. „Maurice Görtler, Niedersächsisches Innenministerium."

„Habt ihr da Platzmangel oder warum schickt das MI jetzt jeden seiner Ossi-Hampelmänner zu uns?"

„Sie spielen auf Staatssekretär Röllke an, schätze ich. Damit wären wir genau beim Thema."

Ich schlurfte um meinen Schreibtisch herum und ließ mich auf meinen Bürostuhl fallen, um wenigstens die Illusion zu haben, dass ich hier das Sagen hatte. Ich machte noch ein Fenster auf und sah mich unauffällig auf meinem Schreibtisch um. Aus irgendeinem Grund hatte ich gestern aufgeräumt und Kittys Tablet lag unschuldig und mit schwarzem Bildschirm neben einer alten Zeitung, die ich unauffällig drüberlegte, während ich so tat, als würde ich Ordnung schaffen.

Ich zündete mir eine Selbstgedrehte an und musterte den Typen, der aussah wie ein Playboy-Türsteher.

„So, Sie wollen also über Röllke reden? Als Mitglied in einem Fanclub komme ich aber nicht in Frage."

„Bevor wir uns über Liebeserklärungen unterhalten können, müssen wir ihn erst mal finden. Sie haben doch einen Ruf als Schnüffler, Hammer. Also: Wo steckt Röllke?"

Ich tat mal überrascht, um den Lackaffen ein bisschen zu provozieren. „Was denn? Ist Fiffi nicht zurück ins Körbchen gehuscht? Ich hätte gedacht, sie hätten ihn besser dressiert."

Görtler schob trotzig sein Kinn nach vorne. „Ich werde mich jetzt nicht mit einem selbstständigen Schnüffler über Mitarbeiterführung unterhalten, Hammer. Sagen Sie mir einfach, was ich wissen will."

„Und wieso sollte gerade ich etwas über den Verbleib des verlorenen Sohnes wissen?"

„Sie haben doch mit ihm... zusammengearbeitet."

„Oh, das wäre wirklich schön gewesen. Aber ich glaube, da hätte doch ein Interessenkonflikt bestanden. Wissen Sie, als Schnüffler bin ich an der Wahrheit interessiert. Und ich glaube nicht, dass dieser Begriff in Röllkes Arbeitsplatzbeschreibung als Staatssekretär auftaucht."

Görtler betrachtete gelangweilt seine Fingerspitzen. „Wir können das Gespräch auch in Gegenwart des LKA fortsetzen, wenn das Ihre sarkastische Zunge lockert."

„Schwere Geschütze, Görtler. Wieso sollte denn die Landespolizei ein Interesse an Röllke haben? Etwa wegen der zahlreichen Verschwörungen und ungeklärten Todesfälle, die sich in den letzten Jahren in Uelzen ereignet haben?"

Görtler warf sich nach vorne und schlug beide Handflächen auf meine Tischplatte. „Vorsicht, Hammer. Das ist verdammt dünnes Eis."

Ich hielt seinem Blick stand. „Und DAS ist eine verdammt abgeschmackte Metapher, Görtler. Wieso reden wir nicht Klartext? Wir wissen nicht nur beide Bescheid, wir wissen auch, dass der andere Bescheid weiß."

Er atmete ein paar Mal tief durch und richtete sich dann wieder auf, während er das Jackett glattstrich.

„Also schön, Hammer. Nehmen wir an, dass Staatssekretär Röllke in verschiedenen Situationen etwas... undiplomatisch und vielleicht auch... unüberlegt und überzogen gehandelt hätte. Dann wäre es doch auch in

Ihrem Interesse, wenn er möglichst schnell wieder aus Ihrer heißgeliebten Stadt verschwindet."

„Sicher. Aber ich will auch, dass er Antworten hierlässt. Oder wollen Sie mir die im Gegenzug geben, Görtler?"

„Ich wüsste nicht, welche das sein sollten."

„Antworten auf die Fragen nach einer geplanten Zerschlagung des Landkreises Uelzen und einer Verschwörung zum wirtschaftlichen Ruin der Kreisstadt. Und das alles mit dem Ziel, in Uelzen ein Atommüllendlager durchzuboxen."

Nicht ein Muskel zuckte in Görtlers Gesicht. „Und das soll Enrico Röllke gemacht haben? Ein wirklich böser Junge, der eindeutig bestraft gehört. Da gehe ich völlig mit Ihnen konform, Hammer."

„Ach ja? Dann wollen Sie mir die jahrelange Planung und Durchführung politisch motivierter Kapitalverbrechen also als Alleingang eines durchgeknallten Regierungsmitarbeiters verkaufen?"

„Wieso denn nicht?"

„Ein Beamter, der selbstständig plant und denkt? Wie klingt das denn in Ihren eigenen Ohren?"

„Wir sind flexibler, als Sie denken. Aber glauben Sie mir, dass wollen Sie gar nicht auf die Probe stellen. Also, Hammer. Genug geschwafelt. Ich wiederhole mich ungern. Wo steckt Röllke?"

„Nachdem wir geklärt haben, dass uns nicht viel verbindet, sollten Sie sich denken können, dass ich nicht den geringsten Schimmer habe. Er ist verschwunden. Ihr Hündchen – also finden Sie ihn auch wieder."

„Oh, das werden wir, Hammer. Das werden wir. Und dann räumen wir gründlich auf in Uelzen. Das betrifft alle Spuren, die Röllke hier hinterlassen hat. Auch SIE, wenn sie dazugehören sollten..."

Ich stand auf und stellte mich dicht vor Görtler.

„Sie drohen mir? Bei allem was ich weiß?"

„Keine Drohung, Hammer. Ich kläre Sie nur über die Vorgehensweise der Regierung auf. Sie wollen Klartext? Können Sie haben: Was auch immer Enrico Röllke hier angestellt hat, geschah ohne unser Wissen oder unsere Zustimmung. Und wir sind zutiefst schockiert darüber. Aber nichts davon wird jemals das Licht der Öffentlichkeit erblicken. Nicht weil wir Röllke decken wollen, sondern weil jeder Schaden, den er dieser Stadt zugefügt hat, an UNS haften bleiben würde. Und das können wir nicht zulassen. Hier ist nichts geschehen, was die Landesregierung in ein schlechtes Licht setzen wird. Dafür werde ich sorgen. Dafür bin ich hier."

„Sie sehen gar nicht aus wie eine Putzfrau."

„Man sieht mir vieles nicht an, Hammer. Und jetzt entschuldigen Sie bitte. Ich habe einen Landkreis zu kehren."

Er wandte sich schon ab, als mich ein unschöner Gedanke siedend heiß durchzuckte. „Was ist mit Kitty Cordes?"

An der Tür drehte sich Görtler noch mal um. „Wie gesagt: Ich räume hier auf – gründlich..."

Für das Zwinkern, das er mir zuwarf, hätte ich ihm am liebsten die Fresse poliert. Aber da war er schon draußen. Ich machte mir Sorgen um Kitty. Manche Dinge änderten sich eben nie. Sie ging weder an ihr Handy, noch an ihr Festnetztelefon. Auf dem Kommissariat war sie natürlich auch nicht. Das hatte Görtler besetzt, wie ich von einem Beamten erfuhr. Ich spürte die Unruhe in mir. Die Dinge gerieten immer mehr in Bewegung. Und wenn ich nicht dranblieb, würde ich zwangsläufig abgehängt werden.

Ich warf mir eine Kopfschmerztablette ein und spülte sie mit abgestandenem Kaffee runter, bevor ich mich in meinen Trench warf und die Treppen nach unten lief. Kittys Tablet hatte ich eingesteckt. Das Ding konnte eine Lebensversicherung werden.

Für meinen ersten Weg ließ ich den Wagen stehen. Die Achterstraße erreichte ich auch noch zu Fuß. Kitty machte nicht auf. Also musste ich meinen „Spezialschlüssel" einsetzen. Ich lauschte an der Wohnungstür, bevor ich sie öffnete. Kein Geräusch.

Im Grunde hätte ich mir den kleinen Einbruch auch sparen können. Kitty war verschwunden. So wie ich es ihr gesagt hatte. Und mit ihr all ihre Sachen. Der Kleiderschrank war leer, Bücher und Kosmetikartikel fehlten. Und auch sonst gab es keinen Hinweis darauf, dass in diesen Räumen jemand lebte. Ich ließ mich auf das Sofa fallen und fühlte einen Anflug von Verzweiflung.

Kitty war verschwunden.

Genauso plötzlich, wie sie gekommen war.

Ich konnte ihre Abwesenheit regelrecht spüren. Dabei hätte ich froh sein sollen, dass sie nicht mehr da war.

Stattdessen hatte ich... Angst um sie.

Ein Gefühl, das mich nicht nur von den wichtigen Dingen, die jetzt anstanden, ablenkte, sondern das ich auch überhaupt nicht leiden konnte.

Kitty war schließlich ein großes Mädchen. Sie hatte schon immer auf sich aufpassen können. Besser als ich auf jeden Fall. Und vielleicht saß sie ja auch tatsächlich in einem Hotel, so wie wir es besprochen hatten. Aber dann hätte sie sich melden sollen...

Dennoch – Kitty die Katze würde auch diesmal wieder auf ihre Samtpfoten fallen.

Aber wem machte ich eigentlich was vor?

Das versuchte ich doch nur mir selbst einzureden.

Ich ging zur Tür und drehte mich noch einmal rum.

Mach's gut, Kitty, nahm ich in Gedanken Abschied von ihr. Pass auf dich auf. Wo immer du jetzt auch bist...

*

Mein nächster Weg führte mich zu Röllkes Wohnung. Hier waren die Bluthunde des Innenministeriums mit ihrer Arbeit noch nicht fertig. Ich sah zwei schwarze Limousinen, die den Eingang zu dem Mehrparteienhaus blockierten. Sonnenbrillenträger in dunklen Anzügen schleppten Kartons und Taschen nach unten.

Das war keine Spedition.

Görtler machte also ernst. Er jagte Röllke. Der Typ war ein Vogelfreier. Das bedeutete, ich musste ihn nicht mehr mit Samthandschuhen anfassen. Es bedeutete aber auch, dass es schwerer sein würde, ihn zu finden. Ich konnte nicht mal sicher sein, dass er so dumm war, sich überhaupt noch in Uelzen aufzuhalten. Und dennoch sagte mir etwas, dass genau das der Fall war.

Irgendwo schlich er noch durch den Kreis. Schließlich musste auch er seine Spuren verwischen. Wo würde er damit anfangen?

Ich musste mich in den Dreckskerl hineinversetzen.

Ziellos fuhr ich durch die Straßen und den Landkreis. Gestern hatte alles noch so gut ausgesehen. Ich hatte Röllke am Haken, musste ihn nur noch finden und hätte dann die Bombe hochgehen lassen können. Und jetzt hatte sich alles in Rauch aufgelöst. Ich hatte meine Beweise, konnte aber nichts damit anfangen. Mein Täter war untergetaucht und die

Schatten der Regierung jagten ihn bereits. Sie würden alles verwischen, wenn sie ihn in die Finger bekämen. Und was sie mit Kitty anstellten, wollte ich mir gar nicht ausmalen.

Die Stunden verstrichen und ich kehrte erst am Abend in mein Büro zurück. Die Tür stand offen, und der Inhalt der Schränke lag auf dem Boden verteilt. Aber was anderes hätte ich von einem Typen wie diesem Görtler auch gar nicht erwartet. Er hatte mich also immer noch auf dem Schirm. Ich frischte meinen Tabakvorrat auf, kramte noch ein bisschen Munition zusammen und machte mich wieder auf den Weg in die Stadt, um was zu essen. Es gab nichts für mich zu tun, außer abzuwarten. Und darin war ich gar nicht gut.

Ich kaute noch lustlos auf meiner Pizza rum, als das Telefon läutete.

Der Nerd. Und er hatte besser gute Nachrichten für mich.

„Hammer, hier stimmt was nicht", zischte er mir ins Ohr.

„Das ist ja meistens so, wenn du anrufst."

„Nein, im Ernst. Jemand... ist hier."

Wenn es etwas gab, worauf der Nerd peinlich genau achtete, dann war es ein sicherer Vorrat an Energy Drinks und die Geheimhaltung seines Unterschlupfs. Sollte es also tatsächlich so sein, dass jemand auf dem verlassenen Grundstück herumschlich, konnte ich seine Beunruhigung verstehen.

„Hast du was gesehen, Nerd?"

„Nur einen Schatten. Und Schritte gehört. Eine schwache Taschenlampe."

Ich überlegte fieberhaft.

Görtler?

Sicher nicht. Erstens hatte das MI keine Ahnung vom Nerd und zweitens würden die Bluthunde sich nicht die Mühe machen, im Dunkeln zu operieren. Die wollten gesehen werden. Darin bestand schließlich die Wirkung ihres Auftritts.

„Bist du sicher, dass es nur einer ist, Nerd?"

„Nichts ist sicher, Hammer. Aber ich könnte schwören, dass..."

Sein Atem ging schneller, die Worte blieben stecken.

„Scheiße noch mal, Nerd! Was ist da los?"

„Hammer! Da kommt jemand! Hier ist jemand in der Scheune! Und... Hammer! Der... der hat eine Waffe!" Die Stimme des Nerds überschlug sich, wurde immer lauter und hysterischer.

„Nerd! Verschwinde da! Los, mach dass du rauskommst!"

„Hammer! Die Waffe! Nein, nicht!"

Ein Schuss zerriss mir fast das Trommelfell. Dann Rascheln, ein Aufprall! Der Schrei einer Frau! Verdammt, Mirabelle!

Ein Knacken, Stille.

Ich sah mich um. Die Menschen in dem Lokal starrten mich an.

Ich zitterte, zog einen Zehn-Euro-Schein aus der Tasche und ließ ihn auf dem Tisch liegen, während ich nach draußen rannte. Mein Hemd war durchgeschwitzt und ich sah Sterne vor meinen Augen tanzen. Alles passte mit einem Mal zusammen. Ich war so verflucht blind gewesen! Wenn Enrico Röllke tatsächlich seine Spuren verwischen wollte, dann musste er natürlich zu Mirabelle.

Er hatte den Stick von Moritz Gratzki nicht bekommen, weder vom toten Kernkraftgegner noch von mir. Welche Chance blieb also noch?

Die Schwester war die beste Option.

Und wenn er mich tatsächlich so gut durchleuchtet hatte, wie ich annehmen musste, dann war es auch gut möglich, dass er den Nerd aufgestöbert hatte. Vielleicht als er versucht hatte, den ersten Stick zu knacken? Das Ding war schließlich besser gesichert gewesen als Fort Knox. Warum also nicht auch mit so etwas wie einem Peilsender?

All diese Gedanken schossen mir durch den Kopf, während ich zu meinem Wagen rannte und mich hinter das Steuer warf.

Das Rätsel blieb die Waffe, die abgefeuert worden war.

Wäre Röllke so blöd, den Nerd und Mirabelle zu erschießen?

Aber andererseits hatte er auch nichts mehr zu verlieren.

Ich trat das Gaspedal durch und raste Richtung B4. In wenigen Minuten hätte ich Klarheit. Doch ich war mir gar nicht mehr so sicher, ob ich das unter diesen Umständen auch wirklich wollte.

*

In Tätendorf herrschte wie immer tiefe Dunkelheit und Stille. Ich verließ die B4 und bog zweimal ab, bevor ich die Rückfront des Geländes, zu dem die Scheune des Nerds gehörte, erreichte.

Mit gezückter Waffe stieg ich aus. Vor mir parkte ein Kleinwagen von einer Leihwagenfirma. Vielleicht Röllke?

Ich zückte die Waffe und ging vorsichtig über das Kopfsteinpflaster zwischen Haupthaus und Scheune. Die große Tür stand offen und schwaches Licht drang aus dem Innern. Die Waffe im Anschlag betrat ich das große Gebäude.

Die Tische mit den Computern waren umgestürzt. Das komplette Equipment war zerstört und lag verstreut über dem Boden. Die Scheinwerfer an der Decke waren kaputt, hingen teilweise an Kabeln oder an ihren Leisten herab. Nur einige kleinere Lampen flackerten noch unruhig.

Ein Bild der Verwüstung.

Ich duckte mich in eine dunkle Nische, die Waffe ausgestreckt in der Hand und lauschte. Kein Geräusch.

Das war nicht gerade beruhigend...

„Nerd?"

Ich wartete auf eine Reaktion. Erst kam gar nichts, dann ein leises Schaben hinter den Trümmern der Computer.

„Hammer..."

Das war der Nerd. Seine Stimme war nur ein zitterndes Flüstern. Ich setzte mich in Bewegung, lief in die Dunkelheit hinein und fand meinen Freund unter einem Monitor und einem Tapeziertisch begraben. Er sah übel aus, hatte Platzwunden im Gesicht und seine Brille war auch kaputt. Vorsichtig zog ich ihn raus.

„Was ist passiert, Nerd? Bist du in Ordnung?"

Er tastete mit zitternden Fingern seinen Körper ab und nickte dann hastig.

„Ja, ja, ich glaube, mir geht es gut."

„Was war hier los?"

„Da war dieser Kerl..."

Seine Augen zuckten unruhig hin und her. Er musste Todesängste ausstehen. Dass jemand in sein heiliges Reich einbrach, war schon ein mittelschweres Verbrechen. Außer mir und dem Pizza-Service hätte der Nerd niemanden reingelassen. Und nicht mal dafür würde ich die Hand ins Feuer legen. Aber hier war jemand mit Gewalt eingedrungen. Und er hatte das Werk und die Welt des Nerds in Schutt und Asche gelegt. Keine Ahnung, was das im Kopf meines Kumpels anrichtete.

„Kannst du den Kerl beschreiben, Nerd?"

Kopfschütteln. „Nein. Es war dunkel und alles ging so schnell. Er hatte diese Waffe. Und dann... dann hat er angefangen um sich zu ballern. Ich habe mein Telefon fallen lassen. Ich glaube, es ist kaputt. Er hat geschrien und alles kurz und klein geschlagen. Und er hat auch mich geschlagen. Und dann... Mirabelle..."

Meine Kopfhaut zog sich zusammen wie ein Netz voller Fische.

„Mirabelle? Was ist mit ihr? Komm schon, Nerd, rede!"

Ich wusste, dass ich ihn behutsam anfassen musste, aber dazu war keine Zeit.

„Er... hat sie mitgenommen, Hammer."

Genau das, was ich nicht hören wollte.

„Wo sind sie hin, Nerd?"

„Ich weiß es nicht. Ich habe keine Ahnung."

Ich sprang auf die Füße und sah mich um. Als könnte ich hier eine Spur finden. Selbst wenn es eine gab, hatte ich keine Zeit danach zu suchen. Aber etwas MUSSTE ich tun.

Ich hörte, wie der Nerd neben mir auf die Beine kam.

„Irgendwann musste es ja mal so kommen. Es war nur eine Frage der Zeit, bis sie mich aufspüren würden..."

„Ich weiß nicht, ob es dich tröstet, aber ich glaube nicht, dass du das Ziel warst, Nerd."

Er sah mich fast beleidigt an. „Wie bitte? Du weißt, was ich alles weiß, Hammer."

„Ja, aber es ging nicht um das, was du weißt, sondern um das, was jemand glaubte, dass Mirabelle es weiß."

„Aber..."

„Vergiss es. Das Beste wird sein, wenn du eine Weile untertauchst."

Er lachte hysterisch. „Ach ja? Was meinst du denn, was ich hier in dieser Scheune all' die Jahre gemacht habe, Hammer? Das hier WAR mein Untertauchen."

„Dann musst du eben noch tiefer tauchen."

„Was? Wohin denn? Vielleicht nach Bodenteich? Das kannst du unmöglich verlangen!"

„Ist mir egal, Nerd. Ich habe jetzt keine Zeit. Ich muss Mirabelle suchen. Sie ist in größerer Gefahr als du."

„Und wo willst du nach ihr suchen?"

„Wenn ich das wüsste."

Ich ging nach draußen und kümmerte mich nicht um den Nerd. Ich konnte mich später noch seinetwegen schuldig fühlen. Wenn ich Mirabelle gefunden hatte. Oder wenn es noch mehr gab, weswegen ich mich schuldig fühlen könnte.

Doch dann fiel mir der Wagen wieder ein. Dieser Leihwagen.

Er stand noch immer an der Straße. Mit ein paar schnellen Schritten war ich da und brach das Schloss auf. Im Handschuhfach lag der Mietvertrag. Ausgestellt auf Enrico Röllke aus Hannover. Es war tatsächlich seiner. Und er war immer noch in der Nähe.

„Hammer?"

Der Nerd stand hinter mir und zitterte.

Ich warf ihm den Schlüssel vom Volvo zu. „Hier, nimm meinen Wagen und verschwinde. Hier ist es nicht mehr sicher."

„Wem sagst du das?"

Er rannte los und verschwand in der Dunkelheit. Ich hörte den Motor des alten Volvos, der sich mit quietschenden Reifen entfernte.

Um mich herum war wieder alles still.

Bis auf den Schrei!

Ich zuckte zusammen. Er war vom Haupthaus gekommen, gar keine Frage.

Ich riss die Waffe raus und lief zur Hintertür.

Offen.

Rico Röllke war nicht weit gekommen.

Ich hatte ihn, und der Schrei sagte mir, dass er von Mirabelle noch nicht das bekommen hatte, was er wollte. Das Schicksal meinte es vielleicht doch noch gut mit mir.

Die Waffe im Anschlag betrat ich das alte Lehmhaus. Bereit für einen filmreifen Showdown mit dem mörderischen Staatssekretär.

Kapitel 18

Feuchte, modrige Luft schlug mir entgegen. Das große, verwinkelte Lehmhaus stand schon seit Jahren leer.

Links führte eine Treppe nach oben, rechts ging es in eine Küche und von da aus in einen Keller. Ich lauschte. Kein Geräusch.

Gut oder schlecht?

Ich wünschte, Mirabelle würde noch einmal schreien. Dann wüsste ich nicht nur, dass es nicht zu spät war, ich hätte auch eine Ahnung, wo sie sich befand. Langsam und mit der Waffe im Anschlag tastete ich mich durch den schmalen Flur und erreichte einen großen Raum, der früher mal ein Ladenlokal war. Die Fenster gingen zur Straße hin. Kein Mensch da.

Dann ein leises Poltern, ein Schlag. Eine Stimme, die irgendetwas zischte. Bedrohlich, dunkel.

Röllke?

Es kam von links. Die Tür, die den Raum begrenzte, war geschlossen.

Ich drückte mein Ohr gegen das Holz und lauschte.

Gedämpfte Schritte, leises Schluchzen.

Ich war sicher, dass Röllke und Mirabelle hinter dieser Tür waren. Aber was erwartete mich? Sollte ich stürmen, reinschleichen?

Ich entschied mich für das Überraschungsmoment und trat gegen die Tür.

Ein unterdrückter Schrei, ein lautes Rufen. Ich orientierte mich so schnell ich konnte. Ein großer Saal, gegenüber der Tür eine Bühne mit einem offenen Vorhang, ansonsten Gerümpel. Die Darsteller auf der Bühne: die Schöne und das Biest.

Beide offenbar aufgelöst, kopflos und überrascht. Mirabelle schrie, lief zur Seite. Röllke sah sich hektisch um. Auf den Dielen der Bühne lag eine Waffe. Röllke und ich entdeckten sie gleichzeitig, aber ich hatte meine schon in der Hand und feuerte.

Ich war gut, meine Hand ruhig. Die Kugel zischte an Röllke vorbei, schlug in die Wand. Mirabelle schrie noch mal, hielt sich die Ohren zu, warf sich zu Boden.

Röllke schrie auch, stolperte rückwärts.

„Weg von der Waffe“, brüllte ich.

Er fror auf der Stelle ein, riss die Arme hoch. „Verpissen Sie sich, Hammer!"

Ich grinste ihn an. „Ich kann mich irren, aber Ihre Position scheint nicht gerade geeignet zu sein, um Forderungen zu stellen. Mirabelle, sind Sie in Ordnung?"

Sie erhob sich langsam. Ich sah sie nur aus den Augenwinkeln. Es war besser, Röllke im Blick zu behalten. Der Raum war dunkel, abgesehen von einer blassen Bühnenbeleuchtung. Ich konnte ihn besser sehen, als er mich. Genauso wollte ich es haben.

„Mir fehlt nichts, Hammer", hörte ich ihre schwache Stimme.

„Dann gehen Sie raus. Warten Sie draußen auf mich. Der Herr Staatssekretär und ich haben noch einiges zu besprechen."

Ich sah, wie Mirabelle zögerte. Wie sie auf der Bühne stand und Röllke anstarrte. Als würde sie ihn jetzt zum ersten Mal sehen. Jetzt, wo er sie nicht bedrohen konnte.

„Ist das der Mann, Hammer? Hat er Moritz auf dem Gewissen?"

„Das weiß ich nicht. Aber ich finde es raus. Gehen Sie jetzt, Mirabelle."

Endlich sprang sie von der niedrigen Bühne und kam auf mich zu. Dicht neben mir blieb sie stehen. „Er ist es, oder?"

Ich antwortete nicht. Das reichte ihr auch.

„Knallen Sie das Schwein ab, Hammer."

Dann verschwand sie. Ich wartete noch, bis ich die Eingangstür hörte, dann ging ich auf Röllke zu. Ich zog mir mit einer Hand einen Stuhl heran, der irgendwo im Raum stand. Der Lauf meiner Waffe blieb weiterhin auf den Mann aus Hannover gerichtet. Ich hockte mich hin, als würde ich auf ein Theaterstück warten. Und im Grunde tat ich das ja auch. Die letzte Vorstellung des Enrico Röllke...

Unruhig trat er von einem Bein auf das andere.

„Und? Was haben Sie jetzt vor, Hammer? Mich verhaften?"

„Das wäre der zweite Schritt. Zuerst will ich wissen, warum Sie all das getan haben."

In seinem Blick lag weder Reue noch Resignation. „Ich weiß nicht, wovon Sie reden."

„Auch wenn Sie auf der Bühne stehen: Sie können mit dem Theaterspielen aufhören, Enrico. Ich weiß, dass Sie damals mit Sackmann als Landrats-Kandidaten die Zerschlagung von Uelzen geplant hatten. Und ich weiß, dass Sie auch die *Freunde der Uhl* unterstützt haben, um die wirtschaftliche Entwicklung von Uelzen durch die Stärkung des ansässigen Einzelhandels zu blockieren. Und das alles nur, um im Landkreis ein Atommüllendlager bauen zu können."

Er nahm die Arme runter und klatschte langsam in die Hände. Der Mistkerl traute sich sogar jetzt noch im Angesicht der Niederlage arrogant zu sein.

„Bravo, Hammer. Sie haben Ihre Hausaufgaben gemacht. Ich dachte mir schon, dass Sie gefährlich werden könnten."

„Sie sagen es, Rico. Aber ein paar Fragen sind noch immer offen. Wieso musste Wolter gehen? Der hätte Ihnen doch im Leben nicht gefährlich werden können."

„Wahrscheinlich nicht. Aber sicher ist sicher. Er kannte die anderen Fälle. Vielleicht wäre er auch auf eine Verbindung gekommen. Außerdem brauchte ich kein Kompetenzgerangel. Und einen Bullen umzubringen, kam nicht infrage. Sonst noch was?"

„Was ist los, Röllke? Haben Sie es eilig? Noch eine Verabredung mit Herrn Görtler?"

Im diffusen Licht sah ich, wie Röllkes Fresse immer bleicher wurde. Der Name war ihm also nicht unbekannt.

„Die... die haben Görtler geschickt?"

„Der ist schon ganz heiß darauf, Sie zu finden."

Röllke sackte in sich zusammen. Er ging in die Hocke und kniete sich auf den Boden. „Dann bin ich endgültig erledigt."

„Ach, kommen Sie schon. Typen wie Sie haben immer ein Netz und einen doppelten Boden. Oder wollen Sie mir tatsächlich erzählen, dass Sie die ganze Scheiße hier allein geplant hatten?"

Er grinste schief. „Sagen wir es so: Niemand hat Fragen gestellt. Ich hatte freie Hand."

„Auch die freie Hand zu morden?"

„Ich habe mir nie selber die Finger schmutzig gemacht."

„Nein, Sie hatten Leute wie van Runkel und Sackmann, die für Sie die Drecksarbeit gemacht haben. Aber was war mit Florentine? Haben Sie da etwa auch nicht nachgeholfen?"

Ich hatte Angst vor dieser Frage gehabt, weil ich nicht wusste, was die Antwort bei mir auslösen würde. Aber ich schob sie schon zu viele Jahre vor mir her.

Röllke sah mich an wie ein Schaf. „Wer?"

„Florentine Sackmann." Ich schrie ihm den Namen förmlich entgegen. „Die Frau, die sich nach Ihrem Besuch in der JVA das Leben genommen haben soll."

Endlich hellte sich seine Miene auf. „Ah, Sie meinen die kleine Edel-Nutte von Sackmann! Ein Kollateralschaden. Sie musste verschwinden. Eigentlich schade. Solche Leute können wir im Innenministerium immer gut gebrauchen. Eiskalt und rücksichtslos. Aber sie hatte zu hoch gepokert. Was soll's? Ist niemand mehr da, dem sie fehlen könnte. Oder, Hammer?"

Ich spürte, wie sich meine Finger fester um die Waffe schlossen und es juckte mich, abzudrücken. Aber ich war noch nicht fertig mit dem Scheißkerl.

„Ich will wissen, wie Sie es gemacht haben."

Röllke lachte und breitete die Arme aus, während er noch immer auf den Knien hockte, wie ein geisteskranker Mönch.

„Was ist los mit Ihnen, Hammer? Was soll der Scheiß? Die Geschichte ist ewig her!" Ich sprang auf und streckte die Waffe weiter vor. „Wie haben Sie es gemacht, Röllke?"

Ich brüllte ihn an und wäre am liebsten auf die Bühne gesprungen.

Mein Ausbruch verfehlte nicht seine Wirkung. Röllke schluckte, ließ die Arme sinken. „Keine Ahnung. Ich habe ihr klargemacht, dass es für sie kein Leben nach dem Knast mehr gäbe. Ich habe ihr vor Augen geführt, was sie erwarten würde, wenn sie sich entschließt, weiter feige an ihrer wertlosen Existenz zu hängen. Die meisten können sich wohl nicht vorstellen, welche Überraschungen ein Knast für junge hübsche Frauen bereithält. Dinge, von denen kein Aufseher und keine Verwaltung je etwas mitbekommen. Sie würde hier zugrunde gehen, erniedrigt, gequält und unter unvorstellbaren Schmerzen. Dann habe ich ihr das nötige Werkzeug dagelassen und vor der Tür gewartet, bis es vorbei war. So einfach geht das Hammer. Und noch immer klebt kein Blut an meinen Händen."

„Das können wir ändern, Röllke. Ich sorge dafür, dass Ihre Hände voll sind mit Ihrem eigenen Blut, wenn ich mit Ihnen fertig bin. Ich habe nur noch eine Frage: Warum? Wieso Uelzen, Röllke? Die Nähe zu Gorleben? Und warum musste Moritz Gratzki sterben?"

Er schüttelte den Kopf, als habe er es mit einem Idioten zu tun.

„Sie denken zu kurz, Hammer. Die tödlichste Waffe ist das verräterische Herz einer Frau. Merken Sie sich das, Holger Hammer."

Mit einer erstaunlichen Schnelligkeit warf sich Röllke nach vorne, streckte den Arm aus und griff sich die Waffe, die er verloren hatte. Ich wollte ihn nicht erschießen, musste ihn aber stoppen.

„Liegenlassen, Röllke!"

Doch er dachte gar nicht daran. Er hob die Waffe auf und ich sah schon unser beider Ende, aber dann richtete er den Lauf nicht gegen mich, sondern drückte ihn gegen seine Schläfe.

„Scheiße, Röllke! Machen Sie keine Dummheiten! Stellen Sie sich ihrer Verantwortung!"

Er lachte leise und kam langsam auf die Füße. „Vergessen Sie's, Hammer! Ich werde nicht zulassen, dass ich Ihretwegen mit Schimpf und Schande aus dem Innenministerium gejagt werde. Und ich werde mich garantiert nicht in die Hände von Maurice Görtler begeben. Ich hab's vergeigt. Sicher waren Sie schlau genug, um sich abzusichern. Sie haben doch den Stick, oder nicht?"

Ich zuckte die Schultern. „Ich hatte ihn. Aber ich konnte nichts damit anfangen. Die Daten waren zerstört. Aber ich habe das Duplikat in dem Buch in ihrer Wohnung gefunden."

Röllke lachte leise. „Ich habe Sie wirklich unterschätzt, Hammer."

„Nicht nur das. Es ist blanke Ironie, dass Sie sich ausgerechnet durch die Jagd auf den USB-Stick verraten haben. Einen Stick, den es gar nicht mehr gab."

„Nichts davon spielt jetzt noch eine Rolle."

„Wie kam er eigentlich in die Hände von Moritz Gratzki? Wo er doch so wertvoll war."

„Ich habe keine Lust mehr auf dieses Gespräch, Hammer. Zeit Schluss zu machen."

„Halt! Was ist mit Kitty? Görtler wird sie als ihre Komplizin behandeln, wenn Sie sich jetzt aus dem Staub machen."

„Interessiert mich nicht mehr. Sie muss selber klarkommen. Und nach allem was ich über sie weiß, wird ihr das auch keine Schwierigkeiten bereiten. Ich weiß, wann Schluss ist, Hammer. Aber wissen Sie das auch? Leben Sie wohl..."

Ich öffnete noch den Mund zu einem Schrei, doch der ging in der Explosion der Waffe unter. Röllke fiel wie ein nasser Sack zu Boden, bevor er mir die letzten Antworten hätte geben können.

Ich hörte wieder die Stimme des Großen Unbekannten in meinem Kopf. „*Cherchez La Femme*, Holger Hammer...“

Und dann explodierte etwas in meinem Schädel. Es war, als würde eine Mauer einstürzen, die mich die ganze Zeit blockiert hatte. Ich hatte Röllke lauter Fragen gestellt, dabei hatte ich selber die Antworten schon lange gekannt. Siedend heiß schossen die Wellen durch meinen Körper, während ich auf Röllkes Leiche starrte. Ich musste auf der Stelle handeln, aber das konnte ich nicht allein. Ich brauchte Hilfe. Und mir fiel nur ein Mensch ein, der sie mir geben konnte.

Ich zog den Zettel mit der Nummer aus der Tasche, den mir Bärbel Blue gegeben hatte. Hastig tippte ich die Zahlen in mein Handy und wartete, bis sich eine dunkle Stimme mit einem misstrauischen „Hallo“ meldete.

„Hier ist Holger Hammer. Sind Sie das, Klein Süstedter?“

„Gut kombiniert. Was wollen Sie, Hammer?“

„Eine gemeinsame Freundin aus Bad Bevensen meinte, ich solle mich an Sie wenden, wenn ich bei einer Sache Hilfe brauche.“

„Schießen Sie los. Ich stehe zu Ihrer Verfügung.“

„Sehr gut. Ich hoffe, Sie haben eine gute Kamera.“

„Häh?“

Ich erklärte dem Klein Süstedter, was ich von ihm wollte. Und wie gefährlich die ganze Sache sein würde.

„Keine Sorge, Hammer. Gefahr ist mein Geschäft.“

„Genau wie meins. Seien Sie trotzdem vorsichtig. Und melden Sie sich, wenn Sie es haben.“

Ich legte auf. Wenn alles gut ging, würde der Klein Süstedter das letzte Puzzleteil für mich besorgen. Ich war zufrieden und drehte mich um, damit ich nach Mirabelle suchen konnte.

Doch jemand anderes hatte bereits mich gefunden.

In der Tür standen zwei Gestalten. Die eine war Mirabelle Gratzki. Und die andere hielt eine Waffe auf mich gerichtet.

„Keine Bewegung, Hammer. Sie sind festgenommen.“

Das Grinsen auf den Lippen von Maurice Görtler sagte mir, dass es besser für mich wäre, jetzt langsam meine Arme zu heben.

Kapitel 19

Zwei Hände packten zu und zerrten mich von der Pritsche hoch. Mein Rücken schmerzte und ich spürte jeden Knochen in meinem Körper. Keine Ahnung, wie lange ich in der verfluchten Zelle gelegen hatte, aber mir tat alles weh.

Die schrankartigen Anzugträger schoben mich durch den Korridor und stießen mich die Treppen hoch. Nachdem mich Görtler mit vorgehaltener Waffe nach Uelzen gebracht hatte, musste ich mir mehrere Stunden lang seine beschissenen und immer gleichen Fragen anhören. Irgendwann war es ihm dann wohl auch zu langweilig geworden und er hatte mich in eine Zelle werfen lassen. Ich hatte kein Zeitgefühl mehr und war mir eigentlich auch sicher, nicht geschlafen zu haben. Aber im Grunde konnte ich nicht mal mehr das sagen.

Die Typen schoben mich in das ehemalige Büro von Wolter, beziehungsweise Röllke, und drückten mich auf einen Besucherstuhl, bevor sie wortlos verschwanden. Offenbar ging keiner von ihnen davon aus, dass ich noch zu einer Flucht in der Lage sein würde.

Kurz danach kam Maurice Görtler rein, stellte einen Becher Kaffee vor mir auf den Tisch und grinste mich überheblich an.

„Na, zufrieden mit unserem Service, Hammer?“

Ich rang mir ein Schulterzucken ab. „Na ja, mehr kann man wohl nicht erwarten, wenn sich Landesbeamte als Beherbergungsbetrieb versuchen.“

Ich schob mir eine Selbstgedrehte zwischen die Lippen und erntete einen missbilligenden Blick.

„Ich würde es begrüßen, wenn Sie nicht rauchen würden, Hammer.“

„Meine Mutter auch.“

Ich zündete mir die Kippe trotzdem an und beobachtete, wie Görtler ein Fenster öffnete und sich dann mir gegenübersetzte.

„Und jetzt? Noch ein paar dumme Fragen?“

Er schüttelte den Kopf. „Nein. Ich warte nur noch, bis Sie sich gestärkt haben. Dann bringe ich Sie nach draußen.“

Die Sache musste einen verdammten Pferdefuß haben.

„Und dann? Mit einem Sack über dem Kopf in einen Keller unter der Landesregierung verschleppen? Oder gleich eine Kugel in den Schädel?“

„Sie überschätzen unsere Kompetenz.“

„Das würde ich sogar tun, wenn es darum ginge, sich die Hose zuzumachen. Aber hier reden wir ja auch nicht von Kompetenz, sondern von Skrupellosigkeit. Und Ihre zu überschätzen, dürfte schwierig werden.“

Er lehnte sich zurück und verschränkte die Hände hinter dem Kopf.

„Ob Sie es glauben oder nicht: Sie können gehen. Einfach so. Und ich werde es auch tun. Für uns ist die Sache hier erledigt.“

„Weil Röllke sich das Licht ausgeblasen hat?“

Görtler beugte sich gefährlich weit über den Schreibtisch. „Weil Herr Staatssekretär Röllke einen schlimmen, schlimmen UNFALL hatte. Das ist es, was passiert ist. Haben wir uns verstanden, Hammer?“

„Aber sicher. Und ich nehme an, dass nichts von dem, was er getan hat, Konsequenzen haben wird.“

„Welche sollten das denn sein? Röllke ist tot. Sie waren dabei. Und er war allein für seine Taten verantwortlich. Abgesehen davon gibt es für NICHTS Beweise. Weder für irgendwelche Machenschaften seinerseits, geschweige denn für Verstrickungen der Landesregierung. Oder sehen Sie das anders, Hammer?“

Ich biss mir auf die Zunge. Der Kerl hatte mich am Arsch und das wussten wir beide. Natürlich hatte ich noch meine Beweise. Aber es würde mir nichts nützen, mein Blatt auszuspielen.

Görtler lachte und breitete die Arme aus.

„Ich weiß gar nicht, was Sie wollen, Hammer! Röllke ist tot, der Gerechtigkeit wurde genüge getan. Das zerschlagene Geschirr kittet doch niemand mehr. Und keiner bringt die Toten zurück. Sehen Sie nach vorn, Hammer. Und seien Sie froh, dass die Landesregierung sich nicht noch die Mühe macht, etwas zu finden, womit SIE belastet werden könnten. Meine Idee war es nicht, Sie einfach so vom Haken zu lassen.“

„Ach nein? Was habe ich Ihnen denn getan?“

„Es geht nicht um das, was Sie mir getan haben, sondern was Sie der Regierung antun KÖNNTEN. Im Gegensatz zu Hannover unterschätze ich Sie nämlich nicht. Sie sind ein scharfer Hund. Und ich bin mir sicher, dass Sie noch einige Asse im Ärmel stecken haben. Ich hoffe nur, dass sie auch klug genug sind, Sie dort zu lassen. Bisher sind sie mit einem blauen Auge davongekommen. Das muss nicht so bleiben.“

„Und warum sollte ich mir in die Karten gucken lassen, wenn Hannover doch nichts zu verbergen hat?“

„Keine Ahnung, was da in so einem Schnüffler-Schädel vor sich geht. Konzentrieren Sie sich auf die Fakten: Röllke ist tot und Ihr wunderbares, kleines Uelzen sieht sich keiner Bedrohung mehr ausgesetzt.“

So sicher war ich da noch nicht.

„Und was ist mit dem Atommülllager? Wollen Sie mir erklären, dass die Regierungspläne jetzt so einfach wieder vom Tisch sind?“

Görtler seufzte und rieb sich den Nacken.

„Sie hören einfach nicht zu, Hammer. Da lagen niemals irgendwelche Pläne. Röllke hat uns die Sache vorgeschlagen und wir haben ein gewisses.... Potenzial erkannt. Aber erstens liegt die Entscheidung sowieso beim Bund und zweitens hätten für einen hiesigen Standort verschiedene strukturelle Kriterien erfüllt werden müssen. Und Sie wissen ja selbst, dass Röllke nicht liefern konnte – dank Ihnen... Außerdem sind wir nicht so blöd, die Geschichte unter diesen Umständen weiter zu verfolgen. Ich kann Ihnen also versichern: Uelzen ist diesbezüglich vom Tisch. Auch wenn das für Ihre Leute hier nicht unbedingt ein Grund zur Freude sein sollte. Ich meine, sehen Sie sich doch mal um. Hier gibt es nichts und hier wird es auch in Zukunft nichts geben. Ein Atommüllendlager wäre die Chance auf dauerhafte wirtschaftliche Sicherheit gewesen.“

„Aber zu welchem Preis?“

Görtler winke ab. „Ach, kommen Sie mir doch jetzt nicht mit ideologischer Propaganda. Aber das sind sowieso ungelegte Eier. Die Sache ist erledigt.“

„Und was ist mit Kitty?“

„Wir haben uns lange mit Frau Cordes unterhalten, nachdem wir sie aus einem Hotel abgeholt haben. Sie ist frei hinzugehen, wohin immer sie möchte. Von ihren Aufgaben im Innenministerium ist sie natürlich bis auf weiteres freigestellt.“

„Und wo ist sie jetzt?“

Görtler grinste. „Ich dachte, Sie sind Detektiv.“

Ich stemmte mich vom Stuhl hoch und löschte meine Kippe in der Kaffeetasse. Die Brühe war eh nicht zu genießen.

„Nun, wenn das so ist, bleibt mir nur noch, Ihnen eine gute Heimreise nach Hannover zu wünschen.“

Für einige Sekunden starrten wir uns an und jeder schien vom anderen noch eine unangenehme Überraschung zu erwarten. Als nichts mehr kam, ging ich zur Tür.

„Passen Sie weiter so gut auf Ihre Stadt auf, wie bisher, Hammer.“

Ich ließ die Phrase unkommentiert und schleppte mich nach draußen. Hauptsache ich musste diesen parfümierten Schläger niemals wiedersehen.

Die frische Luft tat gut, ließ meinen Schädel aber noch mehr schmerzen. Oder waren es die offenen Fragen, von denen es für meinen Geschmack immer noch zu viele gab?

Röllke war tot, seine Verbrechen vereitelt.

Doch das war nicht alles...

Keiner hatte mir bisher die Frage nach dem WARUM beantworten können. Was für ein Interesse sollte Röllke daran haben, ein Atommüllendlager ausgerechnet hier zu errichten?

Und es gab noch mehr Unklarheiten. Doch das alles interessierte Görtler und seine Regierung offenbar nicht. Die Sachen, die sie angingen, waren erledigt und vom Tisch. Ein sauberer Abschluss.

Aber nicht für mich...

Wenn ich etwas in meiner Zeit als Schnüffler gelernt hatte, dann, dass die Oper erst vorbei war, wenn die dicke Frau gesungen hatte.

Von daher war es vielleicht auch ganz gut, dass mir die Anzugträger nicht mehr ins Geschäft pfuschen konnten.

Auf dem Weg in mein Büro, versuchte ich noch mal Kitty anzurufen – vergeblich. Und auch Mirabelle erreichte ich nicht. Beides trug nicht gerade dazu bei, mein Misstrauen zu zerstreuen. Doch ich war zu müde und zu kaputt, um darüber nachzudenken. Ich konnte mich gerade noch aus dem alten Trench quälen und mich auf meine Couch fallen lassen, dann überfiel mich auch schon ein bleierner Schlaf.

Aber da konnte ich auch noch nicht ahnen, dass ich den verdammt nötig haben würde.

*

Das Schrillen meines Telefons ließ mich hochfahren. Meine Knochen taten mir noch immer weh nach der Nacht auf der Wache. Aber ich war so etwas wie wach. Also fand ich auch relativ schnell mein Handy. Bei meiner Stimme war es schon etwas schwieriger.

Der Klein Süstedter erkannte mich trotzdem.

„Hammer, wer hat dich denn durch den Fleischwolf gedreht?"

„Im Zweifelsfall ist Hannover an allem schuld. Hast du, was ich wollte?"

„Und wie. Überraschenderweise hattest du wohl den richtigen Riecher. Aber du musst dich beeilen, wenn du das Zeug haben willst. Ich glaube, dass mir jemand am Arsch klebt. Wir treffen uns am Schützenhaus in Kallenbrock."

„Bitte? Wieso das denn?"

„Wir brauchen einen Ort, an dem uns niemand vermutet, den kein Schwein kennt und den niemand, der ihn doch kennt, finden würde."

„Okay – dann ist das wohl die beste Wahl. Bin schon unterwegs."

Der Klein Süstedter hatte also das letzte Puzzleteil, das mir noch fehlte. Ich kippte mir Wasser ins Gesicht und lud noch mal meine Waffe nach, dann rannte ich auch schon zum Auto. Mit ein bisschen Glück würde sich noch heute alles zusammenfügen. Und dann konnte ich das letzte Geheimnis von Enrico Röllke lüften.

Ich nahm die Ringstraße und lenkte den Wagen über den Kreisel am Marktcenter und dann auf die Landstraße Richtung Wrestedt. Die Fahrt zog sich endlos in die Länge. Noch mehr als es die Strecken im Landkreis Uelzen für gewöhnlich tun.

Die Dunkelheit um mich nahm immer mehr zu. Ich hatte den größten Teil des Nachmittags verschlafen. Die Worte des Klein Süstedters hatten mich unruhig gemacht. Wenn er tatsächlich verfolgt würde, dann war derjenige auch bereit, sämtliche Spuren zu verwischen. Außerdem hatte mein Informant angedeutet, dass ich mit meinem Verdacht richtiggelegen hätte. Und das bedeutete größte Gefahr.

Als ich das Schützenhaus in Kallenbrock erreichte, herrschte im Ort Totenstille. An sich nichts Ungewöhnliches, aber es lag auch Gefahr in der Luft – das konnte ich deutlich spüren. Die Waffe fest in der Hand, sah ich mich näher um.

Keine Spur von einem Auto oder vom Klein Süstedter. Das konnte alles bedeuten. Die Ruhe nach dem Sturm oder das Auge des Hurrikans. Aber ich bin nun mal kein Meteorologe. Also blieb mir nur, mich weiter umzusehen. Ich wagte nicht, meine Taschenlampe einzuschalten.

Der blasse Schein des Mondes musste genügen. Angestrengt lauschte ich in die Dunkelheit hinein. Nichts. Nicht mal ein Atmen.

Vorsichtig schlich ich um die Ecke des Schützenhauses, die Waffe im Anschlag und bereit, sie sofort und rücksichtslos einzusetzen. Doch das war wohl überflüssig.

Hinter dem Gebäude lag eine Gestalt auf dem Boden. Als ich näher ging, erkannte ich den Klein Süstedter. Doch er sah furchtbar aus, kreidebleich mit blutunterlaufenen Augen und aufgeplatzter Haut. Ich wollte zu ihm, aber er streckte eine Hand aus und rutschte auf dem Boden weg von mir.

„Komm nicht näher, Hammer. Zu gefährlich."

„Was ist denn los, verdammt? Du siehst aus, als hättest du eine Kreuzung aus Schweinepest und Vogelgrippe im Endstadium."

Er lachte heiser und röchelte.

„Gar nicht schlecht beobachtet, mein Freund. Ich bin vergiftet worden. Ich habe doch gesagt, dass ich verfolgt wurde. Ich war verdammt vorsichtig. Dachte ich zumindest. Irgendwann war der Wagen verschwunden. Ich dachte, ich hätte ihn endgültig abgehängt. Aber ich muss mich getäuscht haben. Jemand stand hinter mir. Da war eine Hand. Mit einer Flasche. Dann ein Zischen. Wie bei Reizgas oder so etwas..."

Das klang verdammt bekannt. Ich dachte sofort an das Zeug, mit dem Moritz Gratzki umgebracht wurde.

„Radioaktiv?"

Der Klein Süstedter nickte. „Ich fürchte schon. Ich ging sofort zu Boden."

„Hast du erkannt, wer es war?"

Kopfschütteln.

Natürlich...

„Jemand... jemand hat mich durchsucht. Aber nichts gefunden. Ich bekam einen Tritt, dann verschwand die Gestalt wieder. Kurz darauf kamst du."

„Kann ich irgendwas für dich tun? Vielleicht... ein Dekontaminationsteam rufen?"

Der Klein Süstedter schüttelte wieder den Kopf. Sein Atem begann zu rasseln.

„Dafür ist es zu spät. Ich habe noch ein paar Jod-Tabletten genommen, die ich immer bei mir habe. Damit ich durchhalte, bis du hier bist."

„Tut mir leid, ich wäre schneller gekommen. Aber du kennst ja die Straßen hier."

„Ist schon gut. Da hinten. Unter dem großen Stein. Da liegt ein Umschlag. Da ist alles drin, was du haben wolltest. Ich musste ein bisschen suchen, aber dann habe ich es gefunden und mitgenommen. Ich brauchte nicht mal meine Kamera. Es sind Fotos, Hammer. Aber sieh‘ es dir selber an. Ich denke, damit hast du alle Antworten in diesem Fall. Jetzt geh‘ und mach dem ganzen Scheiß ein Ende."

Er hustete und ich sah einen Schwall Blut aus seinem Mund quellen. Das Gift hatte seine Organe angegriffen. Wenigstens war es schnell vorbei. Der Kopf des Klein Süstedters kippte auf die Seite und er blieb reglos liegen.

Ich konnte nichts mehr für ihn tun.

Also ging ich zum Stein, hob ihn an und zog den Umschlag hervor. Der Klein Süstedter war sehr umsichtig gewesen, ihn hier zu platzieren. Dort konnte ihn niemand finden. Aber ich hätte ihn wohl auch nicht gefunden, wenn ich später gekommen wäre. Ich riss ihn auf und zog mit zitternden Fingern die Fotos heraus.

Ein Teil von mir hatte gehofft, dass ich mich irrte. Aber mein Riecher war der richtige gewesen. Wieder einmal.

Noch mehr ärgerte ich mich aber, dass ich so lange gebraucht hatte, um das Offensichtliche zu erkennen. Der ganze Spaß hätte schon viel früher zu Ende sein können, wenn ich den Wald vor lauter Bäumen gesehen hätte.

Ich blätterte die Fotos durch. Auf allen war Röllke zu sehen. Zusammen mit seinem Motiv. Jetzt fügte sich alles zusammen. Und es war an mir, die offenen Enden zusammenzuführen. Anders als Görtler war ich nicht bereit, die Sache auf sich beruhen zu lassen. Nicht nur an Röllkes Händen klebte Blut. Vielleicht hatte er sogar die Wahrheit gesagt und sich gar nicht die Hände schmutzig gemacht. Moritz Gratzki, Björn-Ole und auch der Klein Süstedter waren auf ein anderes Konto gegangen. Und es war höchste Zeit, dieses Konto für immer zu schließen.

Ich schob den Umschlag in meine Tasche und warf noch einen letzten Blick auf den Klein Süstedter. Er sollte nicht umsonst gestorben sein.

„*Cherchez La Femme*" hatte der Unbekannte gesagt und ich war seinem Ruf gefolgt. Ich hatte die Frau gefunden. Aber um sie festzunageln, brauchte ich Hilfe.

Ich sah mich noch einmal um, doch weit und breit war niemand zu sehen. Ich konnte also sicher sein, dass ich allein war. Ich warf mich wieder in meinen Wagen und fuhr zurück Richtung Uelzen. Die Nacht war jung. Und sie würde noch einige Überraschungen bringen.

*

Als ich das Gelände in Tätendorf erreichte, deutete nichts mehr auf die Ereignisse der letzten Nacht hin. Das Haupthaus war verschlossen und dunkel. Aber als ich meinen Wagen auf dem Hof parkte, hörte ich Lärm aus der Scheune. Schieben, Brummen, Scheppern. So viel Betrieb war da noch nie gewesen.

Ein paar helle Scheinwerfer blendeten mich, als ich die Türen aufzog. Ich sah den Nerd inmitten des Chaos aus Elektroschrott und zerstörten Einrichtungsgegenständen. Er drehte sich zu mir. Sein lädiertes Gesicht drückte nicht unbedingt Freude aus.

„Hammer. Mit dir hätte ich gar nicht gerechnet. Hier ist nichts mehr zu holen. Der Irre hat keinen Stein auf dem anderen gelassen."

„Es tut mir leid, was passiert ist. Das meine ich ernst. Wenn ich dir irgendwie helfen kann... nach Borg fahren oder so..."

Der Nerd winkte ab. „Schon gut. Das meiste kommt in Kisten und dann weg. Hier ist kaum noch was zu gebrauchen."

„Du nimmst es erstaunlich gelassen hin."

Tatsächlich konnte ich mich nicht erinnern, den Nerd jemals so entspannt erlebt zu haben. Er zuckte mit den Achseln. „Was soll ich machen? Ich bringe die Sachen nicht mehr zurück. Und irgendwie habe ich ja auch immer damit gerechnet. Niemand, der so viele Dinge weiß wie ich, kann immer unentdeckt bleiben. Und mir ist es ehrlich gesagt sogar lieber, der ganze Kram ist hinüber, als dass er in die falschen Hände fällt."

Er trat gegen einen kaputten Monitor. „Das alles lässt sich ersetzen. Oder auch nicht. Irgendwie ist es auch befreiend, den Mist los zu sein. Jetzt gibt es keinen Grund mehr, hinter mir her zu sein."

Seine Mundwinkel zuckten und ich sah, dass er uns beiden nur etwas vormachte. Aber andererseits hätte ich auch nicht gewusst, wie ich ihn trösten sollte.

Er musterte mich. „Was ist mit dir, Hammer? Du bist doch sicher nicht gekommen, um mir beim Aufräumen zu helfen."

Er hatte mich erwischt.

„Tja, also ehrlich gesagt bräuchte ich noch mal deine Hilfe."

Er lachte. „Sieh dich um! Wenn du etwas findest, das funktioniert, kannst du es gerne mitnehmen."

Ich sagte ihm, wonach ich suchte und ein Leuchten trat in seine Augen. „Da könntest du sogar Glück haben! Das mobile Zeug ist verschont geblieben."

Er verschwand im hinteren Teil der Scheune, der nicht von den Scheinwerfern ausgeleuchtet war und ich hörte ihn in irgendwelchen Kisten kramen. Es dauerte gar nicht lange, bis er zurückkam und mit einem kleinen Kasten in der Hand wedelte.

„Das hier sollte seinen Zweck erfüllen."

Er erklärte mir das Gerät und zeigte mir, was ich zu tun hatte.

„Ich danke dir. Für alles, was du für mich getan hast."

Er winkte ab, „Nicht der Rede wert. War ja immer eine aufregende Zeit mit dir."

„Das klingt so nach Abschied."

Der Nerd zuckte die Schultern. „Na ja. Du siehst ja: Nichts ist mehr, wie es war. Apropos: Hast du etwas von Mirabelle gehört?"

Ich schüttelte den Kopf. „Nein, die Typen vom MI haben sie gestern mitgenommen. Sie sagten, sie sei frei. Aber ich konnte sie nicht erreichen. Allerdings rechne ich damit, sie bald wiederzusehen."

Der Nerd seufzte. „Dann grüß sie von mir. Wir hatten eine echt schöne Zeit hier zusammen."

Ich klopfte ihm auf die Schultern. „Jetzt werd' mal nicht sentimental. Wir kriegen das alles schon wieder hin."

Der Nerd nickte, doch sein Gesicht verriet mir, dass er alles andere als überzeugt davon war. Ich musste los. Ich bedankte mich noch mal und ging zu meinem Wagen zurück. Ich hatte das Gefühl, dass ich bestens ausgerüstet war für die Mission, die jetzt vor mir lag.

Ich startete den Volvo und machte mich auf zu meiner letzten Reise in diesem Fall. Die Dunkelheit des Landkreises verschluckte mich und meine Gedanken glitten ein letztes Mal zurück in die Vergangenheit.

Zurück zu Kitty...

Kapitel 20

Vergangenheit

Ich war gelinde gesagt ziemlich am Arsch. Mein Auftraggeber Rocco hatte mich bei Dolly Döbler erwischt, kurz nachdem ihr einer das Licht ausgeblasen hatte. Jetzt hockte ich in seinem Wagen und fuhr mit ihm zu Konrad Göpelmann, meinem anderen Auftraggeber. Dieses Treffen konnte nur äußerst unschön enden. Und dann waren da auch noch Kitty und ihr Gerüst aus Lügen, das sie errichtet hatte. Dieser Tag hatte keine Chance mehr, gut zu enden.

Ich hockte schweigend neben Rocco auf dem Beifahrersitz und ging meine Optionen durch. Das waren nicht besonders viele. Ich konnte aus dem Wagen springen und abhauen. Oder auf ein Wunder hoffen.

Mein Boss jedenfalls schien ziemlich vergnügt und siegessicher zu sein. Er war auf dem Weg, seine verlorenen Sachen einzusammeln. Davon war er jedenfalls überzeugt.

„Sie überraschen mich, Hammer", sagte er, ohne den Blick von der Straße zu nehmen. „Ich hätte nicht gedacht, dass Sie der Typ sind, der sich von einer Frau aus der Bahn werfen lässt. Zugegeben, Kitty ist schon was Besonderes. Aber aus irgendeinem Grund hatte ich das sichere Gefühl, dass Sie gegen so etwas immun sind."

Ich auch. Aber ich verkniff mir eine Antwort.

„Sie wissen schon, dass dieser kleine Alleingang Konsequenzen haben wird, oder? Wenn Sie mir jetzt helfen, die Sache wieder gerade zu biegen, kann ich mir vorstellen, Ihr Ende weniger schmerzhaft herbeizuführen. Aber glauben Sie nicht, dass Sie heile aus dieser Sache rauskommen können."

„Ich glaube gar nichts, Rocco."

Er lachte leise. Damit war das Gespräch beendet.

Als wir den Hof von Göpelmann in Hamborg erreichten, kam er bereits aus dem Haus gelaufen. Rocco stoppte den Wagen parallel zum Eingang und stieg aus. Klugerweise blieb er so im Schutz der Karosserie.

Ich erkannte, wie Göpelmanns Gesichtszüge entgleisten, als er den Soltauer erkannte. Nach der Überraschung kam die Wut. Aber Angst war auch mit dabei.

Ich stieg vorsichtig und langsam aus und wünschte mir, meine Waffe noch zu haben. Doch die hatte Rocco natürlich kassiert. Jetzt stand ich genau zwischen den beiden und kam mir vor wie in einem billigen, alten Spaghettiwestern.

Für einen Moment schien die Zeit still zu stehen. Ich sah, wie Göpelmanns Hände zuckten.

„Hammer, was zum Teufel hat das zu bedeuten? Wo kommt der denn her?"

Rocco schob die Aufschläge seines Jacketts zurück und stemmte die Hände in die Hüften. In unmittelbarer Nähe zum Knauf seiner Waffe, die im Gürtel steckte.

„Guten Abend, Konrad. Was glaubst du denn, wo ich herkomme? Aus Soltau natürlich. Wollte mal sehen, was mein geschätzter Mitarbeiter hier so unternimmt, um sich mein Geld zu verdienen."

Göpelmanns Augen funkelten, als er mich ansah und seine Lippen begannen zu zittern.

„DEIN Mitarbeiter? Scheiße, Hammer, wovon redet der Penner?"

Ich brauchte gar nicht selber zu antworten. Das übernahm Rocco für mich.

„Davon, dass ich Hammer bezahlt habe, um Kitty zu finden. Und das Geld, das sie mir gestohlen hat."

Göpelmanns Blick ließ mich nicht mehr los.

„Dann arbeiten sie für Rocco, Hammer? Aber das würde ja bedeuten, dass Sie gar kein alter Freund von Kitty sind, wie Sie gesagt haben."

Langsam wurde es mir zu bunt. „Wenn ich vielleicht auch mal zu Wort kommen dürfte?"

„Nicht nötig, Hammer", fiel mir Rocco ins Wort. „Es ist alles gesagt. Ich weiß, dass Kitty mich bestohlen hat. Und zwar in DEINEM Auftrag, Göpelmann. Ich wusste, dass es ein Fehler war, dir zu vertrauen. Aber Gott sei Dank lassen sich Fehler immer noch korrigieren. Gib mir Kitty und mein Geld zurück und ich bin bereit, die ganze Geschichte großzügig zu vergessen."

Göpelmann lachte heiser. „Kitty ist ein freier Mensch, Rocco. Sie ist freiwillig zu mir gekommen. Was kein Wunder ist, nachdem sie von dir wie ein Stück Vieh behandelt worden war."

„Hüte dich, Conny! Bisher bin ich nett geblieben. Doch das muss nicht so bleiben."

„Ich habe keine Angst vor dir, Rocco. Und deine unsinnigen Beschuldigungen kannst du dir sonst wohin stecken. Ich habe kein Geld von dir. Und jetzt verpiss dich oder ich rufe die Bullen und lasse dich wegen Hausfriedensbruchs festnehmen."

Die Adern an Roccos Hals traten hervor.

„Und das ist dein letztes Wort, Göpelmann?"

„Mein allerletztes."

Die beiden starrten sich an, als warteten sie darauf, wer zuerst seine Waffe zog.

„Dann fahr zur Hölle, Göpelmann", schrie Rocco und packte den Griff.

„Nein, fahr DU zur Hölle, Rocco!"

Fast gleichzeitig zogen die beiden ihre Waffen und eröffneten das Feuer aufeinander. Alles was ich tun konnte war, mich auf den Boden zu werfen und unter den Wagen zu rollen. Ich hörte die Kugeln um mich herum zischen und sah die Funken, wie sie in das Metall von Roccos Wagen einschlugen. Ich hörte auch Schreie und Flüche.

Und dann war alles vorbei. Von einem Moment auf den anderen.

Ich hatte das Gefühl, schon Stunden unter dem Wagen gelegen zu haben, als ich langsam hervorkroch und mir den Staub von den Klamotten klopfte.

Die Gangster lagen beide auf dem Boden. Rocco neben seinem Wagen auf dem Bauch, alle Viere weit von sich gestreckt. Sein Auge war aufgerissen, die Hand hielt noch immer die Waffe umklammert, während sich der Kies unter ihm rot färbte. Ein leichter Tritt in seine Seite zeigte mir, dass hier nichts mehr zu machen war.

Aber Göpelmann regte sich noch. Ich hörte das Stöhnen vom Haus her. Er lag auf dem Rücken, ausgestreckt auf den Stufen, die zum Eingang hinaufführten. Sein Körper war durchsiebt und es war nur noch eine Frage der Zeit, bis die Lichter ausgingen. Ich hatte eh kein großes Interesse daran, ihn zu retten. So musste ich kein schlechtes Gewissen haben.

Ich hockte mich neben ihn auf den Boden und sah in seine glasigen Augen. Seine Mundwinkel zuckten und als er die Lippen zum Sprechen öffnete, bahnte sich ein dunkelrotes Rinnsal seinen Weg das Kinn hinab.

„Verdammt, Hammer, mich hat's erwischt."

Ich nickte. „Tut mir leid wegen Rocco. Ich hatte keine Wahl. Aber glauben Sie mir: Ich hatte nicht vor, ihm Kitty auszuliefern."

Göpelmann hustete.

„Ich weiß. Ich habe es in Ihren Blicken gesehen, wenn Sie sie betrachtet haben. Sie haben sich in Kitty verliebt. Wie jeder, der ihr begegnet. Sie ist eine Falle, in die Männer treten, auch wenn sie wissen, dass es eine Falle ist.“

Lauter Dinge, die ich nicht hören wollte. Ich wünschte, diese Todgeweihten würden endlich mal früher verrecken, statt immer noch ihren Sermon loszuwerden.

„Ja, kann schon sein.“

Göpelmann hob seine kalte Hand und packte meinen Arm. Sein Griff war noch erstaunlich fest.

„Kümmern Sie sich um sie, Hammer. Versprechen Sie mir das...“

Mein Lächeln musste wohl mehr wie ein schiefes Grinsen ausgesehen haben.

„Oh ja, das werde ich. Darauf können Sie sich verlassen.“

„Mein Musical... Es wäre ein Riesenerfolg geworden, da bin ich sicher. Doch jetzt wird mein Traum mit mir sterben. Hammer... es ist... vorbei...“

Das letzte Licht in seinen Augen erlosch und der Kopf kippte zur Seite. Konrad Göpelmann war tot. Ich hatte ihm versprochen, dass ich mich um Kitty Cordes kümmern würde. Und dieses Versprechen würde ich auch einlösen. Doch wahrscheinlich anders, als Göpelmann es gedacht hatte. Ich tastete nach der Innentasche meines Mantels und fühlte den Umschlag, den Dolly mir gegeben hatte. Hinter der offenen Haustür hörte ich ein Geräusch und ich konnte Kittys Anwesenheit fast körperlich spüren. Ich nahm Göpelmanns Waffe an mich, stand auf und schritt durch die Tür, bereit zu tun, was immer nötig wäre...

Die große Halle war leer, aber ich blieb trotzdem wachsam. Irgendwo in der Nähe war Kitty. Und das bedeutete Gefahr. Ich hatte eine Ahnung, dass mir nicht mehr viel Zeit bleiben würde, die Sache hier zu Ende zu bringen. Irgendwer musste die Schießerei mitbekommen und erkannt haben, dass es unmöglich die Fehlzündung eines Traktors gewesen sein konnte. Also stellte ich mich besser auf eine Stippvisite der Bullen ein. Aber vorher wollte ich die Sache mit Kitty klären.

Da waren wieder die Geräusche.

Ein Rascheln, Herumkramen, so als würde jemand etwas suchen. Oder einpacken. Leise gedämpfte Stimmen. Vertraute Stimmen.

Sie kamen von der anderen Seite des Hauses. Aus dem großen Kaminzimmer mit der Terrassentür. Ich durchquerte die Halle und versuchte das

Knirschen meiner Sohlen zu vermeiden. Ich öffnete die Tür zu Göpelmanns Wohnzimmer. Und dort standen sie beide: Kitty und Marvin. Direkt vor dem offenen Tresor, an der Wand links vom Eingang.

Das schützende Bild war abgehängt und stand auf dem Boden. Die Stahltür war offen und die beiden waren damit beschäftigt, den Inhalt eilig in ein paar große Reisetaschen zu schaufeln.

Kitty stoppte in der Bewegung, hob den Kopf und sah mich. Ihre Augen wurden groß. Ich hatte sie erwischt.

„Holger! Mein Gott, was tust DU denn hier? Wir haben Schüsse von draußen gehört. Ist dir was passiert?"

Ich hielt die Waffe fest umklammert. Auch Marvin hatte mich bemerkt. Mit lauerndem Blick blieb er hinter Kitty stehen.

„Nein, mir geht es gut. Jedenfalls den Umständen entsprechend. So, ihr habt also Schüsse gehört, ja? Und da dachtet ihr euch, ihr räumt mal lieber schnell den Tresor aus, statt nachzusehen, ob jemand Hilfe braucht. Oder statt die Polizei zu rufen. Nicht, dass noch jemand das wertvolle Zeug klaut. Richtig?"

Kitty sah hilfesuchend zwischen Marvin und mir hin und her. Wahrscheinlich war sie es nicht gewohnt, dass es keine Ausrede mehr gab. Nicht mal für sie.

„Ja... äh... nein. Du verstehst das nicht, Holger."

„Oh, da hast du völlig recht, meine Liebe. Ich verstehe hier so einiges nicht. Aber du wirst bestimmt alles erklären können, stimmt's?"

Marvin schob sie grob zur Seite und ich sah die verräterische Beule unter seinem Jackett.

„Dazu haben wir leider keine Zeit. Machen Sie den Weg frei, Hammer, sonst..."

Mein Stichwort.

„Sonst was? Wollen Sie mich erschießen, Marvin? Nur zu. Auf eine Leiche mehr oder weniger auf diesem Grundstück kommt es wahrscheinlich nicht mehr an."

Kitty schien verwirrt. Doch ich konnte nicht mehr sagen, was bei ihr echt war und was nicht.

„Wie meinst du das? Was war da draußen los, Holger?"

„Kannst du dir das wirklich nicht denken, Kitty? Es gab ein kleines Gangster-Gipfeltreffen. Rocco ist aufgetaucht. Er hat mich erwischt und

hierhergebracht. Aber dein Liebhaber war nicht besonders gastfreundlich. Und so haben die beiden sich gegenseitig das Licht ausgeblasen."

Marvins Augen leuchteten vor Freude. Er vergaß, mich zu bedrohen und packte stattdessen Kittys Schultern.

„Hast du das gehört, Kitty? Konrad und Rocco sind tot! Das ist eine Fügung des Schicksals. Endlich sind wir frei! Verstehst du? Wir können gehen, wohin wir wollen!"

Aber offenbar übersah er da noch eine Kleinigkeit...

„Noch nicht ganz. Erst müssen Sie noch MICH aus dem Weg räumen."

Kittys Augen weiteten sich. „Aber Holger, ich dachte, du stehst auf unserer Seite."

„Wenn überhaupt, habe ich auf DEINER Seite gestanden. Doch das war, bevor ich wusste, dass du mich nur benutzt hast."

Ich sah wie sie schluckte und zitterte. Sie wusste genau, dass ich die Wahrheit kannte. Und trotzdem versuchte sie, die Maskerade aufrecht zu erhalten. Das machte die Sache sogar noch schlimmer.

„Holger, das ist nicht wahr. Du weißt doch, was ich für dich empfinde."

Jedes ihrer Worte war wie ein kleines Messer, das sie in mein Fleisch bohrte. Ein Teil von mir hätte am liebsten die Waffe gehoben und abgedrückt. Doch das brachte ich nicht fertig.

Noch nicht...

„Red' nicht von Gefühlen, Kitty Cordes. Davon verstehst du nichts. Es sei denn, sie dienen dir, um deine Ziele zu erreichen."

Sie schaffte es sogar, Tränen in ihren Augen schimmern zu lassen. Eins musste ich ihr zugestehen: Sie war wirklich gut.

„Holger, du tust mir weh!"

„Schluss mit dem Gelaber", schrie Marvin. „Was kümmert es dich, was der Schwachkopf denkt, Kitty? Wir werden ihn umlegen und dann von hier verschwinden. Wie geplant."

Er zog die Waffe unter seiner Jacke hervor, aber Kitty stellte sich ihm in den Weg.

„Nein, warte, Marvin! Ich will wissen, was das alles zu bedeuten hat."

„Wozu? Es spielt keine Rolle mehr."

„Für mich schon. Na los, Holger, was ist es, das du zu wissen glaubst?"

Ich zog den Umschlag aus meiner Tasche und wedelte damit vor ihrer Nase.

„Alles. Und die Beweise habe ich hier in diesem Umschlag. Dolly Döbler hat ihn mir gegeben. Und es mit ihrem Leben bezahlt."

Kitty wurde blass.

„Dolly ist tot?"

So langsam verlor ich die Geduld.

„Tu nicht so scheinheilig. Ihr beide habt euch das doch ausgedacht. Du und Marvin. Der Mann, der alles für dich tun würde. Aber nicht, weil er dein Bruder ist. Nein, Marvin ist dein Liebhaber. Und ihr habt das alles geplant. Ich weiß Bescheid über euch. Das Spiel ist aus, Kitty Cordes!"

Auch wenn ich mir gewünscht hätte, diesmal danebengelegen zu haben, sagte mir Kittys betretener Gesichtsausdruck, dass ich ins Schwarze getroffen hatte. Sie und Marvin waren keine Geschwister, sondern ein tödliches Liebespaar, das sowohl Rocco als auch Göpelmann reingelegt hatte. Kitty hatte ihren Lover in beide Organisationen eingeschleust, damit er ihr dabei half, die Gangster auszunehmen. Jetzt waren beide tot. Genau wie die arme Dolly, die die Wahrheit ans Licht gebracht hatte und es mit dem Leben bezahlen musste. Sie hatte Fotos der beiden, die sie in eindeutigen Posen zeigten. Engumschlungen und halbnackt auf einem Bett liegend.

Der Gedanke, dass Marvin vor der Hütte im Wald gewartet hatte, während ich mit seiner Geliebten schlief, verursachte mir Übelkeit. Ich wusste nicht, wer von beiden schlimmer war: Kitty, die mit mir ins Bett gegangen war, damit ich ihren Kopf aus der Schlinge zog oder Marvin, der sie bereitwillig angeboten hatte, um einen unfreiwilligen Helfer zu haben. Aber es spielte auch keine Rolle, denn jetzt ging es längst nicht mehr um Moral oder Anstand.

Es ging ums blanke Überleben. Und ich war als letzter Mitwisser noch übrig.

Ich sah, wie Kitty die Augen niederschlug.

„Ja, es stimmt Holger. Marvin ist nicht mein Bruder. Aber du musst mir glauben, ich habe niemanden umgebracht. Ich wollte nicht mal, dass jemand stirbt."

Marvin packte sie am Arm und stieß sie gegen die Wand.

„Schluss jetzt mit der Beichte! Was soll der Scheiß überhaupt? Wen interessiert das schon?"

„Es interessiert MICH", schrie Kitty und stieß ihm gegen die Brust. „Stimmt es, Marvin? Ist Dolly wirklich tot?"

Er lachte kalt. „Natürlich! Sie hatte die Wahrheit über uns herausgefunden. Sie MUSSTE verschwinden. Deshalb bin ich vorhin zu dir gekommen und habe darauf gedrängt, dass wir Uelzen verlassen, bevor alles ans Licht kommt."

„Du bist ein Mörder, Marvin!"

„Komm schon, das wusstest du doch vorher. Und als ich Schlattner ausgeschaltet habe, hat dir das auch nichts ausgemacht."

Eine interessante Wendung...

„DU warst das also. War es Teil des Plans, dass es so aussehen sollte, als hätte Kitty geschossen, damit ich sie aus der Schusslinie bringe?"

Marvin warf sich in Pose.

„Bravo, Hammer. Sie sollten Detektiv werden oder so etwas. Schlattner musste weg. Göpelmann war kurz davor, ihm die 200.000 für dieses beschissene Musical zu geben. Dabei gehörte das Geld Kitty und mir. Göpelmann war nur eine Zwischenstation. Er hatte Kitty bei Rocco im Heidepark entdeckt und war besessen von ihr. Sie sollte ihm sagen, dass sie ihm gehören würde, wenn er ihr half, abzuhauen. Und sie köderte ihn mit der Kohle. Er half uns bei dem Raub und versteckte uns. In ein paar Tagen wären wir mit dem Geld sowieso verschwunden. Aber dann kam er mit Schlattner an. Als der Kitty befummeln wollte, war es unsere Chance ihn aus dem Weg zu räumen und selber sauber rauszukommen. Das Geld wäre in Sicherheit, bis wir weg wären. Ich habe gesehen, was du für Kitty empfindest. Wenn du den Eindruck hättest, dass meine Schwester Schlattner aus Notwehr getötet hatte, würdest du niemals zulassen, dass sie erwischt wird. Die Rechnung ist aufgegangen."

So sehr ich es auch hasste, es zugeben zu müssen, aber Marvin hatte recht. Ich war tatsächlich so leicht zu durchschauen gewesen, wie er dachte.

Ich war Kitty auf den Leim gegangen, genau wie viele Männer vor mir. Und ich war mir sicher, dass Göpelmann und Rocco nicht die einzigen waren, die das mit dem Leben hatten bezahlen müssen.

Plötzlich stand Kitty wieder vor mir und legte mir ihre Hände auf die Schultern.

„Oh Holger, es tut mir so leid. Ja, es stimmt. Der Plan war, Rocco und Göpelmann auszunehmen. Und ja, ich war damit einverstanden, dass Marvin dich benutzt, um Schlattner zu erledigen. Aber das war bevor..."

„Bevor was?"

„Bevor wir in der Hütte zusammen waren. Und bevor ich anfing, etwas für dich zu empfinden..."

Marvin packte sie und riss sie von mir weg. „Was zum Teufel redest du da, Kitty? Du musst ihm nichts mehr vorspielen."

„Ich spiele nicht, es ist mein Ernst. Ich will das alles nicht mehr, Marvin. Bitte, lass uns aufhören. Hier und jetzt bevor es zu spät ist."

Seine Hand schlug klatschend in ihr Gesicht.

Eine neue Showeinlage der beiden?

„Du hast sie wohl nicht alle! Du bist verwirrt. Ich werde diesen Idioten jetzt umlegen und dann verschwinden wir von hier. Morgen hast du ihn vergessen und dann ist alles wieder beim Alten."

Er wollte sie zur Seite schieben und legte bereits mit der Waffe auf mich an, als Kitty nach seinem Arm griff.

„Nein, Marvin. Nichts wird je wieder so sein, wie es mal war. Ich kann das nicht mehr. Das Leben auf der Flucht, immer in Angst vor dem, was hinter uns ist. Ich will nicht mehr weglaufen und ich will keine Verbrecherin mehr sein.

„Du bist ja völlig verrückt. Ich werde Hammer erledigen, dann reden wir weiter."

Sie packte die Waffe und drehte sie Marvin aus der Hand. Er war viel zu überrascht, um darauf reagieren zu können. Damit hatte er nicht gerechnet. Mit beiden Händen hielt Kitty die Pistole fest und richtete den Lauf auf Marvin, der erschrocken zurücktaumelte.

„Nein, Marvin, Du wirst ihm nichts tun! Das lasse ich nicht zu!" Ihre Stimme überschlug sich. Sie wäre zu allem fähig gewesen.

„Kitty! Bist du wahnsinnig? Was willst du mit der Waffe? Los, runter mit dem Schießeisen oder ich werde...."

Er nahm seinen Mut zusammen und machte einen Satz nach vorn, um ihr die Pistole zu entreißen. Schon hatte er ihre Hand gepackt. Kitty schrie und ich wollte zu ihr, bevor ein Unglück geschehen konnte.

„Kitty, NEIN!"

Der Schuss peitschte durch die Luft.

Dann Stille.

Für einen Moment schien alles eingefroren zu sein.

Ich.

Kitty.

Marvin, der wie versteinert dastand, die Augen weit aufgerissen und schwankend wie ein Strohhalm im Wind.

Dann kippte er einfach um, in seiner Brust ein riesiges Loch. Genau im Herzen. Oder an der Stelle, wo bei anderen Menschen das Herz saß.

Ich überwand meine Starre und ging um Kitty herum. Ohne Widerstand ließ sie sich von mir die Waffe aus der zitternden Hand nehmen.

Sie hatte mir das Leben gerettet. Aber machte sie das nun zu einem besseren Menschen?

Sie hob den Blick und sah mich an, als erwache sie aus einem seltsamen Traum und hätte keine Ahnung, was hier gerade passiert war.

„Ich habe das für dich getan, Holger."

„Nein. Du hast es für dich selbst getan."

„Dann für UNS."

Ich strich ihr über die Wange. „Es gibt kein uns..."

Sie warf sich an meine Schulter. Aber ich konnte ihr keinen Halt geben.

„Und was soll jetzt werden?"

„Ich weiß es nicht. Die Polizei wird früher oder später hier auftauchen."

Sie hob den Blick. Ihre Augen waren angsterfüllt und tränenverschleiert.

„Wirst du mich ausliefern?"

Diese Frage wollte ich nicht hören. Und noch weniger wollte ich sie beantworten.

„Ich werde nicht mehr für dich lügen."

Sie schlang ihre Arme um meinen Hals. „Dann komm mit mir. Lass uns gemeinsam fortgehen."

Widerwillig löste ich sie von mir und trat einen Schritt zurück.

„Schnapp' dir die Reisetasche mit dem Geld und dann mach', dass du hier wegkommst."

„Aber Holger..."

„Ich sagte, du sollst verschwinden. Los, geh schon. Raus mit dir, bevor ich es mir noch mal anders überlege."

Sie starrte mich an und ich fragte mich, wie lange ich ihrem Blick noch standhalten musste, bis ich ihre Hand nahm und mit ihr weglief. Ich hatte die Chance.

Die Chance, alles zu vergessen, was sie getan hatte. Die Chance, ihr einfach zu glauben und ein wildes Leben auf der Flucht zu führen.

Ich schlug sie aus.

Um was zu tun?

Was erwartete mich, sobald Kitty verschwunden und mit dem Wagen von Göpelmann in den Sonnenuntergang gefahren war?

Nichts...

Ich sah, wie sie die Tasche nahm.

„Na schön, Holger. Ich hoffe, wir werden uns irgendwann wiedersehen. Irgendwo, wenn keiner von uns damit rechnet. Und dann haben wir hoffentlich eine Chance."

„Die hatten wir nicht und die werden wir auch niemals haben."

„Dann in einem anderen Leben. Bis dahin: So long, Holger Hammer."

Ich drehte mich nicht noch einmal nach ihr um. Ich wartete, bis ihre Schritte verhallt und das Dröhnen des Motors von Göpelmanns Wagen in der Ferne verschwunden war. Dann rief ich die Polizei. Offenbar hatte in diesem komischen Kaff doch keiner Verdacht geschöpft und ich hätte einfach so verschwinden können. Keine Ahnung, warum ich meinte, das Richtige tun zu müssen.

Während ich wartete, rauchte ich eine Selbstgedrehte und gönnte mir einen Schluck von Göpelmanns sündhaft teurem Whisky. Er brauchte ihn ja eh nicht mehr. Es dauerte nicht lange, dann tauchte ein bekanntes Gesicht in der Tür auf: Kommissar Walter Wolter. Natürlich wieder in Begleitung seiner Jungs in Blau.

„Scheiße noch mal, Hammer. Ohne Leichen gehen Sie wohl nirgendwohin, wie?"

„Nicht meine Schuld, wenn die Leute in Ihrem Landkreis so eine geringe Lebenserwartung haben."

Er sah sich um.

„Schon klar: Was kann die Scheiße dafür, dass die Fliegen sie umkreisen, richtig? Ein paar hochkarätige Burschen haben wir hier diesmal. Freund Rocco ist in ganz Nordostniedersachsen bekannt und Göpelmann ist uns immer durch die Lappen gegangen. Seine Ex ist übrigens auch über die Ilmenau gegangen. Dolly Döbler. Aber ich bin sicher, damit haben Sie genauso wenig zu tun."

„Sie sind echt ein richtig guter Polizist, Wolter."

„Und was ist mit dem Safe da?"

„Stand schon offen, als ich kam. Wie gesagt, die Party hat ohne mich aufgehört."

Er schob seinen Hut in den Nacken.

„Na schön, Sie kennen das Spiel ja schon. Ab aufs Revier. Bin schon gespannt, mit welcher Geschichte Sie mich diesmal abspeisen wollen."

*

So langsam gewöhnte ich mich daran, die Nächte auf dem Uelzener Polizeirevier zu verbringen – was nicht hieß, dass es mir gefiel. Aber nachdem ich Kitty Cordes ein zweites Mal hatte laufen lassen, war das der Preis, den ich bezahlen musste. Die Polizei hatte natürlich nichts gegen mich in der Hand. Göpelmann, Rocco und Kittys vermeintlicher Bruder Marvin hatten sich gegenseitig um die Ecke gebracht. Das war mehr als wahrscheinlich. Und da es sich bei allen um Unterweltgrößen handelte, war Kommissar Wolter wenigstens schlau genug, dem geschenkten Gaul nicht allzu tief ins Maul zu schauen. Und der Tod von Dolly Döbler würde wohl eines von Uelzens vielen Geheimnissen bleiben. Genauso wie der leere Tresor und das Verschwinden von Göpelmanns Wagen. Doch angesichts des Gewinns für die Sicherheit im Landkreis waren diese offenen Fragen wohl zu verschmerzen – fand Wolter.

Nach ein paar zähen Stunden begleitete er mich schließlich persönlich zum Ausgang des Kommissariats.

„So, Hammer, dann verschwinden Sie jetzt endlich wieder aus meiner Stadt. Wo Sie auftauchen, gibt es mir zu viele Leichen."

Ich sah ihn an, grinste und wusste nicht mal genau, warum ich die nächsten Worte sagte. Es war eine Schnapsidee, eine Laune. Vielleicht wollte ich ihn auch nur ärgern.

„Hmmm, so wie es aussieht werde ich Ihnen den Gefallen wohl nicht tun können."

Meine Worte hatten auf jeden Fall die erhoffte Wirkung. Der Bulle wurde ziemlich bleich und seine Gesichtszüge verabschiedeten sich auf eine Nebenstrecke.

„Wollen Sie mich verarschen? Göpelmann und Rocco sind tot. Was immer Sie mit den beiden zu schaffen hatten, ist erledigt. Kein Grund mehr für Sie, hierzubleiben."

Ich zündete mir eine Selbstgedrehte an, während eine ziemlich komische Idee in meinem Hirn Gestalt annahm.

„Aber auch kein Grund, wegzugehen. Ganz ehrlich: Es gefällt mir hier. Irgendwie mag ich diese komische Stadt."

„Und wenn schon: Diese Stadt mag SIE aber nicht."

„Sie können mir nicht verbieten, zu bleiben."

„Und was haben sie vor? Taxifahren? Hartz IV?"

Eine gute Frage. Und schon wieder kam mir dazu eine verrückte Idee.

„Weder noch. Ich habe in letzter Zeit öfter gehört, dass ich einen ganz guten Detektiv abgeben würde. Und Sie sagen doch selber, dass ich den Ärger anziehe. Vielleicht versuche ich mal mein Glück."

Wolter hustete.

„Gott, bewahre! Aber wenn es sich schon nicht vermeiden lässt, kommen Sie mir wenigstens nicht in die Quere."

„Ich tue mein Bestes. Wir sehen uns."

„Nicht, wenn es nicht sein muss."

Er machte auf dem Absatz kehrt und warf die Tür hinter sich ins Schloss. Ich hatte keine Ahnung, ob ich meine Drohung wirklich wahrmachen würde. Aber alleine Wolters Gesicht hatte die kleine Gedankenspielerei schon lohnend gemacht.

Ich sah mich um und hatte keine Ahnung, wohin ich jetzt gehen sollte.

Alles war möglich.

Soltau war jedenfalls keine Option mehr für mich.

Niemand wartete auf mich. Ich hatte keine Verpflichtungen. Warum also nicht einen Neuanfang wagen? Hier. In diesem komischen kleinen Uelzen.

„Hey Hammer!"

Ich drehte mich zur Seite und sah den Hanstedter neben einem Baum lehnen, den Hut in den Nacken geschoben.

„Na, sowas. Was machst du denn hier so nah bei der Polizei?"

„Habe gehört, du hast ein paar üble Typen ausgeschaltet."

„Zuviel der Ehre. Die meisten haben das selbst besorgt. Tut mir übrigens leid wegen Dolly. Sie war in Ordnung."

„Ja, schon gut. So ist das eben, wenn man sich mit den falschen Jungs einlässt. Und was hast du jetzt vor?"

„Die Frage hat mir gerade schon jemand gestellt. Ich denke, ich bleibe hier. Spiele mit dem Gedanken, eine Lizenz als Privatdetektiv zu beantragen."

Ein heiseres Lachen drang aus den Tiefen seiner gepeinigten Kehle.

„Im Ernst? Nun, ich hätte nichts gegen ein paar gesicherte Nebeneinkünfte. Aber du solltest das eine oder andere über diese Stadt wissen."

„Ich habe Zeit. Lass uns ein Bierchen frühstücken, dann kannst du mir alles in Ruhe erzählen. Wer weiß, vielleicht ist das ja der Beginn einer wunderbaren Freundschaft..."

Kapitel 21

Niemand war mehr da.

Wolter versetzt, der Hanstedter lange tot.

Kitty in der Dunkelheit verschwunden.

Und ich fuhr allein durch die Nacht. Mit meinen Gedanken und Erinnerungen. Fest entschlossen, diese Sache jetzt zu Ende zu bringen.

Nur ein einsamer Wolf ist auch ein hungriger Wolf.

Ich war einsam, ich war hungrig.

Hungrig auf Genugtuung und Gerechtigkeit. Vielleicht ging es immer noch darum, den schalen Nachgeschmack von damals loszuwerden. Als ich Kitty laufen ließ, mit einer Tasche voll Geld. Vielleicht bin ich deshalb Schnüffler geworden. Um meinen Fehler wieder gut zu machen. Wenn ich noch mal die Wahl hätte?

Keine Ahnung, was ich tun würde...

Das Ruckeln unter mir riss mich in die Gegenwart zurück. In eine andere Nacht, als die in meinem Herzen.

Die Straßen wurden schlechter und das sagte mir, dass ich bald am Ziel sein musste. War Zeit, sich auf das Hier und Jetzt zu konzentrieren. Alles andere hatte Zeit.

Wie schon in den letzten Jahren.

Ich strengte meine Augen an, um auf den „unbefestigten Wirtschaftswegen“ nicht in einen Graben zu rutschen. Rechts erstreckte sich das dunkle Feld mit dem Wald dahinter.

Ich war am Ziel.

Der Wind blies mir kalt ins Gesicht, als ich den alten Volvo verließ. Die Waffe in meiner Manteltasche gab mir ein gutes Gefühl, auch wenn ich sicher war, dass ich sie nicht brauchen würde. Ich lenkte meine Schritte über den harten Acker Richtung Wald. Langsam schälten sich die Silhouetten der improvisierten Behausungen aus dem Dunkel. Wie die düsteren Türme in einem Fantasy-Roman.

Und dann traf mich der Lichtkegel.

Er lähmte mich einen Moment, denn ich hatte den Schatten mit der Taschenlampe nicht erkannt. Ich war das perfekte Ziel. Aber ich hatte keine Angst. Niemand würde mir etwas tun, solange die letzten Fragen nicht beantwortet waren.

Ich blieb stehen und senkte langsam die Hand, als sich meine Augen an das grelle Licht gewöhnt hatten.

„Da sind Sie ja, Hammer. Zuerst hatte ich ja nicht damit gerechnet, dass Sie den Weg zu mir finden würden. Doch in den letzten Tagen hat sich dann wohl abgezeichnet, dass Sie früher oder später hier auftauchen würden. Spätestens seit den Ereignissen gestern. Ich habe also den ganzen Tag auf Sie gewartet."

„Ich bin eher nachtaktiv. Genau wie Sie."

Ein leises Lachen drang aus dem dunklen Fleck, der hinter der Taschenlampe verborgen war. Aber ich musste mein Gegenüber auch gar nicht sehen. Ich wusste, mit wem ich es zu tun hatte.

Cherchez La Femme – hatte der Unbekannte gesagt. Dieser Aufforderung war ich gefolgt. Ich hatte die Frau gefunden.

Sie stand mir gegenüber. Und ihr Name war Urte Kösicz.

*

Langsam ließ Urte Kösicz die Taschenlampe sinken und kam auf mich zu. Breitbeinig blieb sie vor mir stehen und legte den Kopf auf die Seite, während sie mich mit einem interessierten Blick musterte. Um ihre Lippen spielte ein leichtes Lächeln.

Sie war sicher, dass ihr nichts passieren konnte.

Und ich war hier, um sie vom Gegenteil zu überzeugen.

„Staatssekretär Röllke ist tot. Ihr Partner..."

„Bravo. Sie sind wirklich weit gekommen."

„Aber noch nicht weit genug. Ich weiß von Ihrer Affäre. Sie haben buchstäblich mit ihm unter einer Decke gesteckt. Schlafen mit dem Feind? Hätte ich bei Ihrem Idealismus ehrlich gesagt nicht erwartet."

Sie schob die Taschenlampe in ihre Strickjacke und wischte sich mit einem Ärmel über die Nase. „Wieso nicht? Es war die sicherste Methode über die Schritte des Innenministeriums genau informiert zu sein. Enrico und ich haben eine lange Geschichte."

„Auch wenn die Liebe vielleicht seltsame Wege geht – was hat das alles mit seinen Machenschaften und vor allem mit Uelzen zu tun?"

Sie schob sich eine Selbstgedrehte zwischen die Lippen.

„Sie sollen nicht dumm sterben, Hammer. Darum werde ich es Ihnen erklären. Rico und ich haben uns schon während der Castortransporte kennengelernt. Er hat mal einen begleitet, als er im Innenministerium angefangen hat. Ich war eingekesselt. Er brachte mir Tee, wir unterhielten uns und es hat gefunkt. Zumindest bei ihm. Ich glaube, für ihn war ich das Wilde, das seinem Leben gefehlt hat. Ich fand mehr die Idee reizvoll, einen kurzen Draht ins MI zu haben. Und im Laufe der Jahre hat sich unser ehrgeiziger Staatssekretär auch als äußerst nützlich erwiesen, wenn es darum ging, schnell wichtige Informationen zu bekommen. Nehmen Sie zum Beispiel die Rostfässer in Gorleben und andere Insidertipps."

„Sie kämpfen mit harten Bandagen, Urte."

„Muss ich, wenn ich mich vom restlichen Widerstand abheben will. Jedenfalls kam Rico schon vor Jahren zu mir und erklärte, dass die Regierung Gorleben aufgeben wolle. Der Druck sei zu groß, auch auf die Endlager-Kommission. Er dachte, ich würde ihm um den Hals fallen. Aber da kannte er mich wohl schlecht. Ich habe ihm gesagt, er solle sich besser schleunigst um einen neuen Endlager-Standort in der Nähe kümmern."

„Wieso das? Sie sind doch GEGEN ein Atommüllendlager hier."

Urte lachte, als hätte ich einen besonders lustigen Witz gerissen.

„Natürlich. Und ich wollte auch noch weiter dagegen sein können. Sehen Sie sich doch um, Hammer. Was gibt es denn hier im Wendland? Nichts außer maroden Landstraßen und ein paar Rundlingsdörfern. Wir BRAUCHEN den Widerstand hier. Haben Sie auch nur den geringsten Schimmer, wie viele Existenzen daran hängen? Arbeitskreise, Workshops, Kultur, Pressearbeit, Materialbeschaffung – die Liste ließe sich ewig weit fortsetzen. Die eine Hälfte der Bevölkerung arbeitet in Gorleben, die andere im Widerstand. Das ist ein in sich geschlossener Kreislauf, der über 40 Jahre wunderbar funktioniert hat. Wenn der Widerstand stirbt, stirbt damit auch die Lebensgrundlage hunderter Menschen. Sie würden ins Bodenlose stürzen und als Schwervermittelbare auf den Arbeits- und Sozialhilfemarkt drängen. Überlegen Sie mal, was das für einen Rattenschwanz nach sich ziehen würde. Der komplette Landkreis Lüchow-Dannenberg würde unter der Last der Hartz-IV-Anträge zusammenbrechen. Dann die Schulungsmaßnahmen, die Beförderungskosten und Eingliederungshilfen. Das ist nicht bezahlbar."

Sie machte eine Pause und zog an ihrer Zigarette. „Es war schon schlimm genug, das Ende der Castor-Transporte zu verdauen. Gott sei

Dank hatten wir für den Übergang noch die A39, Gen-Mais und Hähnchenmastanlagen. Wir MÜSSEN etwas haben, gegen das wir sein können, sonst geht das Wendland für immer in der Bedeutungslosigkeit unter und wird von Schulden aufgerieben."

So fügte sich also alles zusammen.

„Ich verstehe. Röllke sollte Uelzen zerschlagen und wirtschaftlich schwächen, damit in einem hochverschuldeten Gebiet, das am besten noch zu Lüchow-Dannenberg gehört, ein neues Endlager entstehen kann."

„Rico hat sich wirklich bemüht, aber er hat Fehler gemacht und auf die falschen Pferde gesetzt. Idioten wie Sackmann und van Runkel, denen der Blick für das große Ganze fehlte. Die nur auf ihren eigenen Vorteil geschielt haben. Außerdem war Rico nicht entschlossen genug. Nicht mal, als ich ihm drohte, ihn zu verlassen und unsere Affäre publik zu machen, was seine Karriere auf einen Schlag beendet hätte."

„Darum haben Sie mich auf seine Spur gelenkt."

„Ich dachte, ich könnte ihn loswerden, ohne damit in Verbindung gebracht zu werden."

„So wie Sie Moritz Gratzki losgeworden sind und das Ganze wie einen Selbstmord haben aussehen lassen? Ich dachte, Sie hätten ihn geliebt."

„Habe ich auch. Aber persönliche Gefühle müssen hinter dem großen Plan zurückstehen. Ich hatte Rico den USB-Stick abgenommen, als er hier war. Er wollte vor mir damit angeben. So hatte ich was gegen ihn in der Hand, falls er aus dem Ruder laufen sollte. Er hatte es erst nicht bemerkt und für mich war es eine Rückversicherung. Moritz hat ihn in die Finger bekommen. Irgendwie ist es ihm gelungen, die Daten zu entschlüsseln. Er kam zu mir, war genauso aus dem Häuschen, wie Rico damals. Ich versuchte, mit ihm zu reden, ihm klar zu machen, dass diese Pläne niemals das Licht der Öffentlichkeit erblicken dürften. Ich machte ihm klar, welche Folgen das hätte, aber Moritz war zu verblendet von seinem Idealismus. Doch anders als die anderen hier, kam er aus gutem Hause. Für ihn wäre es ein Leichtes gewesen, nach dem Ende des Widerstands wieder Fuß zu fassen im richtigen Leben. Ich hingegen musste meine Leute beschützen. Es galt abzuwägen, Hammer: ein Leben gegen das von vielen."

„Aber bei einem ist es nicht geblieben, stimmt's?"

Sie trat die Zigarette auf dem Boden aus und blies den letzten Rauch durch die Nasenlöcher.

„Moritz muss was geahnt haben. Also gab er den Stick an Björn-Ole. Ich wollte ihn ihm abnehmen, aber ich kam zu spät zu der Übergabe mit Ihnen. Doch in jedem Krieg fallen nun mal tapfere Kämpfer. Sie können meine Methoden verurteilen – aber nicht meine Ziele. Diese Menschen hier sind wie meine Familie. Und ich bin entschlossen, sie mit meinem Leben zu schützen."

„Und auch mit dem von Röllke."

„Ach, Rico war immer nur ein Mittel zum Zweck. Das hat er nie erkannt."

„Aber er hat erkannt, dass er Ihnen nicht trauen darf. Er wusste natürlich, wie Sie Moritz umgebracht hatten. Mit dem Gift. Darum war es auch kein Problem, den eigentlich unsichtbaren Stoff im Obduktionsbericht nachzuweisen."

Urte lachte leise. „Rico wollte sich absichern. Dachte, er hätte mich so in der Hand. Aber er selber hatte sich damit mindestens genauso verdächtig gemacht. Natürlich konnten wir an den Stoff herankommen. Aber dem MI wäre es sogar noch leichter gefallen. Seine vermeintliche Cleverness war am Ende also doch wieder Dummheit."

Ich konnte meinen Blick nicht von dieser eiskalten Killerin nehmen. Vielleicht weil sie Erinnerungen weckte. Erinnerungen an Florentine, die auch die Liebe eines Mannes benutzt hatte, um ihre Ziele zu erreichen und unliebsame Stolpersteine aus dem Weg zu räumen – menschliche Stolpersteine.

Doch Florentine hatte ich retten wollen. Während Urte Kösicz in der Hölle schmoren sollte. Was unterschied sie denn? Nur das Aussehen?

Die Berechnung?

Florentine war verzweifelt, glaubte ihrem Mann etwas schuldig zu sein. Urte Kösicz tötete für ihre Überzeugung. Und für ihre „Familie", wie sie es nannte.

Wer war ich, zu entscheiden, welche Motive edler waren?

Es spielte am Ende der Rechnung auch keine Rolle. Mord blieb Mord. Florentine hatte bezahlt. Und Urte Kösicz würde es auch tun. Vielleicht half es mir ja, meine Vergangenheit mit Florentine zu begraben, wenn ich Urte der Gerechtigkeit zuführte. Eine weitere Wiedergutmachung. Eine Katharsis.

„Was ist los, Hammer? So sprachlos?"

Ich schüttelte mich kurz. „Na ja, ich treffe nicht jeden Tag auf so viel Kaltblütigkeit."

Sie zuckte mit den Schultern. „Sie nennen es vielleicht so. Ich nenne es, einen Weg konsequent zu Ende gehen. Glauben Sie denn, die Gegenseite hätte uns je geschont, wenn es um Gorleben und die Atompolitik im Allgemeinen ging? Hier wird mit harten Bandagen gekämpft, Hammer. Jedenfalls wenn Sie es richtigmachen wollen. Bei mir ist kein Platz für Kuschel-Widerstand mit Pressemitteilungen und leeren Worthülsen. Hier herrscht Krieg. Und im Krieg gibt es Opfer. Auch Unschuldige..."

„Wofür kämpfen Sie noch, Urte? Röllke ist tot. Die Regierung wird alles tun, um eine Beteiligung an seinen Machenschaften zu verwischen. Dazu gehört auch, die Pläne für Uelzen zu begraben. Es wird kein Endlager im Kreis geben. Nicht ohne Röllke."

Sie lachte wieder ihr siegessicheres Lachen und schüttelte den Kopf. „Es wird einen neuen Rico geben, Hammer. Es gibt immer einen."

„Dann nehme ich an, dass ich der nächste Kollateralschaden werde?"

Sie kramte in ihrer Latzhosentasche, eine neue Kippe zwischen die Lippen geklemmt. „Ich habe hier noch etwas von dem wirksamen Zeug, dass ich ihrem kleinen schmierigen Informanten in Kallenbrock verabreicht habe. Es wird schnell gehen, Hammer."

„Oh ja, der Klein Süstedter. Er hat mir die äußerst aufschlussreichen Fotos von Ihnen und Röllke besorgt. Meinen letzten Beweis, der mir noch gefehlt hatte."

„Ja, sehr ärgerlich, dass ich es zu spät bemerkt hatte. Ich war ihm gefolgt, aber er hatte den Umschlag versteckt. Das Gift konnte ich ihm noch verabreichen. Aber dann waren Sie schon da. Doch am Ende spielt es auch keine Rolle mehr."

Sie schüttelte die kleine Spraydose, die sie in der Hand hatte. Gefüllt mit dem tödlichen, radioaktiven Gas.

Unwillkürlich wich ich einen Schritt zurück. Die Lage spitzte sich zu. Es war Zeit, die Sache zu Ende zu bringen und herauszufinden, ob mein Plan funktioniert hatte. Sonst wäre ich jetzt ziemlich am Arsch. Ich hatte keine Ahnung, ob ich schnell genug war, um auf Urte Kösicz zu schießen. Doch ich hatte auch gar kein Interesse daran. Ich wollte sie in den Knast bringen und zusammen mit ihrer Organisation bloßstellen.

„Wie steht es eigentlich mit Ihren Kameraden aus dem Widerstand? Werden die Ihre Methoden billigen?"

Urte Kösicz blieb stehen und sah mich mit einem amüsierten Blick an.

„Sie werden es natürlich nie erfahren. Es sind gute Menschen, aber die meisten von ihnen haben doch eher schlichte Gemüter. Ihnen genügt es, Protestlieder am Lagerfeuer zu singen, sich von Polizisten wegtragen zu lassen und Trommelworkshops zu organisieren. Die harte Arbeit und die Führung überlassen sie mir und meinem engsten Kreis. Sie fühlen sich gut, wenn sie sagen, dass sie einer harten und kompromisslosen Gruppe angehören, ohne es selbst unter Beweis stellen zu müssen. Sie akzeptieren, was ich tue, aber ich will ihnen nichts zumuten, was über ihr Fassungsvermögen geht. Sie sollen sich diese Unschuld bewahren. Sie werden dankbar dafür sein, dass es weiter geht mit dem Widerstand und mit unserer Gruppe. Mehr müssen sie nicht wissen."

„Ich fürchte, dafür ist es zu spät."

Ich kramte wirkungsvoll in meiner Manteltasche und holte den kleinen Kasten hervor, den ich Urte Kösic unter die Nase hielt. Sie schien zumindest neugierig zu sein.

„Was ist das? Was haben Sie da? Haben sie unsere kleine Unterredung etwa aufgezeichnet? Das würde keiner Überprüfung standhalten."

„Ich weiß. Außerdem hatte ich den Trick schon mal. Nein, meine Liebe, ich habe etwas viel Besseres getan: Das hier ist ein sehr sensibles Funkmikrofon mit einem Sender. Ich habe es von einem guten Freund und es ist so eingestellt, dass es sämtliche analogen und digitalen Empfangsgeräte im Umkreis von 500 Metern erreichen kann und andere Frequenzen verdrängt. Wer immer hier ein Radio, einen Computer oder ein Handy besitzt und es angeschaltet hatte, konnte unsere kleine Unterhaltung mit anhören. Sehen Sie mal: In den Zelten und Bauwagen geht schon das Licht an."

Urte Kösic ließ die Dose fallen und sah sich hektisch um. Ihr Gesicht war blass geworden, als sie sah, wie sich Türen und Zelteingänge öffneten und dunkle Schatten aus dem Innern ins Freie traten. Sie sammelten sich und kamen langsam näher, bildeten einen Halbkreis um uns, der sich immer enger zusammenzog. Die wussten eben, wie sie Leute an der Flucht hindern konnten. Hatten sie schließlich über viele Jahre gelernt.

Wie auf ein stummes Kommando hin blieben sie in einigen Metern Abstand von uns stehen. Völlig synchron, wie beim Square Dance der

Zombies. Nur eine Gestalt löste sich aus der dunklen, gesichtslosen Menge und trat auf uns zu. Der Mond schien auf das Gesicht mit den funkelnden Augen. Sören-Malte, Urtes Vize.

„Urte, ist das wahr, was wir da gerade gehört haben? Hast du das alles wirklich getan?"

Eine weitere Gestalt näherte sich jetzt von rechts, die Fäuste in die Luft gestreckt. „Das ist Verrat! Hochverrat! Macht das Miststück fertig."

Sören-Malte brachte ihn zum Schweigen. Jetzt erkannte ich, dass er einen Baseballschläger bei sich trug.

Urte lachte. „Mensch, Leute. Macht doch nicht so einen Aufstand. Ihr versteht das nicht."

Sie wich langsam nach links aus, doch Sören-Malte streckte den Baseballschläger vor und brachte sie damit zum Schweigen.

„Wir verstehen das sehr gut, meine Liebe. Du hältst uns für eine dumme Schafherde, die keinen eigenen Willen und keinen Kopf hat. Aber so sind wir nicht. Wir verstehen mehr. Unter anderem, dass du unsere gemeinsamen Ziele verraten hast. Du hast gemordet, Urte! Und nicht nur das, du hast welche von unseren eigenen Leuten getötet."

Mit einer wütenden Bewegung schlug Urte Kösicz gegen den Baseballschläger.

„Was soll das, Sören-Malte? Für wen hältst DU dich denn, dass du meinst, dich hier als Moralapostel aufzuspielen? Sieh dich um, verdammt! Du haust in einer Bauwagensiedlung, trommelst und pflanzt dein eigenes Gras an! Du bist ein gesellschaftlicher Atavismus! Ihr alle werdet nur durch MICH am Leben erhalten! Nur weil ich dafür sorge, dass der Widerstand nicht ausstirbt, könnt ihr weiter so tun, als wäre in den 80er-Jahren die Zeit stehen geblieben! Ich bin eure Zukunft, verdammte Scheiße! Und die einzige Rettung für euer kümmerliches Leben in der Fantasiewelt!"

Ihre Stimme hatte sich überschlagen und sie zitterte.

Die anderen waren nähergekommen, so dass jetzt deutlich das Entsetzen und der Unglaube in ihren Gesichtern zu lesen war.

Urte sah gehetzt von einem zum anderen.

„Was tut ihr denn jetzt so betroffen?", schrie sie. Ich wusste nicht, ob es Wut oder Schmerz war. Vielleicht war sie enttäuscht von so viel Verlogenheit.

„Ihr wolltet euch abheben vom restlichen Widerstand und euch trotzdem nicht die Hände schmutzig machen! Ich sollte den ganzen Scheiß für euch erledigen. Bitte, ich habe es getan! Ich habe euch vor der wirklichen Welt da draußen beschützt! Ihr solltet mir dankbar sein, verdammt!"

Ein erster Stein flog aus dem Dunkel und erwischte Urte am Kopf. Sie unterdrückte einen Schrei und taumelte zurück. Die Menge rückte nach, als wäre sie über einen Magneten miteinander verbunden.

„Seid ihr wahnsinnig geworden?", keuchte Urte. „Was soll das? Was wollt ihr von mir?"

Niemand antwortete, aber die Menge rückte näher, immer weiter, Stück für Stück.

Vorsichtig bewegte ich mich rückwärts auf mein Auto zu, doch niemand schien mich zu beachten. Sie alle konzentrierten sich allein auf Urte.

Als sie das erkannte, drehte sie sich zu mir um und rannte in meine Richtung, um dem Mob zu entkommen. Instinktiv schnellte meine Hand vor und packte ihren Arm, bevor sie aus dem sich zusammenziehenden Halbkreis ausbrechen konnte.

„Sorry – falsche Richtung, Urte."

Ihr Blick war schreckgeweitet, als ich sie zurückstieß, direkt in die Arme der Menge. Wie eine Zange schloss sich der Kreis und verschluckte Urte Kösicz in seinem Innern.

Ein Schatten löste sich und kam direkt auf mich zu – Sören-Malte.

Sein Blick war kalt und leer.

„Verschwinden Sie jetzt, Schnüffler."

Ich zögerte. „Was habt ihr mit ihr vor?"

Ein kaltes Lächeln lag auf den Lippen des Aktivisten.

„Das wollen Sie nicht wissen, Hammer. Gehen Sie jetzt, so lange noch Zeit ist. Was im Lager passiert, bleibt auch im Lager. Sie können Urte nicht mehr helfen. Ihr Schicksal liegt allein in den Händen derer, die sie verraten hat."

Ich wusste, dass ich nichts mehr tun konnte. Ich nickte, tippte mir gegen die Hutkrempe und drehte mich zu meinem Wagen um. Hinter mir hörte ich das Rufen und die erstickten Schreie von Urte Kösicz, die noch immer versuchte, sich zu befreien. Ich klemmte mich hinter das Steuer und startete den Motor. Ich hatte kein schlechtes Gewissen. Vielleicht war es die einzige Form von Gerechtigkeit, die ihr widerfahren konnte. Ich überließ sie der wütenden Menge und während ich meinen Wagen zurück durch die dunkle Nacht nach Uelzen lenkte, verhallten Urtes klagende Schreie ungehört in weiter Ferne...

Kapitel 22

Nach einem langen Wochenende waren die Ereignisse am Montag bereits weit, weit weg von mir. Ich hatte die letzten vier Tage fast durchgeschlafen, nachdem kein Penner von der Polizei mehr da war, um mir auf die Nerven zu gehen.

Auch sonst hatte ich von niemandem etwas gehört. Es schien, als wären all die Dinge der letzten Woche nie passiert.

Genauso wie es sich Hannover erträumt hatte.

Nach einer langen Dusche und einem richtigen Frühstück nahm ich mir die Zeitung vor. Der unglückliche Unfall von Staatssekretär Enrico Röllke war nur ein kleiner Zweispalter auf Seite drei. Und der „überraschende unglückliche Todesfall der Aktivisten-Vorsitzenden Urte Kösicz" fand sogar noch später im Blatt statt.

Die Meldung sorgte allerdings dafür, dass mir für einen Moment das Brötchen im Hals stecken blieb. Die *GSG X* hatte ihre Vorsitzende also für alle Zeiten in ihre Schranken gewiesen.

Möge ihre Seele in Frieden ruhen – auch wenn ich das bezweifelte. In einer Stellungnahme des BI-Vorstands am unteren Ende der Meldung hieß es dann, dass sich die Bürgerinitiative *Gor-leben statt Gor-sterben* auflösen werde, um das Andenken ihrer Vorsitzenden zu bewahren.

Eine geschickte Formulierung und gleichzeitig eine Reinigung der Hände vom Blut. Alle waren sauber, alle hatten gewonnen.

Wie immer.

Ich warf die Zeitung auf den Stapel mit dem Altpapier.

Es war, als hätte sich nichts geändert.

Aber nicht für mich.

Ich hatte erstaunlich gut geschlafen. Zum ersten Mal seit Langem ohne offene Fragen im Hinterkopf. Ein Gefühl, das ich kaum noch kannte. Und auch das Kapitel Florentine Sackmann schien für mich abgeschlossen zu sein. Mit Röllkes Geständnis waren die Umstände ihres Todes geklärt. Ich konnte sie jetzt endlich ruhen lassen.

Mein Kopf war vollkommen leer – und ich genoss es. Selbst wenn ich keine Ahnung hatte, wie es jetzt weitergehen sollte.

Und wie meistens in solchen Momenten ging auch jetzt die Tür auf und eine verführerische Schönheit stand in meinem Büro.

„Mirabelle! Wo haben Sie gesteckt? Ich habe ewig nichts von Ihnen gehört."

Sie lächelte, kam näher und schloss die Tür hinter sich. „Ich weiß und es tut mir auch leid. Aber nachdem wir beide aus Tätendorf abgeholt worden waren, legte man mir nahe, mich nicht mehr einzumischen und die Stadt zu verlassen. Jemand hatte meinen Vater angerufen und der hat mich am Donnerstagmorgen abgeholt. Ich habe aus der Zeitung erfahren, dass Röllke tot ist und sich das Innenministerium wieder aus Uelzen zurückgezogen hat."

Ich nickte. „Ja, jetzt haben wir wieder unsere Ruhe. Ob wir wollen oder nicht. Ich hoffe, das gilt auch für Sie?"

Mirabelle lächelte. „Ja. Und das habe ich allein Ihnen zu verdanken, Holger. Deswegen bin ich noch mal hergekommen. Ich wollte mich bedanken. Sie haben so viel für mich getan. Und Sie haben mir als einziger geglaubt. Jetzt können wir endlich von Moritz Abschied nehmen."

„Das freut mich. Also hat die Gerechtigkeit am Ende doch noch so was wie gesiegt. Auch wenn es außer uns niemand erfahren wird."

„Ja, das stimmt wohl. Ich habe schon Post vom Innenministerium bekommen, in der mir nahegelegt wird, besser nicht öffentlich über die Sache zu sprechen."

„Ja, ein ähnliches Schreiben liegt auch in meinem Tresor. Zusammen mit Fotos, Tonaufnahmen und anderen Dingen, die als Lebensversicherung nicht unnütz sein dürften."

„Passen Sie auf sich auf, Holger. Ich hoffe, ihre Rechnung wurde beglichen?"

„Machen Sie sich darüber mal keine Sorgen, Mirabelle. Ihr Vater war mehr als großzügig."

„Dann ist es gut. Auch wenn das, was Sie getan haben, nicht mit Geld aufzuwiegen ist. Vielen Dank. Und alles Gute."

Sie war schon wieder an der Tür, als sie sich noch einmal umdrehte.

„Ach, und grüßen sie bitte Bernd von mir..."

„Bernd?"

„Oh, ich glaube, Sie nennen ihn nur *Nerd*..."

Ich musste mir ein Grinsen verkneifen. „Oh... äh... ja. Und das werde ich wohl besser auch weiterhin tun und diese Information so schnell wie möglich wieder vergessen."

„Leben Sie wohl."

Sie verschwand ebenso plötzlich wieder, wie sie gekommen war.

An den guten alten Nerd hatte ich gar nicht mehr gedacht. Und er hatte in der letzten Woche auch einiges einstecken müssen. Es wäre nur recht und billig, nach ihm zu sehen und meine Hilfe anzubieten. Ich hatte nichts weiter vor und der Tag war freundlich. Warum also nicht einen kleinen Ausflug nach Tätendorf machen?

*

Schon als ich von der Bundesstraße abbog und auf den Hinterhof des ehemaligen Anwesens steuerte, auf dem die Scheune des Nerds stand, hatte ich ein komisches Gefühl.

Nichts deutete mehr auf die dramatischen Ereignisse der letzten Woche hin. Görtler und seine Leute hatten jede Spur des Kampfes mit Röllke beseitigt. Manchmal konnte sogar die Landesregierung richtig gründlich sein.

Ich stieg aus dem alten Volvo und ging auf die Scheune zu. Die offenen Türen waren das Erste, was mich stutzig machte. Der Nerd mochte keine frische Luft. Und schon gar kein Licht. Ich war drauf und dran nach meiner Waffe zu tasten. Doch dann lauschte ich und hörte – nichts...

Langsam zog ich die Scheunentür weiter auf und starrte fassungslos in die gähnende Leere des Raumes dahinter.

Einen Moment hatte ich das Gefühl, mich in der Adresse geirrt zu haben. Oder mich in einem von Nerds' Paralleluniversen zu befinden. Nichts in dieser Scheune deutete auf Leben hin oder auf den Gebrauch als Behausung. Sie war leer und blitzblank. Kein Gerät, kein Elektroschrott, kein Müll – kein Nerd...

Ich ging hinein und stellte zum ersten Mal fest, wie groß das Gebäude eigentlich war. Ein Klo oder eine Dusche fand ich trotzdem nicht. Ich hatte immer gedacht, dass beides irgendwo verborgen sein müsste.

Für einen Moment hatte ich die Befürchtung, dass die Regierung dahinterstecken und den Nerd doch noch kassiert haben könnte. So, wie er es immer vorhergesagt hatte. Doch eine Stimme in meinem Hinterkopf flüsterte, dass ich mir keine Sorgen zu machen brauchte. Ich erinnerte mich an unser letztes Treffen. Er hatte gesagt, dass er aufgeflogen und sein Versteck kompromittiert sei. Da war es wohl nur verständlich, dass er untergetaucht war und seine Spuren verwischt hatte. Trotzdem fühlte ich mich... irgendwie verloren.

In den letzten Jahren war mir der Nerd zu einer echten Stütze geworden mit seinen Fähigkeiten. Fast so etwas, wie ein Freund. Und jetzt sollte er plötzlich nicht mehr da sein?

Es blieb der tröstende Gedanke, dass er irgendwo anders sicher untergetaucht war. An einem Ort, wo ihn niemand finden würde. Jedenfalls nicht ich. Und wie ich ihn kannte, würde er auch von dort sein waches Auge auf die Geschicke des Kreises richten. Und wer weiß – vielleicht käme er ja in irgendeinem entscheidenden Moment wieder aus der Deckung, um ein Blatt zu wenden.

Bis dahin würde ich ihn schmerzlich vermissen.

Ich ging wieder nach draußen und zog vorsichtig die Scheunentür hinter mir zu. Der Nerd war fort. Und in Gedanken warf ich ihm ein letztes „So Long" zu und wünschte ihm nur das Beste – wo immer er jetzt auch war.

*

Ich war in einer eigenartigen, melancholischen Stimmung, als ich nach ein paar Drinks und einer pappigen Pizza zurück in mein Büro kehrte.

Und doch schrillten die Alarmglocken, als ich feststellte, dass meine Bürotür unverschlossen war. Vorsichtig betrat ich den dunklen Raum.

In den Schatten, die durch das Fenster hereinfielen, sah ich die Gestalt auf dem Stuhl hinter meinem Schreibtisch. Sie hatte einen Arm angewinkelt und von einer Zigarette kräuselte sich eine schmale Rauchsäule nach oben. Die langen Haare fielen in weichen Wellen auf ihre Schulter. Schon die Silhouette war atemberaubend. Und mehr musste ich auch nicht sehen, um zu erkennen, wer dort saß.

„Ich hoffe, du musstest nicht zu lange warten – Kitty."

Sie schaltete die Schreibtischlampe ein und lächelte.

„Deine Intuition war schon immer bemerkenswert, Holger."

„Dein Parfum auch."

Ich zündete mir eine Kippe an und hockte mich gegenüber von Kitty auf den Besucherstuhl.

„Wo hast du denn die ganzen letzten Tage gesteckt?"

Sie zog an ihrer Zigarette und musterte mich. „Dieser Görtler hat mich nach unserem Einbruch bei Rico kassiert und festgehalten. Keine Ahnung, wie lange ich im Keller von diesem verfluchten Kommissariat hocken musste. Irgendwann tauchte er auf und hat mich freigelassen. Meinte, Rico sei jetzt tot und damit wäre die ganze Angelegenheit erledigt – auch ich. Wenn ich klug wäre, würde ich meinen Mund halten und mich im Stillen über die Abfindung des Innenministeriums freuen, die mir demnächst zugehen würde. Dann verschwand er."

Sie zuckte die Schultern als spiele all' das überhaupt keine Rolle. Und wahrscheinlich war es für Kitty auch genau so. Mehr als das Wort „Abfindung" hatte es wohl nicht gebraucht.

„Ich habe dann noch meine restlichen Angelegenheiten erledigt und mich bedeckt gehalten, um niemandem in die Quere zu kommen. Als ich dann heute die lokalen Nachrichten mitbekommen habe, wusste ich, dass die Luft rein ist. Rico ist tot. Und diese Aktivistin auch. Hatte sie etwa auch was mit der Sache zu tun?"

Ich nickte. „Natürlich. Sie war der Schlüssel. Die Frau – wie immer."

Kitty lächelte.

„Und was willst du jetzt hier?", fragte ich irgendwann.

Sie drückte die Zigarette aus.

„Ich wollte dich noch einmal sehen, bevor ich Uelzen wieder verlasse."

„Nun, das hast du ja jetzt. Kann ich sonst noch etwas für dich tun?"

Sie schälte sich förmlich aus dem Stuhl, umrundete mit wiegenden Hüften meinen Schreibtisch und ließ sich dann ungefragt auf meinem Schoß nieder.

„Die Frage muss eher lauten: Was kann ICH für DICH tun... Ich möchte, dass du mit mir kommst, Holger..."

„Was? Ist das dein Ernst? Nach Hannover? Ich glaube nicht, dass ich dort nach den letzten Ereignissen mit offenen Armen empfangen werde. Ich mache zu viele Leute zu nervös."

„Oh ja, mich eingeschlossen. Aber ich kehre natürlich nicht nach Hannover zurück. Es ist Zeit, ein neues Leben anzufangen, Holger. Nicht nur für mich. Auch für dich."

Ihre Finger glitten über meine Wange und ich brachte nicht die Kraft auf, sie daran zu hindern. Ich spürte, wie mein Widerstand schmolz wie die berühmte Butter in der Sonne.

„Wie kommst du darauf, dass ich ein neues Leben bräuchte?"

„Sieh dich doch nur um, Holger. Du lebst immer noch hier in Uelzen. In einem schäbigen, kleinen Büro. Wie lange willst du noch so weitermachen?"

„Und du? Wie lange willst du noch auf der Flucht sein?"

„Bis ich ein Zuhause gefunden habe."

„Und wo soll das sein?"

„Ich weiß nicht. Ich bin nicht wählerisch. Und ich bin finanziell unabhängig, wie du ja vielleicht noch weißt."

„Wie könnte ich das wohl vergessen?"

Ich schob sie sanft von meinem Schoß und stand auf. Ihre Beine wurden doch ein bisschen zu heiß auf meinen. Dennoch war sie immer noch gefährlich nahe.

„Vielleicht hatten wir ja wirklich irgendwann einmal so etwas wie eine Chance, Kitty. Aber wenn, dann haben wir sie nicht genutzt. Jetzt ist es zu spät dafür. Egal, wie sehr wir beide es vielleicht auch bedauern."

Sie schob ihre Arme um meinen Hals.

„Dann denkst du immer noch, dass nur ein einsamer Wolf auch ein hungriger Wolf ist?"

Ich brauchte die Frage nicht zu beantworten. Und ich wollte Kitty nicht länger ins Gesicht sehen. Keine Ahnung, woher ich die Kraft nahm, aber ich löste ihre Arme von meinem Hals und ging um meinen Schreibtisch herum. Ich baute mich vor dem Fenster auf. In der schmutzigen Scheibe spiegelte sich ihre blasse Silhouette.

Ich sah, wie sie den Blick senkte und die Reisetasche griff, die neben meinem Schreibtisch gestanden hatte.

„Na schön. Mein Zug geht in drei Stunden. Denk drüber nach. Ich werde bis zuletzt am Bahnhof auf dich warten."

Sie zögerte, doch ich biss mir auf die Lippen und verbot mir eine Antwort. Ich sah, wie sie langsam zur Tür ging. Dort drehte sie sich noch einmal um.

„Bis dann... Holger."

Und so verschwand Kitty Cordes zum zweiten Mal aus meinem Leben.

Wieder mit einer Tasche voll Geld.

Und wieder ließ ich sie tatenlos gehen.

Ein Teil von mir stellte sich vor, wie es wäre, einfach alles hinzuschmeißen und tatsächlich mit ihr fortzugehen – selbst wenn ich wusste, dass es niemals funktionieren würde. Aber vielleicht war es ja tatsächlich an der Zeit, den Detektivhut an den Nagel zu hängen und ein neues Leben zu beginnen.

Alle anderen hatten es offenbar auch getan.

Aber war mir das überhaupt möglich? Wen Uelzen einmal in seinem Griff hatte, den ließ es nicht mehr los.

Also ließ ich mich wieder in meinen ausgesessenen Bürostuhl fallen, zündete mir eine neue Zigarette an der alten an und schenkte mir einen Drink ein. In Gedanken sah ich Kitty am Bahnhof. Ihre Tasche in der Hand und auf den Metronom wartend. Und ich beneidete sie um das Abenteuer des Unbekannten, das sie da draußen erwarten würde. Ich war dazu nicht bereit. Es gab hier noch genügend Abenteuer und ungeklärte Fälle. Im dunklen, geheimnisvollen und verregneten Uelzen – in der Stadt, die immer schläft... und niemals wacht.

Carsten Schlüter

Den gebürtigen Hildesheimer Carsten Schlüter verschlug es nach seinem Studium in Bonn und einem Volontariat bei einer Tageszeitung in Süddeutschland 2003 nach Uelzen. Seitdem ist er Studioleiter beim lokalen Sender Radio ZuSa.

Im Landkreis Uelzen hat er sich als Autor der beliebten Holger-Hammer-Krimis einen Namen gemacht. Drei Folgen der gleichnamigen Hörspielreihe sind bereits als Buch erschienen. Sein Privatdetektiv Holger Hammer deckt mit raubeinigem Charme und trockenem Humor die dunklen Geheimnisse Uelzens auf – der Stadt, die immer schläft und niemals wacht.

Der neue Mystery-Krimi von Carsten Schlüter!

Das dunkle Ende der Straße

Etwas stimmt nicht in der kleinen Industriestadt an der Ostküste Englands: Menschen verschwinden für mehrere Tage spurlos, tauchen wieder auf und können sich an nichts mehr erinnern. Der Lokaljournalist Quinn Carew wird von seinem Chefredakteur darauf angesetzt, glaubt aber nicht an eine große Story. Erst als jemand aus seinem eigenen Umfeld verschwindet und eine Leiche am Hafen gefunden wird, wächst Quinns Misstrauen. Geschehnisse, die scheinbar unabhängig voneinander passieren, treffen aufeinander: Fremde tauchen in der Stadt, eine neue Forschungsabteilung im Krankenhaus arbeitet hinter verschlossenen Türen, ein geheimnisvoller Unternehmer kauft ein brachliegendes Gelände und die hiesige Fischfabrik bereitet sich auf ihre Übernahme durch chinesische Investoren vor. Doch erst als weitere Menschen sterben und Quinn Besuch aus der Vergangenheit bekommt, verdichten sich die Ereignisse zu einer Wahrheit, deren Tragweite das Leben in der Stadt für immer verändern wird.

Carsten Schlüter | ISBN 978-3-947379-05-7 | Preis: 12 Euro

Bücher erschienen bei Initia Medien und Verlag

Der Uelzen Krimi

Uhl Noir

Uelzen ist das Revier von Privatde-tektiv Holger Hammer. Doch sein Leben wird durcheinander geworfen, als Florentine in seinem Büro auftaucht. Ihr Mann, Landrats-Kandidat Frank-Rüdiger Sackmann wird kurz vor der Kommunalwahl erpresst.

Je tiefer der Detektiv in die dunklen Geheimnisse und Intrigen eintaucht, desto klarer wird für ihn: Im Sumpf der Lokalpolitik kann niemand sauber bleiben ...

Nach dem gleichnamigen Hörspiel, ausgestrahlt bei Radio ZuSa.

Carsten Schlüter | ISBN 978-3-9816901-2-5 | Preis: 11 Euro

Ein Holger Hammer Krimi

Die Malteser Uhl

Ein unheimlicher Brandstifter macht Uelzen unsicher. Dabei scheint er es gezielt auf leerstehende Geschäftsgebäude abgesehen zu haben. Die Immobilienmaklerin Collette Klötke beauftragt Holger Hammer, nach dem Feuerteufel zu suchen.

Bei seinen Ermittlungen muss Hammer nicht nur in das Uelzener Rotlicht-Milieu eintauchen, er entdeckt auch die Spur einer Verschwörung, die bis in die höchsten Kreise der Stadt zu reichen scheint.

Carsten Schlüter | ISBN 978-3-9816901-5-6 | Preis: 11 Euro

Erhältlich im Buchhandel oder online unter
www.initia-medien.de

Spuren der Reformation im Landkreis Uelzen

Mit dieser Broschüre sollen Orte und Quellen besucht und beschrieben werden, die im Prozess der Reformation eine Rolle spielten und es dem heutigen Besucher erlauben, Menschen wie Herzog Ernst, der Medinger Äbtissin Margarete von Stöterogge, Ernsts Schwester Apollonia und Abt Heino von Oldenstadt, aber auch den vielen heute längst vergessenen Menschen aus dem Zeitalter der Reformation ein wenig näher zu kommen.

Christine Kohnke-Löbert | ISBN 978-3-947379-01-9 | Preis: 5 Euro

Uelzen 1945 – Kriegskinder erzählen

Die Geschichtswerkstatt Uelzen hatte 2015 anlässlich der Erinnerung an das Kriegsende 1945 in Uelzen zu einem Erzählcafé in die Woltersburger Mühle eingeladen. Es sollten Menschen zu Wort kommen, die als Kinder das Kriegsende in Uelzen erlebt haben. Heute gehören sie zunehmend zur letzten Zeugengeneration, die in direkter Weise über die eigenen Erlebnisse und Gefühle berichten und somit ein authentisches Bild vom damaligen Lebensalltag vermitteln kann.

Geschichtswerkstatt Uelzen | ISBN 978-3-9816901-7-0 | Preis: 5 Euro

Von der Schulbank in Gestapo-Haft

Im Herbst 2014 wandte sich Günther Schütte, ehemaliger stellvertretender Bürgermeister der Stadt Uelzen, an das „Uelzener Bündnis gegen Rechts“ mit dem Bedürfnis, uns seine Geschichte der Verfolgung in der NS-Zeit zu erzählen. Bis dahin hatten ihn seine Erlebnisse aus den Jahren 1944/45 so stark belastet, dass er nicht darüber sprechen konnte. Der Bericht ist ein Dokument gegen das Vergessen der nationalsozialistischen Verbrechen und ein Beleg für das Leid der Opfer, das auch noch nach 70 Jahren präsent ist.

Uelzener Bündnis gegen Rechts | ISBN 978-3-98116901-1-8
Preis: 5 Euro

Bücher erschienen bei Initia Medien und Verlag

Natur in Sand, Wald und Moor

Heideland

Das Heideland – ursprüngliche Landschaft, Wandelbarkeit im Wechsel der Jahreszeiten und Vielfalt von Flora und Fauna. Durch die jahrelangen Naturbeobachtungen und -fotografien von Theo Grüntjens wird das Buch lebendig. Gemeinsam mit dem Redakteur Michael Ende nimmt er uns mit auf Entdeckungsreise in diese Naturwelt, die so viele einmalige Tier- und Pflanzenarten hervorgebracht hat.

Theo Grüntjens und Michael Ende | ISBN 978-3-9816901-3-2
Preis: 29,95 Euro

Martin

auf der Suche nach dem Glück

Kennst Du die kleinen Hügel auf der Wiese?
Wenn der Winter zu Ende geht, wachsen sie
aus der Erde.

Weißt Du, woher sie kommen?
Vielleicht von einem Zauberer?

Nein, es ist Martin, der die Hügel baut.
Seine Geschichte will ich Dir erzählen.

Cornelia Meutzner und Maike Müller
ISBN 978-3-9816901-4-9 | Preis: 14,90 Euro

Teddy Tadeus' Abenteuer

Sechs Geschichten mit Ausmalbildern

Er ist neugierig, hilfsbereit und muss sein kleines Bärenschnäuzchen überall reinstecken: Der kleine Teddybär Tadeus lebt in der Lüneburger Heide bei seiner Teddymami Brigitte und seinem besten Freund Kurt. Dort gerät er in so manches Abenteuer und erklärt sich die Welt auf seine ganz eigene Weise.

Kurt Knirsch | ISBN ISBN 978-3-947379-06-4 | Preis: 9,90 Euro

---

Erhältlich im Buchhandel oder online unter
www.initia-medien.de